蒋立甫
古典文学研究论集

JIANG LIFU GUDIAN WENXUE YANJIU LUN JI

蒋立甫 著

安徽师范大学出版社
·芜湖·

责任编辑：潘　安

装帧设计：丁奕奕　欧阳显根

图书在版编目（CIP）数据

蒋立甫古典文学研究论集 / 蒋立甫著. — 芜湖 : 安徽师范大学出版社, 2016.6（2024.6 重印）

（安徽师范大学文学院学术文库. 第2辑）

ISBN 978-7-5676-2213-5

Ⅰ . ①蒋… Ⅱ . ①蒋… Ⅲ . ①中国文学—古典文学研究—先秦时代—文集 Ⅳ . ①I206.2-53

中国版本图书馆CIP数据核字（2015）第225775号

蒋立甫古典文学研究论集

蒋立甫　著

出版发行 : 安徽师范大学出版社

芜湖市九华南路189号安徽师范大学花津校区　　邮政编码 : 241002

网　　址 : http://www.ahnupress.com/

发 行 部 : 0553 3883578 5910327 5910310（传真）　E-mail : asdcbsfxb@126.com

印　　刷 : 阳谷毕升印务有限公司

版　　次 : 2016年6月第1版

印　　次 : 2024年6月第2次印刷

规　　格 : 700 mm × 1000 mm　　　1/16

印　　张 : 11.75

字　　数 : 185千

书　　号 : ISBN 978-7-5676-2213-5

定　　价 : 48.00元

总　序

　　安徽师范大学文学院的前身是1928年建立的省立安徽大学中国文学系,是安徽省高校办学历史最悠久的四个院系之一。1945年9月更名为国立安徽大学中文系,1949年12月更名为安徽大学中文系,1954年2月更名为安徽师范学院中文系,1958年更名为合肥师范学院中文系,1972年12月更名为安徽师范大学中文系,1994年10月更名为安徽师范大学文学院。这里人才荟萃,刘文典、陈望道、郁达夫、朱湘、苏雪林、朱光潜、周予同、潘重规、宗志黄、张煦侯、卫仲璠、宛敏灏、张涤华、祖保泉、余恕诚等著名学者都曾在此工作过,他们高尚的师德、杰出的学术成就凝固成了我院的优良传统,培养出了一大批出类拔萃的各类人才。

　　文学院现设有汉语言文学、汉语言、秘书学、汉语国际教育等4个本科专业,文学研究所、语言研究所、古籍整理研究所、美育与审美文化研究所、艺术文化学研究中心等5个研究所(中心)。拥有中国语言文学博士后科研流动站,中国语言文学一级学科博士点,中国语言文学、艺术学理论两个一级学科硕士学位点;设有中国古代文学等10个硕士学位二级学科授权点和学科教学(语文)、汉语国际教育两个专业学位点;有1个安徽省A类重点学科(中国语言文学),3个安徽省B类重点学科(中国古代文学、汉语言文字学、中国现当代文学);1个国家级特色专业建设点(汉语言文学专业),1个国家级教学团队(中国古代文学),两门国家级精品课程(文学理论、大学语文),1个省级刊物(《学语文》)。

　　文学院师资科研力量雄厚,现有在岗专任教师82人,其中教授28人,副教授35人,博士55人。2010年以来,本学科共主持省部级以上科研项目100项,其中国家社科基金项目28项(含重大招标项目1项),获得省部级以上奖励9项。教师中,有国家首届教学名师1

人,享受国务院特殊津贴12人,皖江学者3人,二级教授8人,5人入选省级学术和技术带头人,6人入选省级学术和技术带头人后备人选。

走过八十多年的风雨征程,目前中文学科方向齐全,拥有很多相对稳定、特色鲜明的研究领域。唐诗研究、古代文论研究、儿童语言习得研究、古典文献研究、宋辽金文学研究、词学研究、当代文学现象研究、古典诗歌接受史研究、梵汉对音研究、句法语义接口研究等在全国居于领先地位或在学术界有较大影响。特别是李商隐研究的系列成果已成为传世经典,国务院学位委员会委员、北京大学教授袁行霈先生说,本学科的李商隐研究,直接推动了《中国文学史》的改写。

经过几代人的薪火相传,中文学科养成了严谨扎实的学术传统,培育了开拓创新的学术精神,打造了精诚合作的学术团队,形成了理论研究与服务社会相结合、扎根传统与关注当下相结合、立足本位与学科交融相结合、历代书面文献与当代口传文献并重的学科特色。

21世纪以来,随着老一辈学者相继退休,中文学科逐渐进入了新老交替的时期,如何继承、弘扬老一辈学者的学术传统,如何开启中文学科的新篇章,成了摆在我们面前的迫切任务。基于这一初衷,我们特编选了这套丛书,名之为"安徽师范大学文学院学术文库",计划做成开放式丛书,一直出版下去。我们认为,对过去的学术成果进行阶段性归纳汇集,很有必要,也很有意义,可以向学界整体推介我院的学术研究,展现学术影响力。

关心文学院发展的朋友常常问我们:"你们自己说师大文学院历史悠久,底蕴深厚,有什么可以证明呢?"是啊,校址几经变迁,由安庆至芜湖至合肥,最终落户芜湖;校园面貌日新月异,载有历史积淀的老建筑也已被悉数推倒重建,物化的记忆只能在发黄的老照片中去追寻。能证明我们悠久历史的,能说明我们深厚底蕴的,唯有前辈学者留下的字字珠玑的精彩华章。为此,我们特别编选了本辑文集,文集作者均是已退休的前辈学者,他们有的已驾鹤仙去,有的虽然年岁已高,但仍笔耕不辍。这些优秀成果,是他们留给我们的宝贵精神财富,是砥砺我们人格的源泉,是指引我们前行的明灯,是督促我们奋进的动力。

　　我们坚信,承载着八十多年的历史积淀,文学院必将向学界奉献更多的学术精品,文学院的各项事业必将走向更悠远的辉煌!

储泰松

二〇一五年八月

目　　录

《左传》的作者及成书时代考辨

关于《左传》的作者及成书时代,自唐代有了不同意见以来,论者纷纭,至今无定论。《左传》是我国古代一部重要的典籍,无论是研究先秦历史、文学或语言,都不能不从中索取资料。如果《左传》一书确如有的论者所断定的:是西汉末刘歆"采集群书"而写成的一部伪作,成书时间在公元前八年①,那么《左传》怎能再充作先秦的资料呢? 这个问题非同小可,所以我们加以审慎考辨,折衷诸家,探索究竟,是很必要的。

第一部分 历代学者的探讨

研究一种事物,探讨一个问题,为求得透彻的了解,便不能不追根究源,为此,本文试图先介绍前人有代表性的不同意见,弄清历史上争论的原委。

(一)两汉人的看法

在我国现存的典籍中,最早提到《左氏春秋》这一名称的是司马迁。在《史记·十二诸侯年表》中他有这样一段话:

> 孔子明王道,干七十余君,莫能用,故西观周室,论"史记"旧闻,兴于鲁而次《春秋》。上记隐,下至哀之获麟,约其辞文,去其烦重,以制义法,王道备,人事浃。七十子之徒口受其传指,为有所刺讥褒讳挹损之文辞,不可以书见也。鲁君子左丘明惧弟子人人异端,各安其意,失其真,故因孔子"史记",具论其语,成《左氏

---

① 见徐仁甫《〈左传〉的成书时代及其作者》,载《四川师范学院学报》1978年第3期。又徐仁甫《马王堆汉墓帛书〈春秋事语〉和〈左传〉的事、语对比研究》,载《社会科学战线》1978年第4期。

春秋》。

在这里司马迁明确地肯定《左氏春秋》是左丘明所作,目的是防止后学解释《春秋》"失其真"。如是,其成书时间当与《春秋》相距不远。至于左丘明其人,司马迁没有多说,只点明是"鲁君子"。

在司马迁之后,第一个与《左氏春秋》有关系的人物是刘歆。据《汉书·刘歆传》[①]记载:

> 及歆校秘书,见古文《春秋左氏传》,歆大好之[②]。时丞相史尹咸以能治《左氏》与歆共校经传,歆略从咸及丞相翟方进受,质问大义。初《左氏传》多古字古言,学者传训故而已。及歆治《左氏》,引传文以解经,转相发明,由是章句义理备焉。

考司马迁完成《史记》约在汉武帝征和年间,刘歆受诏与父刘向领校秘书在汉成帝河平时,其间六十余年,《左氏春秋》几乎无声息,而到刘歆时,情况则有了变化,此书不仅引起了儒者们的注意,而且还逐渐出现了争论。首先就是发生在刘向、刘歆父子之间,《汉书》中有这样一段话:

> 歆以为左丘明好恶与圣人同,亲见夫子,而《公羊》《谷梁》在七十子后,传闻之与亲见之,其详略不同。歆数以难向,向不能非间也,然犹自持《谷梁》义。[③]

从上面所引《汉书》的两段话看,刘歆的说法较司马迁已有变化:第一,司马迁只称《左氏春秋》,而刘歆却名之曰《春秋左氏传》。这就意味着《左氏》同《公》《谷》一样是解释《春秋》的著作。第二,刘歆又进而断定了作者左丘明就是《论语》中孔子引以自重的那个左丘明[④],他亲见过孔子。

---

① 附在《汉书·楚元王传》中。
② 这几句从文意体会,当指刘歆自己以前未见过《左氏春秋》,到校秘书时才见着,并非说当时无人知有此书。刘歆《移太常博士书》说民间有贯公传本,则是其证。
③ 见《汉书·刘歆传》。
④《论语·公冶长》:"左丘明耻之,丘亦耻之。"

正由于刘歆如此抬高《左氏》而贬低《公》《谷》，所以不久便引起了今文博士们的反对，从此两汉儒生围绕着《左氏春秋》论争了一百几十年。第一次发生在汉哀帝建平时（前6—前5）：哀帝建平元年刘向卒，刘歆"复领五经，卒父前业"。这时他建议将《左氏春秋》列于学官，结果却遭到五经博士们的抵制。刘歆气极挥笔写了一篇《移太常博士书》，指责反对者"欲保残守缺，挟恐见破之私意，而无从善服义之公心；或怀妒嫉，不考情实，雷同相从，随声是非……谓《左氏》为不传《春秋》，岂不哀哉！"这样一来，刘歆便触犯了执政大臣的尊严，儒者出身的大司空师丹"奏刘歆改乱旧章，非毁先帝所立"，一些儒生也乘机讪谤刘歆。于是刘歆及其支持者都被调出做地方官。刘歆求立《左氏春秋》的事，也就化为泡影①。

第二次斗争发生在东汉光武帝建武四年（28），时尚书令韩歆上疏，欲为《左氏》立博士，于是由光武帝主持，在云台召集公卿、大夫、博士联席会议讨论，博士范升为"《左氏》不祖孔子，而出于丘明，师徒相传，又无其人，且非先帝所存，无因得立"。韩歆等立即反驳，"互相辩难，日中乃罢"。不久范升又上疏指斥"《左氏》之失凡十四事"以及"太史公违戾五经、谬孔子言及《左氏春秋》不可录三十一事"。这时陈元与之针锋相对，"诣阙上疏"，极力为《左氏春秋》辩护。首先他借重光武帝之口，赞扬作者"左氏明至贤，亲受夫子"，接着便批评范升对《左传》的指责与实际情况不符合。他同范升在朝廷内"相辩凡十余上"，终于击败了范升，"帝卒立左氏学"。可是反对者并非就此停止，"诸儒以左氏之立，论议欢哗，自公卿以下数廷争之"②。

第三次论争开始于明帝永平时，进入斗争高潮却在章帝建初年间，此后时起时伏，竟延续八九十年之久。

首先揭开这次斗争序幕的是李育、贾逵。李育是"公羊学"名家，他指责《左传》"不得圣人深意……而多引图谶，不据理体，于是作《难左氏义》四十一事"。建初元年，贾逵受章帝诏令，整理出《左氏传》明显优于二传的"三十事"，与李育对着干。建初四年，章帝在白虎观召开经学讨论会，李育以《公羊》义难贾逵。到桓灵之际，"公羊学"专家何休又"追述李育意以难二传"，作《左氏膏肓》等，意谓《左氏传》如人病入膏肓，不可

---

① 见《汉书》的《刘歆传》与《儒林传》。
② 见《后汉书》的《范升传》《陈元传》（在《后汉书》卷三十六）。

救药。郑玄则"针膏肓",逐一驳斥何休①。两家相攻,几如寇仇。

除上述三次论争外,汉人在著作中涉及《左传》作者等问题的还有桓谭的《新论》、班固的《汉书》、王充的《论衡》等,他们大体都是根据司马迁的意见发挥的,如进而肯定左丘明与孔子同时代,是鲁国的史官,《左传》与《国语》都出自左丘明之手②等。

由上观之,终汉之世,对司马迁说的左丘明成《左氏春秋》,包括像师丹、范升等最激烈的反对者在内无异词。同时对司马迁曾大量取材于《左传》也是两派所公认的,甚至范升还加以证实。再者尽管范升、李育、何休对《左氏春秋》曾极力揭短,然而他们却从没有人猜疑是刘歆伪作。师丹虽指控对刘歆"改乱旧章,非毁先帝所立",但考"改乱旧章",实际只是指刘歆"引传解经"一事,非谓伪造《左氏传》。惟其如此,所以哀帝以为师丹对刘歆的责难不尽恰当,他批评说:"歆意欲广道术,亦何以为非毁哉!"③还附带说一下,新莽时公孙禄曾奏言刘歆"颠倒五经,毁师法"④,所谓"颠倒五经"也只是指刘歆要以《古文尚书》《周礼》《左传》等取代已立的今文,有的论者以为是指刘歆改窜五经书文,这是把有的放矢的意思理解错了。

以上几点对我们进一步探讨《左氏春秋》作者等问题很有参考价值。

(二)唐代以后的论争情况

自西汉至唐以前,学者对左丘明作《左氏春秋》无异议。唐人最先表示怀疑的是赵匡,他说:

> 丘明者,盖夫子以前贤人,如史佚、迟任之流,见称于当时耳。焚书之后,莫得详知,学者各信胸臆,见《传》及《国语》俱题左氏,遂引丘明为其人。……左氏绝非夫子同时……自古岂止一丘明姓"左"乎!⑤

---

① 见《后汉书》的《贾逵传》《儒林传》《郑玄传》。
② 分别见《太平御览》卷六百一十引《新论·正经》、《汉书》的《司马迁传》和《艺文志》、《论衡·案书篇》。
③ 见《汉书·刘歆传》。
④ 见《汉书·王莽传》。
⑤ 见陆淳《春秋啖赵集传纂例·赵氏损益义》。

此后民议纷出，大致有下列几种说法：

宋人叶梦得根据《左传》中"杂见秦孝公以后事甚多"，因而推测左氏是"战国秦汉间人"①。郑樵又进而根据《左传》有"不更""庶长"等爵位名号、有"腊祭"之称、有邹衍的怪诞思想、有像游说之士的外交辞令等，这些都是战国时代的东西；同时"左氏之书序晋楚事最详"，因此他认为左氏为六国时人②。朱熹则疑"左氏是楚史倚相之后"③。近人郭沫若又推论左丘明就是左史倚相④。

宋人陈振孙的看法稍有不同，他怀疑作者"非孔所称左丘明"，而"别自是一人为史官者"⑤，即另一同名的左丘明。清人崔述、刘逢禄同意陈氏观点，并进而肯定这个作传的左丘明"盖生鲁悼之后"⑥。

清人姚鼐又以为"左氏之书，非出一人所成"，他根据《左传》中"于魏氏事造饰尤甚，窃以为吴起为之者盖尤多"⑦。近人朱东润与姚说相近，他说"我们不妨认为这是战国初期魏人的作品"⑧。

近人卫聚贤则从姚说发展一步，他根据先秦、两汉典籍记载，认为子夏精通《春秋》，曾长期在魏国的西河（地名）教书，有条件利用晋国的史料来著述，而他主观上又具备写《左传》所需要的各种知识和才能。因此卫氏认为《左传》为子夏所作，吴起曾从其受业，后来则为吴起所传。因吴是卫左氏人，《左氏春秋》正由此得名⑨，其后徐中舒的看法与卫氏略同，他推算"作者可以就是子夏一再传的弟子"⑩。

还有人认为《左传》是刘歆伪造的，这一说又有两种不同看法。

其一认为《左传》是刘歆从《国语》中分割出来的，考此说本源于叶适⑪，清末康有为著《新学伪经考》又据此大加发挥。他推测刘歆为了要压倒《公》《谷》二传，便"求之古书，得《国语》与《春秋》同时，可以改

① 见叶梦得《春秋考》卷三。
② 见郑樵《六经奥论》卷四。
③ 见《朱子语类》卷八十三。
④ 见郭沫若《青铜器时代·述吴起》。
⑤ 见陈振孙《直斋书录解题》。
⑥ 见刘逢禄《左氏春秋考证》。
⑦ 见姚鼐《左传补注序》。
⑧ 见朱东润《左传选·前言》。
⑨ 见卫聚贤《古史研究·左传的研究》。
⑩ 见徐中舒《左传选·后序》。
⑪ 见朱彝尊的《经义考》卷一百六十九引叶说。

易窜附,于是毅然削去平王以前事,依《春秋》以编年,比会经文,分《国语》以释经,而为《左氏传》"①。

康氏这一说在近代影响颇大,得到了崔适、梁启超、钱玄同、胡适、林语堂等人的支持与同情②,直至现在仍时见论者持此说③。

其二则是近年徐仁甫提出的新见,他推定"《左传》是西汉末年的作品,其作者为刘歆"④。

至于《左传》的成书时代,清以前学者讲得比较笼统,近世的学者则作了较细致推算。如卫聚贤曾通过《左传》的内证与外证的分析,把著书时间定在周威烈王元年(前425)至二十三年(前403)这一段时间内⑤;朱东润根据《左传》记事的分析,断定"《左传》的成书在魏的开始强大,赵的内乱未定,和秦与东方诸侯隔绝的时期,我们可以假定为前四世纪的初期"⑥。徐中舒根据"《左传》讲霸业不讲王道"的时代特点,并参照《左传》中不应验的预言,把成书定在公元前375到前351年间;徐仁甫则肯定成书时间在公元前八年⑦。参与争论的瑞典汉学家珂罗倔伦(高本汉)以为是公元前468至前300年间的作品⑧。

在上面那些异议出现的同时,另一派学者则极力维护司马迁、刘歆的说法,对异议派的一些观点进行了批驳,仍肯定《左传》是左丘明所作。把他们的意见归纳一下约有三种:

第一种是以《四库全书总目提要》为代表的观点。《提要》的撰者不同意朱熹、叶梦得等人的看法,认为像"腊祭"等名物不一定是秦国"始创"的,本不足为据;同时《左传》记事中虽有"后人所续"或"从后傅合"之处,但也不能就此完全否定整部《左传》都不是左丘明作的。

第二种是近人章炳麟的观点。他假定左丘明与子夏同岁,推算出

---

① 见康有为《新学伪经考·汉书艺文志辨伪》。
② 见崔适《史记探源》卷一、梁启超《饮冰室合集·要籍解题及其读法》、钱玄同《重论经今古文学问题》(刊在《古史辨》第五册上编)、胡适为珂罗倔伦《左传真伪考》写的《提要与批评》、林语堂《左传真伪与上古方音》(刊在《语丝》四卷二七、二八期)。
③ 如金德建《司马迁所见书考·叙论》中以为司马迁所说的《左氏春秋》,即《春秋国语》;韩席筹《左传分国集注》也以为《左传》是刘歆割截《国语》而写成的。
④ 见徐仁甫《左传的成书时代及其作者》。
⑤ 见卫聚贤《〈左传真伪考〉跋》。
⑥ 见朱东润《左传选·前言》。
⑦ 见徐仁甫《〈左传〉的成书时代及其作者》。
⑧ 珂罗倔伦著《左传真伪考》,陆侃如译,新月书店印本。

到赵襄子卒时,左丘明也只八十余岁,仍可以续传。因此他完全否认《左传》中有后人附益的东西,认定全书皆左丘明一人所作①。其后方孝岳又撰《左传通论》附和章氏意见。

第三种是不同意康有为"从《国语》中分出说"的。如钱穆的《刘向、歆父子年谱》,曾指责康说有"不可通"者二十八条②;符定一的《新学伪经考驳谊》卷三是专攻康氏关于《左传》考伪的,他根据先秦和汉初的一些典籍多采用《左传》的"文"和"事",以证明《左传》不可能是刘歆伪造的。冯沅君撰写的《论左传与国语的异点》一文,又通过比较《左传》与《国语》两书记事和语法的差异,来证明"《左传》与《国语》是两部各不相干的书"③。

第二部分　笔者的浅见

前面叙述的两千年来学者们对"《左传》的作者及成书时代"的论辩意见,代表了历史上最重要的一些看法。从这些论辩材料分析,笔者觉得有必要从下列三个方面进行考辨,探讨诸家之得失,以便从中求得较可信的结论。

(一)从《国语》中分出说不能成立

对康有为的"从《国语》中分出说",前人已有过一些批评意见,这里再补充两条:

第一,既说《左传》是从《国语》中分割出来的,那么今本《国语》《左传》记事就应该是"此存则彼无,彼存则此无",而现在两书的实际情况怎样呢? 因康氏曾认为《鲁语》被刘歆割裂最甚,剩下的"则大半敬姜一妇人语"④,那我们就来考察《鲁语》:

(1)《鲁语上》(下同)记"齐鲁长勺之战",亦则《左传》庄公十年。

(2)记"曹刿谏庄公如齐观社",亦见左庄二十三年。

(3)记"展喜犒齐师",亦见左僖二十六年。

---

① 见章炳麟《春秋左传疑义答问一》(收编在《章氏丛书续编》内)。
② 钱文见《古史辨》第五册。
③ 冯文见《新月》第一卷第七期。
④ 见康有为《新学伪经考·汉书艺文志辨伪》。

（4）记"晋文公使医鸩卫侯"，亦见左僖三十年。

（5）记"晋文公解曹地以分诸侯"，亦见左僖三十一年。

（6）记"臧文仲祭海鸟爰居"，亦见左文二年。

（7）记"夏父弗忌跻僖公"，亦见左文二年。

（8）记"莒太子仆弑纪公"，亦见左文十八年。两书虽记同一事件，人名却不同：《鲁语》是宣公和太史里革；而《左传》却是文公与季文子。

（9）记"季文子节俭"的故事，亦见左成十六年。

总括《鲁语上》共记事十六则，两书同见者有上列九则；《鲁语下》不必再对列，它共记事二十一则，两书同见者十则。合《鲁语》上下共记事三十七则，其中"敬姜妇人语"仅八则，占四分之一弱；若以文字计则不足七分之一。"大半"之说不知从何而来？

第二，既说《左传》是从《国语》中分割出来的，那么两书的体例、语言、文章风格应该是大体一致的，而现在两书的实际情况怎样呢？

《国语》是语录文体的分国历史资料汇编，而《左传》却是以叙事为主体的编年史。差别是一目了然的。

如再深一层考查，还可发现今本《国语》基本是"记诸国君臣相与言语谋议之得失"[①]。作者为强调历史上"得失"的现实意义，常常在记载某一事语之后，加上简短的几句叙述语，点明其结果怎样，以示垂戒。通观全书，体例大多如此。请看：

《周语上》记载周厉王压制人民言论后，接着就指出："于是国人莫敢言，三年，乃流王于彘。"

《鲁语下》记载季武子不听穆叔劝告而"作三军"后，接着就指出"自是齐楚代（交替）讨鲁，襄、昭皆如楚（指往朝楚工）"。

《齐语》记载齐桓公不记私仇而任用管仲后，接着就指出"天下大国之君莫之能御"。

《楚语上》记载楚灵王不听劝谏而在陈蔡等小国筑城后，接着就指出"陈、蔡及不羹人纳弃疾而弑灵公"。

不单如是，有的分国事语的篇末叙述语，连缀起来，还能表现了一个国家发展的历史过程。请看《晋语》：

《晋语一》记载晋献公拒谏而伐骊戎后，作者指出其结果晋国长期

---

① 见刘熙《释名·释典艺》。

大乱:"晋正于秦,五立而后平"①,随后各部分便系统地记述"五立而后平"的历史过程。《晋语四》又从晋文公上台平息内乱,"伐曹卫、出谷成、释宋围、败楚于城濮,于是乎遂霸"开始,再叙述至悼公"复霸",最后直到平公时"诸侯叛晋",从此丧失霸业为止。记述晋国的盛衰过程很完整。

今本《国语》的体例如此整齐划一,绝不像康有为所说的:刘歆分割出《左传》后,"留其残剩,掇拾杂书,加以附益,而为今本之《国语》"②。

《左传》与《国语》在语言和文章风格方面的不同与优劣,那更是显而易见的,文学史家已有定评。《左传》的语言丰富多彩,尤其是行人的外交辞令委婉曲致,向来为人推崇。《国语》中虽也有幽默风趣的语言,但究竟长篇乏味的说教较多;《左传》叙事严密、完整,富有故事性,时而还能提示人物的性格。描写战争更是其特长。而《国语》叙事生动的篇章较少,大多平铺直叙。总之《左传》较《国语》文学意味浓厚得多,哪像原来是一部书呢?

所以,根据前人已有的论证和我现在的考察,我以为《左传》绝不可能是刘歆从《国语》中分割出来的。

(二)韩非采用《左传》的史料不容否认

徐仁甫断定"《左传》广采诸子","成书在《吕氏春秋》《韩非子》《公羊》《谷梁》《史记》乃至《新序》《说苑》《列女传》之后",他不同意前人说吕、韩所载春秋时事是"取之于《左传》",而是《左传》"删减《韩非子》之文";"《吕氏春秋》采自《韩非子》",而不是《左传》③。徐氏的论断对否?先姑置不论。按徐氏的意见,在上举数书中自然以《韩非子》成书最早,因此我们不妨就用《韩非子》记春秋事的部分同《左传》做一对比,让事实来判断吧!

《韩非子·奸劫弑臣》(以下只举篇名)记楚王子围弑楚君自立事,见《左传》昭公元年;又记崔杼弑齐庄公事,见《左传》襄公二十五年。

---

① 这两句意指晋国要依靠秦国势力来拨乱反正,经过五次更立晋君,才可得到安定。按:五立,即立奚齐、卓子、夷吾、子圉、重耳。
② 见康有为《新学伪经考·汉书艺文志辨伪》。
③ 见徐仁甫《左传》的成书时代及其作者》。

按:这两段显然是韩非引自《左传》,引用时他只取能作为"奸劫弑臣"论据的史实,其余则弃而不录。若说左采自韩文,不合常理,因为左文有些史实与细节是韩文所没有的。

《饰邪》记谷阳行小忠而贼大忠事,见左成十六年。两书详略不同:韩详写子反醉酒,左则详写楚君臣逼子反自杀。按:这表明左、韩各有所本,或对同一史料取舍有别。

《喻老》记重耳出亡过郑事,见左僖二十三年与三十年;又记晋献公假道于虞事,见左僖二年与五年;又记宋子罕不受玉事,见左襄十五年。按:这三则都是左文所记史实详于韩,而韩载晋文公取郑八城事,又为左文所无。按:这表明左、韩各有所本。

《说林下》记管仲、鲍叔牙相约事,见左庄八年与九年。韩详于管鲍相约之言,左则详于小白与公子纠争位,有些史实也为韩文所无。按:这表明韩可能是节录左文,或是另有所本,绝不会是左取自韩。

又记吴使沮卫、蹶融犒荆师事,见左昭五年。两书所记事件相同,左文词语古奥,韩文畅达;左作蹶融一人,韩作沮卫、蹶融二人。按:这表明左、韩各有所本,从词语判断左远早于韩。

《内储说上·说一》记叔孙专断而"子父为人僇"事,见左昭四年。左文详而古奥,韩文略而畅达。按:这表明左远早于韩,韩或本于左。

同上篇《说二》记子产劝游吉"必以严莅人"事,见左昭二十年。两书史实相近,而左详于韩,思想也不同:左强调为政"宽猛相济",韩则意在严刑。按:左记事详于韩,韩可能是据左史料发挥的,而不会是相反。

《内储说下·说 ·》记胥僮、长鱼矫进谗晋厉公诛杀大臣事,见左成十七年与十八年。叙事左详韩简,左指责厉公残忍,韩则惋惜厉公不尽听胥僮等谏言而招害。左表现的是社会大转变时期的私家立场,韩则反映了大国争统一时代加强君主权势的集权思想。按:这表明左远早于韩。

同上篇《说二》记三桓逐鲁昭公事,见左昭二十五年。韩借此事说明君臣异利,记事简略,只有119个字;左详写事件发生的过程,500余字。按:这表明韩采用左史料,而不可能相反。

同上篇《说三》记费无极谋杀郤宛事,见左昭二十七年。左详述事件的前因后果,韩只录谋杀事。按:此显系韩节录左文。

同上篇《说五》记晋骊姬谗杀申生事,见左僖四年。左详记谗害的过程,241个字,而韩仅40个字的简述。

又记商臣弑楚成王事,见左文元年。两书所记情节一样,词句也多同;所不同者,唯左详具年月日。

按:上两则当是韩采用左文。

《外储说左上》记蔡女荡舟为齐桓公所出事,见左僖三年与四年。两书记荡舟事同,但韩有管仲与桓公谋先伐楚后及蔡,而左记事则是"齐侯以诸侯之师侵蔡,蔡溃,遂伐楚",与韩不同。

又记宋襄公与楚战于涿谷事,见左僖二十二年。两书记载大同小异。左详具战事年月日,战后有宋襄公与子鱼的对话。韩文均无。

又记晋文公伐原示信事,见左僖二十五年。两书情节相同,韩详于左,并叙及卫降晋事与孔子的评语。而左则连及迁原伯贯和立赵衰为原大夫事;另外韩作"裹十日粮",左作"命三日之粮"。

又记晋文公与咎犯盟于河事,见左僖二十四年。韩有文公"捐笾豆、席蓐""咎犯夜哭"等细节,左则有子犯"以璧授公子",公子"投其璧于河"等细节;文公与子犯对话的内容也很不同。

按:以上四则左、韩史实互有出入,当各有所本。

《外储说左下》记解狐荐其仇为相事,与左襄三年载祁奚举其仇解狐事显然有联系,当是同一事件的两种传闻。按:这无疑是各有所本。

《外储说右上》记齐景公与晏子游于少海论政事,见左昭二十六年。两书所记多不同:韩地点在"柏寝之台";左在"路寝"。韩文晏子提出的施政主张是"近贤而远不肖,治其烦乱,缓其刑罚,振贫穷而恤孤寡,行恩惠而给不足":左文晏子阐述的中心是以"礼"来防范,他的原话是"唯礼可以已之。在礼,家施不及国,民不迁,农不移,工贾不变,士不滥,官不滔,大夫不收公利"云云。按:韩、左同记晏子之语,内容相关如此之远,这固然说明他们所据的原始史料不同,但更反映出两个不同时代的思想。春秋时代虽然"礼崩乐坏",然而一些旧贵族仍想用"礼"来调整贵族内部矛盾,维系旧的等级制度,防止大夫侵害"公利"。左文中晏子的话就是这一思想的代表。韩文中晏子所说的中心,则是以恩惠来收买人心,不谈已经无用的"礼",正反映了战国中期以后的思想特征。这里左早于韩是无疑的。徐仁甫以为"礼可以已乱"是西汉的思想特征,证明韩早于左①,这是弄颠倒了历史。

《难一》记晋文公与舅犯等谋议对楚战争事,见左僖二十八年。两书所记城濮之战前后事相差甚大。按:这表明左、韩各有所本。

又记郤克为韩厥分谤事,见左成二年。其文不长,录于下对比:

《韩非子》	《左传》
靡笄之役,韩献子将斩人,郤献子闻之,驾往救之。比至,则已斩之矣。郤子因曰:"胡不以徇?"其仆曰:"曩不将救之乎?"郤子曰:"吾敢不分谤乎?"	及卫地,韩献子将斩人,郤献子驰,将救之。至,则既斩之矣。郤子使速以徇,告其仆曰:"吾以分谤也。"

按:韩加进"郤献子闻之""其仆曰""郤子因曰"几句,就把左文不足的语意完全补齐了,较左文明白周密。所以只能是韩袭左文,而不是相反。

《难二》记齐景公欲为晏子更宅事,见左昭三年。两书基本史实一致而小有出入:韩徙宅为"豫章之圃",左则"请更诸爽垲者",系泛指。按:这显然是各有所本。

《难三》记寺人披求见晋文公事,见左僖四年、五年与二十四年。韩只截取主要史实,以作为论难的材料,左叙事却详载前因后果。按:这显系韩采录左的史料,而不会是左袭用韩。

《难四》中记事见于《左传》者有数则,但其中只有记孙文子聘于鲁事和高渠弥弑郑昭公事二则较详细,与左襄七年及左桓十七年记载相关无几。其他如:记阳虎攻三桓失败而奔齐事、卫国褚师作难事、郑子公因食鼋导致杀灵公事、晋灭三郤后栾氏与中行氏作乱事,在韩文中都只是词提纲,而在左文中则每一事件的首尾毕具。按:这些显系韩节录左的史料。

从以上的对比考察,足证徐仁甫说《左传》采录《韩非子》是毫无根据的,相反《韩非子》袭用《左传》的史料是不容否认的。其实韩非自己在《奸劫弑臣》中已明确地告诉读者,他所引用的"楚王子围弑君自立"等事出处是《春秋》,即指《左氏春秋》②。

---

① 见徐仁甫《〈左传〉的成书时代及其作者》。

② 参见金德建《司马迁所见书考》第108—109页的考证(上海人民出版社1963年版)。按:徐仁甫说《韩非子》作"楚王子围",左昭元年作"楚公子围","明不见《左传》,哪能说《韩非子》本《左传》呢?"其实这是徐氏自己疏忽:左昭元年载伍举纠正楚使的话"共王之子围为长";又左昭四年载庆封语"无或如楚共王之庶子围,弑其兄之子麋而代之"。难道韩非不能据此明"楚公子围"为"楚王子围"吗?

另外，徐氏还把《韩非子》记载春秋时代的人和事，有的不同或不见于《左传》，作为韩书早于《左传》的证据，其实这是不科学的。本来我国史官设置已久，至春秋大变动时期，许多诸侯国为总结历史经验教训，都著有国史。墨翟曾说"吾见百国《春秋》"①。其中著名的就有《鲁春秋》《晋乘》《楚梼杌》②《周春秋》《燕春秋》《宋春秋》《齐春秋》等③。《史记·六国年表》中说："秦既得意，烧天下诗书，诸侯史记尤甚，为其有所刺讥也。"司马迁所见原始史料唯独《秦纪》，《左传》本是根据诸侯国史加工的，也只是第二手资料，所以司马迁对此感愤万端："惜哉，惜哉！"韩非著书当秦火之前，他所据史料除《左氏春秋》外，还有一些诸侯国的原始史料，因而其书记事必然有些不见或不同于《左传》，甚至是先秦他书都缺载的，当然我们不可据此说这些书都在《韩非子》之后。

以上事实已确凿地证明《左氏春秋》成书远早于《韩非子》，徐仁甫把它推迟至刘向《新序》等书之后，是没有理由的。

（三）左丘明的著作权取消不了

除上面康、徐二说以外，我们对唐代以来的其他异议也进行了考察。我们以为，尽管学者们从不同角度提出了许多疑点，但事实上都不足以否定司马迁关于左丘明作《左氏春秋》的记载。

第一，在我国古代学术史上，特别是先秦两汉时代，前人著作，后人附益是常有的事，而按照古代重视学术授受源流的惯例，谁是最初著者或传授者，谁就是其书的作者。如《墨子》一书除部分是墨翟当年讲学的内容，其大部分则是墨派后学附益的，孙诒让说："《修身》《亲士》诸篇……涉晚周之事，非墨子所得闻。"④钱穆更认为《七患》《辞过》《三辩》等似西汉人的作品⑤；《庄子》也同样不是庄周一人所作，其书除《内篇》较可信外，其他外杂篇则基本是其后学附益的；即如《韩非子》后出之书，其间亦杂有他人之作，如《十过》明显不是韩非的作品，此篇阐述的思想、引述的历史故实乃至遣词造句与《韩非子》其他诸篇都不

---

① 转引自《隋书·李德林传》。
② 见《孟子·离娄下》。
③ 见《墨子·明鬼下》。
④ 参见罗根泽《诸子考察》第167—168页（人民出版社1958年版）。
⑤ 参见罗根泽《诸子考察》第167—168页（人民出版社1958年版）。

相类属,前人对此已有考论①。子书如此,史书亦复然,如《史记》是西汉之书,而为后人所附益的并不少,诸如《酷吏列传》《楚元王世家》《齐悼惠王世家》《将相名臣年表》等篇竟涉及昭、宣、元、成间事,最晚者已距司马迁卒近七十年。尽管这样,我们并不就此剥夺掉墨翟、庄周、韩非、司马迁的著作权。以理推之,《左氏春秋》中虽窜入战国时事、名号以及从后附会的预言,乃至某些修饰润色等,但其著作权仍应属于左丘明。

至于左丘明其人,汉人除司马迁一段话外,还有刘歆、桓谭、班固、王充等人的补充说明,如刘歆说"左丘明好恶与圣人同"、班固说"左丘明鲁太史"等,我以为刘歆等人的话不为无据,因为左丘明既能深知孔子作《春秋》的命意,为防止后学"失其真"而作《左氏春秋》,当然与孔子的关系至密,"好恶"也接近。同时在孔子时代,私学刚兴起,像左丘明那样娴熟春秋各国史料,非史官不能办到。所以他们并非臆想,后人妄加否定是不对的。不过像光武帝说左丘明"亲受夫子",这的确无据,司马迁曾见过《弟子籍》,而《史记·仲尼弟子列传》《十二诸侯年表》中都不说左丘明"亲受夫子"。朱东润说得好:"光武帝怎样会知道左丘明是孔子的弟子呢?这很可能是他们为了建立《春秋左氏传》的威信而造出来的。"②

第二,论者有的认为《左氏春秋》是左史倚相或其后代所作。这一说本没有多少依据,他们所能找到的关于左史倚相的记载,只有《国语·楚语上》和左昭十二年两处。而左昭十二年的记载恰是否认左史倚相是"良史"。按常理说,自己作书怎会借别人之口来挖苦自己呢?至于说是其后人所作,那更不会非毁自己祖上没有"良史"之材。

还有的论者说是子夏、吴起所作,他们的论证提示了部分事实,子夏、吴起等与《左氏春秋》有密切的关系,但他们并不是最初的著者,只是传授者,当然在传授的过程中,他们对《左氏春秋》有所增补是可能的,甚至还有加工润饰的地方。

至于陈振孙、崔述、刘逢禄等认为"别自是一人为史官"的左丘明,本纯属猜测,不足多辩。

---

① 参见梁启雄《韩非子浅解》中关于《十过》的题解。
② 见朱东润《左传选·前言》。

第三，论者有的说"左氏之书，成之者非一人，录之者非一世"①，用后人的附益很多来变相否定左丘明所作。其实也是想当然。因为：

其一从全书看，《左传》对于复杂的历史事件的材料综合与剪裁，主次的安排，详略的处理，无不体现出作者当年统一筹划的匠心。这里试举僖公十五年一则短文为例：

> 晋侯之入也，秦穆姬属贾君焉，且曰尽纳群公子。晋侯烝于贾君，又不纳群公子，是以穆姬怨之。晋侯许赂中大夫，既而皆背之。赂秦伯以河外列城五，东尽虢略，南及华山，内及解梁城。既而不与。晋饥，秦输之粟。秦饥，晋闭之籴。故秦伯伐晋。

这一段本是对秦晋关系恶化的总结，说明秦直晋曲，责任全在晋一方。晋侯"许赂秦"和"不与秦赂"事在僖公九年、十年已分别提及，但没有说明"赂"的内容，所以这段则详细交代，以补前缺；而"晋饥""秦饥"二事已在僖十三年、十四年分别有详细记述，这里便一笔带过。这类似司马迁《史记》中所用的"互见法"，在《左传》中写复杂的历史事件时，常用这一手法。如果是后人附益很多，则全书的结构就不可能像现在这样完整而统一。

其二从《左传》的语法、方音、文风看，也都似出一人之手，近世以来中外学者如珂罗倔伦、卫聚贤、冯沅君、林语堂及稍前的崔述等都有专文论证，无须赘述。这也证明《左氏春秋》中后人补缀不多，以至于在语法、方音、文风方面无大差别。

在另一方面，如章炳麟、方孝岳强证《左传》左于左丘明一人之手，否定有后人附益，这也不是实事求是的态度。因为他们对左氏年龄的假设即令能成立，也无法解释书中那些迟至战国中期以后才应验的预言，总不能说左氏寿考达一二百岁吧！

第四，论者有的又以今本《左传》已非司马迁所见的《左氏春秋》旧本，来取消左丘明的著作权。如刘逢禄说：

> 刘歆强以传《春秋》，或缘经饰说，或缘左氏本文前后事，或兼

---

① 见顾炎武《日知录》。

采他书以实其年。①

按照刘氏的意思，今本《左传》几乎就是刘歆伪作了。其实大不然。班固说：

> 及歆治《左氏》，引传文以解经，转相发明，由是章句义理备焉。②

翻遍汉人著作，刘歆对《左氏春秋》所为不过如此而已。所谓"章句义理备焉"，充其量只是加进了解经的语句。至于刘逢禄说的"兼采他书以实其年"，那只是想象罢了。《艺文志》载："《春秋古经》十二篇"，王先谦"补注"引钱大昕说："谓左氏经也。"又载："《左氏传》三十卷。"足证其时刘歆并未分传比附《春秋》编年，故班固所见《经》与《传》仍是各独立成书的。甚至可以说刘歆作的"章句义理"，也没有与《左氏春秋》原文相混同。可以设想，如果那时《左氏春秋》已像今本有许多解经的语句，那么虽至愚者也应该看出是传《春秋》的，博士们又怎敢在皇帝面前睁眼瞎说呢？如果说博士们已知那是刘歆伪作，那么他们又为什么不揭露呢？因此从当时争论的情况推测，可以断定：那时刘歆没有把解经语句混杂《左氏春秋》原文。

事实上合"经""传"并把刘歆释经的语句混入传文的是杜预。唐陆德明在《经典释文》中指出："旧夫子之经与丘明之传各异，杜预合而释之。"杜预自己也有交代：

> 分"经"之年与"传"之年相附，比其义类，各随而解之，名曰《经传集解》。③

当然杜预自己也有伪造。清人焦循说：

> 《春秋》者，所以诛乱贼也，而左氏则云"称君，君无道，称臣，

① 见刘逢禄《左氏春秋考证》。
② 见《汉书·刘歆传》。
③ 见《春秋左传正义·杜预序》。

臣之罪"。杜预者且扬其辞而畅衍之,与孟子之说大悖。……预为司马懿女婿……而竭忠于司马氏,既目见成济之事①,将有以为昭饰……此《左氏集解》所以作也。②

焦循的推测大有道理,杜预为了替司马昭篡魏造舆论,因此要加进凡弑君"称君,君无道"一类乖戾《春秋》经义的话。刘歆"引传文以解经"时,下距王莽篡汉尚早,刘歆的目的只是要争立《左氏》,以古文压倒今文。按理他决不会造出这类亵渎经义、冒犯皇上的话来拆自己的台!

考今本《左传》,在刘、杜之间贾逵也有窜入。如贾逵给章帝奏疏中说:"五经家皆无以证图谶,明刘氏为尧后者,而《左氏》独有明文。"试想,如果《左传》中果真早有此话,刘歆、陈元这帮为《左传》争立的人,为什么不拿出来佐证,而偏要留给百十年之后的贾逵呢?对这点孔颖达的解释是合理的:"汉室初兴,左氏不显示于世,先儒无以自申,插注此辞,将以媚于世。"③贾逵却把"插注"冒充了原文。

总的说,我细心地研究了今本《左传》,对照前人试图恢复《左氏春秋》旧观而改编的不同体例的本子,得出的结论是:今本《左传》并没有大乱,如果从中删除经文及解经语句、附会时事的话,再按照记事本末连缀因编年而拆散的传文,庶几乎接近司马迁所见的旧本《左氏春秋》。

第五,还有一个问题就是《左传》与《国语》的作者是否同一个人。说《左》与《国》都是左丘明所作,唯一的根据就是司马迁在《史记·太史公自序》与《报任安书》中说的"左丘失明,厥有《国语》"。但是"失明"的左丘,与左丘明是否一人,不好武断。虽《报任安书》中另一处有的本子作"左丘明无目",但王先谦《补注》引王念孙说"后人不达而增入'明'字,则累于词矣,'景祐本'及《文选》皆无'明'字"。所以也不能作为是一个人的证据。根据本文前面一些考定,《左传》与《国语》不像出自一人之手。如果硬要说"失明"的左丘与左丘明是一个人,那只有王

---

① 公元260年在司马昭集团策划下,成济杀魏帝曹髦于车中,昭为掩人耳目,"于是归罪成济而斩之"(参见《晋书》卷二)。

② 见焦循《春秋左传补疏叙》。

③ 见孔颖达《春秋左传正义》。

充的解释略可通,即《左氏春秋》是根据国史加工的,而《国语》则只是"选录"一些国史加以编辑而已,作者没有多少加工[①]。所以两书的文章风格有很大不同,思想上也有抵牾之处,但由于作者时代相近,两书的语法却相似。

总束全文,我的浅见是:《左传》是左丘明所作,其中也有少量是后人附益的。它成书略后于《春秋》,大约总不出哀、悼间。《左传》本名《左氏春秋》,原来不专主《春秋》而发,与《公羊传》《谷梁传》不同。今本《左传》已不是汉代旧本,而是经过了杜预改编。《左氏春秋》当初虽不是解经的著作,但是因为它与《春秋》所记述的为同一时期的历史大事,成书时间又相近,左丘明其人与孔子又有一定接触,因此其书大部内容可视作《春秋》的本事;另一方面因其不是专传《春秋》的,又不可免的存在"无经的传文"或"有经无传"的现象。自汉以来旧经师曾为这个传不传《春秋》的争论不休,究其实质无非是利禄之争或门户偏见,今天我们可不必为此纠缠不清了。

[原载《文学遗产增刊十四辑》,中华书局1982年版]

---

① 王充《论衡·案书篇》说:"《国语》,左氏之外传也。左氏传经,辞语尚略,故复选录《国语》之辞以实。"

略谈建安诗人向民歌学习

建安时代诗人辈出,他们尽管出身经历、艺术素养、诗歌风格各不相同,但是在诗歌创作上受民歌影响却是一致的。向民歌学习,这在建安诗坛已蔚然成风。在我国古代文学史上,像建安诗人如此普遍重视学习民歌,实属罕见的现象。是什么原因促使建安诗人这样做的呢?这当然有其文学发展的内在因素以及那个时代的历史条件的。我们把这两方面综合分析,可以归纳出三条原因:

第一是由于受了汉乐府民歌巨大成就的吸引以及东汉诗人学习民歌的启发。

自西汉以来,《诗经》的四言形式,在模拟者手里已经僵化,如被刘勰誉为"匡谏之义,继轨周人"的汉初韦孟的四言诗,虽洋洋近百十句,但通篇都是说教,语言板滞枯燥,全无风诗的活力。这正如锺嵘指出的"诗人之风,顿已缺丧"。另一方面,屈原开创的骚体诗,也经汉初文人改制,渐演变为"铺张扬厉"的散体大赋,后来东汉又产生了抒情小赋,两汉文坛,辞赋盛极一时,而诗歌则相形见绌,至东汉桓、灵前,少有名世之篇。正当文人诗作衰微之际,"赵、代之讴,秦、楚之风"却如斑斓绚丽的春花,盛开于两汉诗园。据《汉书·艺文志》记载,仅被国家乐府机构采集入乐的两汉民歌就有一百三十四首。两汉民歌,以充实的内容、崭新的艺术形式、新颖的表现方法、活泼明朗的语言,给汉代荒漠的诗坛,带来了春天的信息。鲁迅指出:"旧文学衰颓时,因为摄取民间文学或外国文学而起一个新的转变,这例子是常见于文学史上的。"汉代文人诗歌的新生正是如此。

汉乐府民歌在艺术形式方面对周民歌有很大的突破和发展:周民歌基本是四言,而汉乐府民歌除杂言体外,还有整齐的五言体,未入乐的更有七言体,这无疑使诗的表现力大为增强;周民歌基本是抒情诗,而汉乐府民歌则多是叙事诗,徐祯卿《谈艺录》说:"乐府往往叙事,故与《诗》殊。"两汉叙事民歌一般都有故事情节和人物形象,表现方法丰富多彩,在对话、肖像、细节描写、心理刻画方面的艺术技巧,较之周民歌已前进了一大步。这些,不能不使汉代诗人为之耳目一新,特别是五言这一富于表现力的诗歌新形式,更对他们有着巨大的吸引力。锺嵘曾指出"五言居文词之要,是众作之有滋味者也",它"指事造形,穷情写物,最为详切",所以东汉文人很早便学习仿作。从班固"质木无文"的《咏史》,到被誉为"五言之冠冕"的桓、灵时无名氏之"古诗",就是标志东汉文人学习五言民歌由生涩到圆熟的艺术进展过程。东汉文人学习民歌取得了巨大成熟,使原已"山穷水尽"的文人诗歌,又展现出"柳暗花明"的美好前景。尽管他们对民歌的学习还只是局限在形式和技巧方面,但人们这种学习民间五言诗的创作实践,却给予建安诗人以极大的启发,同时在艺术技巧方面也积累了一些经验,推动着建安诗人在思想内容和艺术形式两个方面广泛向民歌学习。

第二是由于诗人们受了时代的感召,创作思想与实践发生了变化,迫切要求从民歌中汲取养料,以提高诗歌的表现力。

"建安"本是一个风云变幻、战乱频生的时代,诗人们几乎无一例外地都被卷入了现实斗争的激流。他们中有的直接参与了变革现实的斗争,有的则在动乱中饱尝了时代的风霜。这种社会实践或是艰危的经历,使他们已不再像两汉那些"皓首穷经"的儒生文士,只会按照儒家经典的教义,吟咏颂扬或劝诫的诗章,把诗歌尾附于经学。而他们是真正植根于现实土壤的诗人,在那时代血与火的洗礼中,目击了社会乱离的惨景和人民的苦难,对现实生活有较深切的认识与感受,从而激起了"慷慨"的诗情:他们要诉述时代的苦难,叹惋自身的不幸遭际,抒发济世安民的怀抱……新的内容要求用新的形式去表现,这就决定着他们要寻求一种最便于自由抒情言事的诗歌形式。这在当时来说,那具有广泛的社会性和现实性又富有表现力的汉乐府歌行体,无疑是最适合的诗歌形式,更何况其中的五言体已有东汉诗人的学习作了先导。建安诗人由于面向现实和人生,为抒写时事和怀抱的需要,而开拓了向民歌学习的道路。另一方面同当时思想解放的趋势也有着密切的关系。东汉后期以来,经学衰微,儒家教义对人们思想的禁锢松弛了。正因为如此,建安诗人才得以突破传统的文学观念,不再把文学看作经学的附庸,而认识到是"经国之大业,不朽之盛事",

从而使创作思想发生了变化,在诗作实践中不再拘泥于陈规旧矩,而敢于创新,走自己的创作路子,所以当表现内容需要时,他们就能大胆地向民歌学习,运用乐府古题写时事;对当时还未受到文人普遍重视的民间五言诗也大加提倡,并使之盛极于一时。尤其值得注意的是,对民间七言诗的学习。本来七言体在歌谣中与五言体是同时产生的,但由于七言诗未被乐府机构采集入乐,因此长期以来受到文人的轻视,不把它看作是一种正规的诗体,尽管两汉时七言体的歌谣已很普遍,却直到晋傅玄仍说七言"体小而俗"①,其后到刘宋时汤惠休做七言诗,还被颜延之嗤之以鼻,视为"委巷中歌谣耳"②。然而在傅玄前半个世纪、在颜延之之前两个世纪的曹丕,却冲破了传统的偏见,在学习七言体歌谣的基础上,写出了声情并茂的名篇《燕歌行》,在我国诗歌发展史上留下了第一首文人七言诗。这一实例,最有力地证明了建安时代思想解放与诗人重视学习民歌的密切关系。

第三是由于曹氏父子的身体力行,为同时代诗人学习民歌作出了榜样。

一个时代某种社会风气的形成,与统治者的崇尚有重要的关系,这在文学领域也往往如此。建安诗人热衷学习民歌,也同曹氏父子带头倡导是分不开的。

曹操精通音律,《三国志·武帝纪》裴注引《魏书》说他"及造新诗,被之管弦,皆成乐章"。《宋书·乐志》记载他对相和歌"尤好之",而相和歌本是民间歌曲,其古辞"并汉世街陌谣讴"(《晋书·乐志》语)。正因为曹操爱好乐府民歌,所以在建安诗人中他最早尝试运用乐府古题写时事。曹操现存的二十几首诗全是用乐府古题写的新辞,这正是他悉心学习汉乐府民歌留下的见证。

曹丕诗作民歌化倾向较其父更为明显,锺嵘说他的诗歌"所计百许篇,率皆鄙质如偶语","偶语"即对话的意思。锺氏以为曹丕诗歌的语言朴质几如谈话一般。的确曹丕在学习民歌的体制与语言方面是下过工夫的,并取得了相当的成就,对同时代诗人颇有影响,《诗品》评应璩诗时曾指出他"祖袭魏文"。

曹植对民歌的重视也不亚于其父兄,他说:"街谈巷说,必有可采;

---

① 见傅玄《拟四愁诗序》。
② 见《南史·颜延之传》。

击辕之歌,有应风雅;匹夫之思,未易轻弃也。"①这一见解出自一千七百多年前的诗人之口,不能不使人惊服,不是对民间文学作过深入研究之人,是说不出这一高论的。正因为他学习民歌付出过艰巨的劳动,所以他的许多诗篇不论是思想情调或是形式、语言都很有民歌的风味。曹氏父子正是以其学习民歌的主张与创作实践,在建安诗人中起了倡导与示范作用,使这个时期学习民歌在东汉诗人的基础上,又有了新的发展。

建安诗人到底向民歌学习些什么?

第一是学习汉乐府民歌"歌于哀乐,缘事而发"的现实主义精神。汉乐府民歌承继了周代风诗"饥者歌其食,劳者歌其事"的现实主义传统,它像一面镜子从各个方面反映了汉代广阔的社会现实,揭露了社会各种矛盾,传达了人民的心声,表现了他的反战争、反饥饿、反压迫、反礼教的要求和愿望,内容极为丰富和深刻。曹氏父子及建安其他诗人都密切关注现实,为社会、为人生而歌唱,这正是对周代风诗、汉乐府民歌优良传统的继承。

曹操留下的诗不多,然而却闪耀着强烈的现实主义光辉。他的诗是自己目触、耳闻、心感的真实写照。曹操一生主要是在戎马间度过,因而他"缘事而发"写下一些与战争方面有关的诗篇:有的描写了行军的生活,著名的有《苦寒行》《却东西门行》,前者是记述经过荒寒山区时的艰巨行程,后者则是表现老兵在行役中对故乡的思念;有的揭露了战祸,《薤露行》《蒿里行》是这类题材的代表作,尤其是后一首,诗人以鲜明的速写画面再现了东汉末军阀混战造成的"白骨露于野,千里无人烟"的惨景。明人锺惺称誉这首诗是"汉末实录,真诗史也"②。除此,曹操还有几首著名的言志诗,如《步出夏门行》其一、其五和《短歌行》等,表现了诗人安邦定国的雄图壮志,以及为此而渴慕贤才的迫切心情。曹操的诗的确是继承了民歌的精神实质。

曹丕、曹植的诗作虽不如其父反映社会现实内容广泛深刻,但有些诗与民歌精神仍是一脉相承的。曹丕的诗喜写"闾里小事",如《清河见挽船士新婚与妻别作》《代刘勋出妻王氏作》二首就是属于这类内容,表现了诗人对弱者的同情,特别是前一首写了一位拉纤的士兵为

---

① 见曹植《与杨德祖书》。

② 转引自黄节《汉魏乐府风笺》。

役事所迫,不得不与新婚的妻子离别,诗人以哀怨的笔调写道:"不悲身迁移,但惜岁月驰。岁月无穷极,会合安可知?愿为双黄鹄,比翼戏清池。"绸缪新婚,旦夕作别,会面无期,其凄惨之情可以想见。曹丕能注意到下层士兵这种痛苦,正表明他也有人道主义精神。曹丕写得比较多的是游子思妇之类,《杂诗》二首、《燕歌行》是其中的名篇。游子飘零他乡,思妇空闺独守,本是那个动荡时代的普遍的社会问题,也是汉乐府民歌中常见的主题。所以曹丕这类题材的诗,同样具有一定的社会意义,并与民歌的精神是息息相通的。

曹植的生活经历与曹丕不大一样,因而诗歌接触现实面较广些。曹植前期在父亲的庇护下,生活较平静,但他究竟是一位"生于乱,长于军"的诗人,很早便受到时代的感召,父亲的影响,军旅生活的陶冶,比较关心社会问题,具有强烈的功业心。因而即使在前期,他的诗作也并非如谢灵运所说的"但美遨游,不及世事"①。事实上如脍炙人口的《白马篇》《送应氏》二首都是其前期之作:前一首诗人借游侠少年的形象,抒发了自己"捐躯赴国难"的壮志;后一首写的是董卓之乱后二十年洛阳城"垣墙皆顿擗,荆棘上参天"的残破景象,与曹操"实录"精神完全一致。后期曹植在曹丕父子的长期压抑下,政治上无所建树,他的诗歌也随之转为主要是对壮志不酬的愤激倾诉,或是对自家骨肉相残的痛心揭露。但即便如此,他也没有忘记对乱离时代人民的同情,如《梁甫行》就反映了"剧哉边海民,寄身于草野"的贫困生活;《门有万里客》则传达了北方人流落到南方的思乡痛苦。这些都表现了他悲世悯人的思想。锺嵘说曹植的诗"其源出于国风",正是从现实内容着眼来看他的诗作与民歌的渊源关系的。

除三曹外,建安一大批诗人也在时代的影响和汉乐府民歌的引导下,写出了不少现实主义杰作,从不同的方面接触了社会现实:如王粲《七哀诗》三首描写了乱世的流离生活与惨痛的见闻,其中第一首酷似曹操的《蒿里行》,真实地展现出汉末社会残破的图景;陈琳的《饮马长城窟行》则是借秦《长城谣》反映了繁重的徭役给人民带来的深重灾难;阮瑀的《驾出北郭门行》是描写一个孤儿受后母虐待的悲惨生活,显然是脱胎于汉民歌《孤儿行》《妇病行》;蔡琰的《悲愤诗》是一篇由血

---

① 见谢灵运《拟邺中集序》。

泪结缀而成的文字,写的虽是个人的遭遇,却概括了动乱年代千万人的命运,有着深刻的社会意义。

仅上述及,我们已可从中见出,建安诗人无论是"借古题写时事",还是"即事名篇"的诗作,无不是根源于现实生活,是作者自己亲切感受到的东西;无不是"慷慨以任气",自由地抒发了诗人的真情实感。这二者的结合,就构成了后人所称道的"建安风骨",它与风诗尤其是汉乐府民歌的血缘关系是十分明显的。

第二是学习汉乐府民歌的艺术形式。高尔基指出:"人民的口头创作是不断和决定地影响到这些伟大的书本文学作品的创造的。"①汉乐府民歌首先打破了四言的旧形式,创立了五言、杂言等新诗体,其中以五言诗发展最快,经过乐府机构的传播,江汉诗人的模仿,五言诗的艺术渐臻成熟,为建安诗歌的发展准备了条件。所以在建安流传下来的三百来首诗中,大部分都是五言诗。曹氏父子及建安其他知名诗人无不擅长五言,刘勰《文心雕龙·明诗篇》中说:"暨建安之初,五言腾踊;文帝陈思,纵辔以骋节;王徐应刘,望路而争驱。"这时的确是荟萃众秀,使五言诗体大放异彩,为后世五言绝句、律诗、排律的发展奠定了坚实的基础。

杂言体在建安前少有问津者,而曹氏父子都尝试写过杂言诗,并取得了较高的成就,其中以曹丕的《大墙上蒿行》最为著名,诗的内容是劝隐者出仕。全诗三百六十四字,短句三个字,长句达十三字,句式参差变化,形式新颖,气魄宏大。王夫之说:"长句长篇,斯为开山第一祖。鲍照、李白领此宗风,遂为乐府狮象。"②曹丕对民间七言诗的仿作,并留下珍品,更是史无前例的。

第三是学习民歌精湛的艺术方法和语言。关于建安诗人学习民歌的艺术方法细细分析可说的很多,这里只着重谈两点:叙事者往往是当事人或与诗中的人物共命运,所以诗虽以叙事为主,却有着深厚的抒情意味,叙事与抒情结合非常紧密。这一点对建安诗人很有启发,他们写的虽多是抒情诗,但其中叙事非常突出,常常是在叙写时事中抒怀,叙事与抒情交织在一起,使叙事抒情化。这是建安诗歌最重要的艺术特点,我们前面所提及的那些优秀的诗篇无不如此,叙事中

---

① 见高尔基《苏联的文学》。
② 转引自黄节《汉魏乐府风笺》。

都饱和着诗人的感情。其二是比兴手法的运用。"比兴"本是民间诗人首创的,先秦风诗中已广泛应用,屈骚又加以发展,汉民歌中也常见,建安诗人同样普遍使用,曹氏父子与刘桢、徐幹等人都是善用比兴的能手,通过他们的探索与实践,使比兴方法在诗歌中构筑形象、抒发情感的能力大有提高。大致说来是这样:先秦风诗的比兴一般还是较单纯和静止的;而屈骚的比兴则丰富复杂得多,能表现出事物间的联系及其变化和发展;汉民歌中已有通篇以比兴来构成完整的形象,寓意包含在形象之中。不过汉民歌此类诗尚少,比兴构成的形象也较单一,而建安诗歌在这方面已有长足进步,其中以曹植最突出,他不仅用比兴的诗篇多,而且用得出色。曹植后期处在险恶的环境中,难言的痛情,使他不得不借用比兴来言事抒怀,大家熟知的《野田黄雀行》就是颇有代表性的一例,请先读作品:

> 高树多悲风,海水扬其波。
> 利剑不在掌,结友何须多。
> 不见篱间雀,见鹞自投罗。
> 罗家得雀喜,少年见雀悲。
> 拔剑捎罗网,黄雀得飞飞。
> 飞飞摩苍天,来下谢少年。

这首诗本是曹植的好友丁仪、丁廙被曹丕所杀,自己无力营救而愤恨写的。整篇都用比兴,诗人以"风波"喻环境险恶,"利剑"喻权势,投罗的"雀"喻难友,少年仗义削罗救雀是幻想,寄寓着诗人的愿望。可见诗中以比兴构筑的形象不单完整,而且包含着事物多方面联系,寓意含蓄恰切,抒情性极强。其他如《美女篇》《吁嗟篇》《白马篇》等所用的比兴也都具有这一特点。曹植对民歌比兴手法的继承和发展是显而易见的。

关于建安诗人学习汉乐府民歌语言的巨大成就,是历来公认的。建安诗人汲取了汉民歌语言"质而不俚,浅而能深,近而能远"①的长处,又讲究修饰锤炼,形成了"体被文质"②的语言特色。近人黄侃对此

---

① 见胡应麟《诗薮·古体上杂言》。
② 见《诗品·魏陈思王植》。

有一段很精辟的解说:"文采缤纷……叙胸情则唯求诚恳,而又缘以雅词,振其美响。斯所以兼笼前美,作范后来者也。"①这就是说建安诗歌的语言,既保存了民间口语朴素自然的素质,又有整饰提高,富有文采与音乐美。在建安诗人中以曹植体现这一特色最为明显,评论者多有论述,兹不赘言。

综合以上三点可以看出,建安诗人学习民歌有两大特点:其一是全面学习,即从民歌的内容、形式到语言、手法无一不学;其二是带有创造性学习,即对民歌的艺术经验有所发展提高。所以建安诗人学习民歌的经验特别值得重视,且不说在文学史上已产生过的积极影响,即便在今天,对我们也还是有借鉴意义的。

[原载《艺谭》1982年第3期]

① 黄侃《诗品讲疏》。

刘勰论建安文学

建安时期文学创作活跃，成果辉煌，呈现出崭新的面貌。建安文学在我国文学史上是继往开来的。而对建安文学最早做全面研究，并给予很高评价的，则是刘勰。我们要探讨的建安文学的一些基本问题，在《文心雕龙》中，他或多或少都有触及，有的还达到了相当深度。这对我们自然有启发。本文试就刘勰所论及的主要问题作一综述，以供研究者参考。

对建安文学与时代关系的探讨

刘勰继承了先秦两汉儒家文学观，很重视文学的兴衰、演变与一定历史时期社会情况的关系。在《文心雕龙·时序》中①，他纵观自唐虞至刘宋文学所经历的九次"与世推移"的情形，得出了"文变染乎世情，兴衰系乎时序"的结论。这是刘勰看待文学与现实关系的基本观点。他对建安文学的研究，就是首先探讨它与"世情""时序"的联系。按刘勰排定的历代文学演变的次序看，建安文学当属于第五次演变②。它与前代文学比较，有什么变化呢？刘勰说："观其时文，雅好慷慨"。所谓"慷慨"，即指作品中所表现出的"伤时悯乱"的思想感情和建功立业的进取精神，刘勰认为，建安文学所具有的这种时代精神，既不见于它之前的带有浓厚"儒风"的东汉文坛，在它之后的"篇体清淡"的正始文学或"杂仙心"的西晋文学以及"世极迍邅，而辞意夷泰"的东晋文学中也都是找不到的。那么，建安文学为什么会出现"雅好慷慨"呢？刘勰的回答是："良由世积乱离，风衰俗怨"。"风衰"，指封建礼法衰败；"俗怨"，指动乱中人们的怨愤。刘勰的意思是说，东汉末以来半个世纪的

---

① 以下凡引该书，只注篇名。引文从周振甫《文心雕龙注释》本(人民文学出版社1981年版)。
② 此从周振甫说，刘永济《文心雕龙校释》以为是第六次。

大动乱,封建社会秩序遭到严重破坏,礼教的约束力减弱,人们怨声载道。这样的社会现实不能不影响到作家的思想感情。所以他在"风衰俗怨"之后又分析说:"并志深而笔长,故梗概而多气也。""志深"指作家为时代苦难而忧虑的思想。"笔长"指作家把笔端伸向广阔的社会现实。"梗概"同"慷慨"。这就是说,由于建安作家怀抱忧时忧民的思想感情,用自己的笔描绘丧乱的社会图景和人民的灾难,因而在他们的作品中才具有那种激昂的感情和饱满的气势。总之,这是时代使然的。

在这个认识基础上,刘勰又探讨了建安"乱离俗怨"的时代所造就的建安文学的艺术特色,或者说建安文学的修辞风格。他在《明诗》中指出:

> (建安诗人)慷慨以任气,磊落以使才。造怀指事,不求纤密之巧,驱辞逐貌,唯取昭晰之能。

建安时代由于"家弃章句,人重异术"[1],作家摆脱了儒家经常的束缚,思想趋向解放,写作时无须再恪守经典教条的规范,而按照自己对现实生活的认识与感受,昂扬地抒发自己的感情,尽情地发挥自己的才华。因此他们的作品无论是抒怀或叙事,都只祈求真实明白,而不讲究细密精巧。这就是建安文学的修辞风格。

除此之外,刘勰还着重探讨了曹操父子对促进建安文学发展的贡献。他在《时序》中说:

> 自献帝播迁,文学蓬转,建安之末,区宇方辑。魏武以相王之尊,雅爱诗章;文帝以副君之重,妙善辞赋;陈思以公子之豪,下笔琳琅。并体貌英逸,故俊才云蒸。

这段话肯定了曹氏父子不仅在政治上影响了当时的文坛,而且他们的作品,也给当时作家树立了光辉的典范。从政治方面说,在东汉末年大动乱中,一些作家流离飘泊,如风中的蓬草动荡不定。由于曹

---

[1]《宋书·臧焘传论》。

操"挟天子以令诸侯",南征北讨,消灭了一些军阀割据势力,到建安末年,大体统一了北方,给作家们带来了"区宇方辑"的生活环境;同时又由于曹操重视网罗人才,并能"体貌(尊敬)英逸"。所以当时曹魏统治区成了各地知识分子向往的地方,纷纷来投奔。刘勰在《时序》中对此曾有一段生动描述:

> 仲宣委质于汉南,孔璋归命于河北,伟长从宦于青土,公幹徇质于海隅,德琏综其斐然之思,元瑜展其翩翩之乐,文蔚休伯之俦,于叔德祖之侣,傲雅觞豆之前,雍容衽席之上,洒笔以成酣歌,和墨以借谈笑。

原来在"献帝播迁"时,北方的文人学士很多去荆州避难,依附刘表。其时荆州成了文化学术的中心。而建安十三年赤壁之战以后,大部分转向曹操,王粲是其中最著名的一个,"仲宣委质于汉南"说的就是这回事。而"孔璋归命于河北"则是曹操能"体貌英逸"的最典型的一例。孔璋就是七子之一的陈琳,他原仕于袁绍,建安五年袁绍曾命陈琳写了一篇讨伐曹操的檄文。这篇檄文对曹操攻击很厉害,连他的祖上也被骂得狗血喷头。后来袁绍失败,陈琳投奔曹操,曹操也只是说:"卿昔为本初移书,但可罪孤而已,恶恶止其身,何乃上及父祖邪?"陈琳作了检讨,"太祖爱其才而不咎"①。当刘勰论及陈琳这篇《为袁绍檄豫州》时,还替他捏了一把汗:"敢犯曹公之锋,幸哉免袁党之戮也。"②曹操对陈琳不记仇,反而信任他,"数加厚赐"③。正因为曹操有这样的气度与识见,所以在他的统治区才能形成"俊才云蒸"的局面。

从文学方面说,曹操、曹丕、曹植都是非常重视文学,器重作家的。惟其如此,所以王粲、陈琳、徐幹、刘桢、应玚、阮瑀等作家,在曹氏父子的羽翼下,才能够像刘勰所描述的那样如鱼得水,在宴会酒席上纵笔挥洒,尽情唱和,以歌咏助兴,创作空气极为浓厚。同时,又由于曹操父子三人都是当时最优秀的作家,加上他们有着"相王之尊""副君之重""公子之豪"的崇高地位,在写作上影响之大是可以想见的。

---

① 《三国志·王粲传》。

② 《檄移》。

③ 《三国志·王粲传》注引《典略》。

刘勰论述中曾举出许多例证,这里仅说两条以见一斑。如建安时期五言诗发展很快,刘勰以为这是与"文帝、陈思,纵辔以骋节"有关,即在他们积极写作五言诗的带动下,才出现了王粲、徐幹、应场、刘桢等人"望路而争驱"的创作热潮①,使建安五言诗在"量"与"质"方面有了飞跃。再如散文中"表"一类,在建安时期的成就也是较大的,刘勰以为这同曹操很早便提出"为表……勿得浮华"的明确要求有关,使"表"的写作有章可循,所以魏初的"表"不尚"靡丽",而"指事造实",后来经曹植的发展,"表"的写作更达到了"体赡而律调"的完美境界②。刘勰对曹操父子促进建安文学发展的分析,大体符合事实。有人以为他强调统治者的作用,是思想局限性的表现,这是缺乏分析的。

刘勰论述建安文学与时代的关系,最能显示他慧眼卓识的,是他发现了建安后期的文学与前期相比在思想内容与情调方面有明显的变化。建安十三年赤壁之战后,魏、蜀、吴三分的局势已定,曹操统治的魏,实行了一些恢复生产的措施,经济恢复较快,人民得以苏息。在这一安定的环境里,诗歌的创作已渐由反映乱离、诉述苦难趋向流连光景与歌功颂德。刘勰对后期诗歌内容作了这样的概括:"并怜风月,狎池苑,述恩荣,叙酣宴。"③如曹丕的《于谯作》《芙蓉池作》《于玄武陂作》,曹植的《箜篌引》《侍太子坐》《元会》,王粲、刘桢、应场的《公宴》等都是这类作品。刘勰对这种变化,尽管只是察觉现象,未作深入分析,但提出了启发后人思考的问题,这是值得重视的。

对建安文学风格的研究

刘勰以前的文论,讨论风格问题的不多,曹丕的《典论·论文》、陆机的《文赋》虽有论及,但颇疏阔,刘勰则在他们研究的基础上有了很大发展。《文心雕龙》中除《体性》《定势》《才略》等篇对文学风格有比较集中的研究外,其他涉及风格问题的篇章还有一些。刘勰对文学风格的认识,是较全面而有一定深度的,他既探索了文学的时代风格,也探索了作家的个人风格。他对建安文学风格的研究,正是从这两方面内

①《明诗》。
②《章表》。
③《明诗》。

容着手的。

前面我们叙述刘勰论建安文学与时代的关系时,曾谈到他认为建安文学有别于它以前与以后的文学,就在于它"梗概而多气也"。"梗概而多气"既是建安文学的时代精神,也是大多数作家一致的风格。这种一致风格的形成,从刘勰的论述看,他已认识到:这是因为作为建安作家的代表人物——曹氏父子和建安七子,都是生活在"世积乱离,风衰俗怨"的社会里,他们的生活经历、思想感情(除孔融外)、艺术倾向大体接近,因而他们对这种乱离生活的认识与表现都有许多相似之处,即所谓"并志深而笔长",产生了共同的时代风格。

刘勰对作家个人风格的认识,有一个基本观点,即文学风格同作家的个性是密不可分的。用他的原话说就是:"各师成心,其异如面。"①在《体性》中,刘勰着重从王粲与刘桢气质不同来分析他们作品的不同风格:

> 仲宣躁竞,故颖出而才果;公幹气褊,故言壮而情骇。

《三国志·杜袭传》中说王粲"性躁竞",刘勰大约就是据此为说的。他认为,王粲由于性格急躁好胜,才思敏捷,因此他写的作品常表现出"锋芒毕露,文意果决"的特点。而刘桢气度狭窄,不肯饶人。《三国志·王粲传》注引《典略》,说曹丕为向刘桢借"廓落带"而作书戏弄他,刘桢并不因曹丕位尊而相让,竟以答书相嘲,出语颇为惊人。这一"气褊"的性格特征便决定了他的作品"语言壮厉,情思惊人"。总之,王粲、刘桢写作是"各师成心"的,因而他们的作品也就"其异如面"了。这同现在流行的"文如其人""风格即人"的说法是很相像的。

刘勰的作家风格论,还接触到作家的风格多样性问题。他深知一个有才华的、成就较大的作家,由于题材、体裁的不同,其作品的风格也不一样。因此,他在探索建安作家的风格时,便注意从文体方面去考察他们的风格。如《诠赋》中他指出"仲宣靡密,发篇必遒;伟长博通,时逢壮采。"这是说王粲的赋具有结构绵密、开篇遒劲的特色,而徐幹的赋则常见夸张描绘的风采。《论说》中谈到王粲的论文,则认为它

---

① 《体性》。

有着循名责实的法家论理的特点,与其赋讲究结构、气势不同。《哀吊》中又指出徐幹是哀辞写作能手,他写的著名的《行女哀辞》,虽是为曹丕失幼女而作,却情真意切,"时有恻怛",很能体现哀辞"情主痛伤,而辞穷乎爱惜"的要求。这正是徐幹哀辞的特色,与他的赋风格迥然有别。《才略》中指出曹植的"诗丽而表逸",曹丕的"乐府清越,典论辩要"。这是说曹植的诗与表、曹丕的乐府与论文都是各具特色的,即在不同的文体中表现出不同的风格。

刘勰不仅接触到作家风格的多样性,而且领会到作家的作品风格仍有基本一致的地方。如他极力赞赏的"建安七子之冠冕"——王粲,是一位"文多兼善"的作家,在多种文体中都有成就,风格也不一样,但比照别的作家,他又有不同于他人的基本风格特征,这就是刘勰《才略》中指出的"捷而能密","密"是王粲作品的基本风格。刘勰评论王粲作品始终是把握"密"这一特征的,说其赋是"靡密"、论文是"精密"、吊文的《吊夷齐》是"讥诃实工","实工"就是"完密"。

刘勰研究作家的风格,善于在比较中"见异",特别是注意将不同作家的同一文体作品对照。前面所举的《诠赋》中他将王粲、徐幹的赋作比较就是其中一例;又《杂文》中,他将曹植、王粲模仿枚乘《七发》所写的"七体"——实际就是铺陈叙述的辞赋,加以比较后指出:曹作气势宏壮,王作则辩理明晰。两篇作品风格不同,异常鲜明。

刘勰对作家作品风格的辨析,突出地显示了他"见异"的本领,真正能"披文以入情","觇文辄见其心"。所以他对建安作家风格的评述,一般都较准确,真可谓言简单赅,短语破的。

对建安时期文体流变的考察

刘勰颇懂得前朝、后代文学之间有着继承发展的关系,他说:"古来辞人,异代接武,莫不参伍以相变,因革以为功。"① 在《文心雕龙》文体论部分,讲各体文章的源流,始终贯穿了这一思想,颇像分体论文学史。其中关于建安时期文体流变的探讨,占有重要地位。

刘勰指出:"暨建安之初,五言腾踊",曹丕、曹植、王粲、徐幹、应

---

① 《物色》。

场、刘桢等写五言诗"唯取昭晰",这同汉代五言古诗"婉转附物,怊怅切情"①已有不同。"昭晰"兼指语言明洁和形象鲜明两个方面。刘勰又说:"及魏代缀藻,则字有常检,追观汉作,翻成阻奥。"②曹魏时诗文一般多用常规字,与汉代追求古奥很不一样。语言向明朗发展,是那个时代的文学总倾向,它为"晋来用字,率从简易"③奠定了基础。

再说乐府诗的演变。刘勰说:"魏之三祖,气爽才丽,宰割辞调,音靡节平。"④乐府是汉代兴起的配乐演唱的诗,曹操、曹丕及曹叡祖孙三人都喜欢乐府,创作了不少乐府诗。"宰割辞调"是指对旧曲有所更动,如曹叡曾将相和曲调一分为二。刘勰认为他"宰割"的辞调音律浮靡,节奏平庸,对这一变动持否定态度。另外他还指出:"子建、士衡咸有佳篇,并无诏伶人,故事谢丝管,俗称乖调。"⑤这是说,曹植及晋人陆机都写了一些好的乐府诗,可是并未让乐工配乐,不协曲调。乐府诗由完全入乐到有部分不入乐,是乐府诗发展中的一大变化,刘勰最早指出这点是极有价值的。考曹植今存的乐府诗,不入乐的大致有两类:其一是依乐府题以制新辞,未被管弦的,如《美女篇》《梁甫行》等;第二是自创新题以制辞的,如《白马篇》等。再者,刘勰还以"魏之三祖"的作品为例,指出建安乐府诗思想内容的变化,所谓"志不出于淫荡,辞不离于哀思。虽三调(指平调、清调、瑟调)之正声,实韶夏之郑曲也"⑥。范文澜解释说:"彦和云三祖所作为郑曲者,盖讥其词之不雅耳。"⑦这表明刘勰是以"宗经"的观点,按照周代雅乐"中和之音"来要求乐府诗,以至于把曹操、曹丕所写的富有现实意义而情调哀怨的《苦寒行·北上太行山》《燕歌行·秋风萧瑟天气凉》一类作品,统斥为"郑曲",表现了他的保守思想。

刘勰的文体论没有设"小说"专章,然而文中略有涉及,其中谈到建安小说的有《谐隐》《诸子》两篇。在前一篇论述"谐辞"中他指出"至魏文因俳说以著《笑书》"。含有讽谏意味的诙谐文,古已有之,至汉代

①《明诗》。
②《练字》。
③《练字》。
④《乐府》。
⑤《乐府》。
⑥《乐府》。
⑦范文澜《文心雕龙注·乐府》注(二三)。

因帝王喜欢蓄养一些滑稽优人,专造作俳说供君臣逗乐,刘勰称此为谐辞。两汉以来流传渐广,至魏晋,滑稽一类著作,更"盛相驱扇"。曹丕利用"俳说"所著的《笑书》当是其中之一,同时人邯郸淳也著有《笑林》①。对这类滑稽作品,刘勰概括为"譬九流之有小说"。周振甫以为"刘勰把谐隐比做小说,是恰当的。"②曹著虽已无考,但邯郸淳的《笑林》今尚存辑佚本一卷,有不少滑稽故事类似小说。在后一篇论述诸子散文的讹变时又指出:"迄至魏晋,作者间出,谰言兼存,琐语必录,类聚而求,亦充箱照轸矣。"这些书现在虽已见不着了,但从其评述看,无非是后代轶事小说——《世说新语》一类作品,在建安时代小说是颇为兴盛的,说曹植能"诵俳优小说数千言",可见当时小说发展的盛况,与刘勰所形容的"充箱照轸"的情形正相印证。

刘勰研究了各体应用文的简史,从中他发现了,建安时期应用文的作者一般都是文学家,这与两汉多是"明经"的儒生不同,因而给应用文的写作带来了两点明显的变化:

其一是缺少引经据典,不善于论理。如在《论说》中,他指出:"孔融《孝廉》,但谈嘲戏,曹植《辨道》,体同书抄;言不持正,论如其已。"刘勰认为"论"应是"述经叙理"的,而孔文曹文,都不符合这个要求,前者已近乎"谐辞",后者罗列事实,同于书抄。在《封禅》中,他又批评邯郸淳的《受命述》"风末力寡""不能奋飞",曹植的《魏德论》"劳深绩寡,飙焰缺焉"。其原因就在于没有"树骨于训典之区",缺少风骨。反之,他却赞美潘勖《册魏公九锡文》"典雅逸群",卫觊为献帝写的《禅位诏》"符命炳耀"③。为什么呢?其优胜就在于"思摹经典""凭经以聘才"。这里表现了刘勰文体论浓厚的"宗经"观点。

其二趋向讲究文采。如《议对》中他谈到对策文时指出:"魏晋以来,稍务文丽"。《诔碑》中赞美孔融《张俭碑》等碑文"辨给足采"。《章表》中说孔融的《荐祢衡表》"气扬采飞"。《书记》中说"公幹笺记,丽而规益"。这些都肯定建安应用文有文采。《丽辞》中又从修辞发展趋向角度指出:"魏晋群才,析句弥密。联字合趣,剖毫析厘。"这里是说曹魏及其后来的很多作家都精心讲究辞藻、对偶、声韵,即向骈偶文发展。

①《三国志·王粲传》注引《魏略》。
②周振甫《文心雕龙注释·谐隐》的"说明"。
③《诏策》。

刘勰对建安文体流变的考察,尽管有的观点不正确,但他的研究是细致的、深入的,有些意见已被后来文学史家采用。

对建安作家作品得失的评论

刘勰文学批评的态度非常严肃,他要求批评家"务先博观",所谓"凡操千曲而后晓声,观千剑而后识器";同时还要"无私于轻重,不偏于憎爱",即不要凭着个人的爱好,"各执一隅之见"。这样才能做到"平理若衡,照辞如镜"①。他对建安作家作品得失的评论,就是这样去做的。

首先,他对一个作家的评论,并非"好"一概都好,"坏"一切都坏,而是按照他确定的"六观"标准②,具体分析,有肯定有否定。曹植是建安时期成就最高的作家,刘勰对他推崇备至,称许他是"群才之英",文思敏捷,能"援牍如口诵"。在《明诗》中,他把曹植同其前后诗人张衡、嵇康、张华、张协作对比,以为他们四人对诗的雅、润、清、丽四种风格只能各得其一,而曹植却能"兼善",并且还强调指出,诗人"鲜能通圆",一般的则只是"偏美"而已。然而刘勰对这样一位自己心目中最出色的作家,毫不偏爱,而是从实际出发,指出他的作品存在的缺点。说他的"论"写得"体同书抄""言不持正";他的诔文是徒有虚名而"体实繁缓,文皇诔末,旨言自陈,其乖甚矣"③;他的杂文有些篇是"辞高而理疏";甚至作品中还存在用典失误,如他的"《报孔璋书》云:'葛天氏之乐,千人唱,万人和,听者因以蔑韶夏矣'。此引事之实谬也。按:葛天之歌,唱和三人而已。"④在修辞方面也有明显失当之处,如"《武帝诔》云:'尊灵永蛰';《明帝颂》云:'圣体浮轻'。浮轻有似于胡蝶,永蛰颇疑于昆虫,施之尊极,岂其当乎!"⑤从以上刘勰对曹植作品得失的评论,可以看到他是力图做到公平全面的。

---

① 《知音》。
② 《知音》:"是以将阅文情,先标六观:一观位体,二观置辞,三观通变,四观奇正,五观事义,六观宫商。斯术既形,则优劣见矣。"即观察中心思想、文句辞藻、继承创新、手法变化、事例材料、音韵节奏等六个方面。
③ 《诔碑》。
④ 《事类》。
⑤ 《指瑕》。

其次,刘勰善于联系作家不同的气质、才能,发现他们的擅长与独特的艺术光彩。如《才略》中指出:

> 孔融气盛于为笔,祢衡思锐于为文:有偏美焉。潘勖凭经以骋才,故绝群于锡命;王朗发愤以托志,亦致美于序铭。……仲宣溢才,捷而能密,文多兼善,辞少瑕累,摘其诗赋,则七子之冠冕乎!琳瑀以符檄擅声,徐幹以赋论标美,刘桢情高以会采,应场学优以得文,路粹杨修颇怀笔记之工,丁仪邯郸亦含论述之美,有足算焉。

这些作者艺术个性不同,所擅长的文体也不一样,但他们都给建安文苑增添了美色。因而刘勰也一视同仁,都给予热烈赞扬。其中虽有个别评价欠当,但他能避免“会已则嗟讽,异我则沮弃”的弊病,能着眼于文章“万端之变”,见异知音①。的确是很难得的。

再次,刘勰很重视从文学的社会作用去衡量作品的得失。《谐隐》中指出:“至魏文因俳说以著笑书……虽抃笑衽席,而无益时用矣。”同篇谈到“隐语”的演变时又说:“至魏文陈思,约而密之,高贵乡公,博举品物,虽有小巧,用乖远大。”这是因为它们无益于讽谏,“空戏滑稽,德音大坏”。《奏启》中则从有益于国家的治理方面赞扬“魏代名臣,文理迭兴,若高堂《天文》、黄观《教学》、王朗《节省》、甄毅《考课》,亦尽节而知治矣”。反之却斥责路粹枉告孔融的奏文是“诬其衅恶”,路粹是一个“铺啜而无耻”之徒。这篇诬告状,本是曹操授意的,结果孔融被杀,效果极坏。所以加以否定。

刘勰评论作品的得失,还考虑到文体本身的特点。如说曹丕的《剑铭》“器利而辞钝”,因为铭文“体贵弘润”,而曹文却写得质直笨拙,少有文采;潘勖的《符节箴》“要而失浅”、王朗的《杂箴》“乃置巾履,得戒慎,而失其所施”。前者不符合“摘文必简而深”的要求,故失之浅薄。后者则是施用不当,因为“箴诵于官”,用在“御过”,而王朗的《杂箴》中却有“巾箴”“履箴”,这就施非所用了。又评刘珍、潘勖写的连珠是“欲穿明珠,多贯鱼目”。刘勰认为连珠体起于扬雄,“其辞虽小,而

①《知音》。

明润矣。"而刘、潘之作,不合"明润"的要求,因此就是"明珠"变成了"鱼目"。又评陈琳的谏辞是"称'掩目捕雀'……引俗说而为文辞者也。夫文辞鄙俚,莫过于谚"。因为谏辞不宜引用"鄙俚"的谚语,所以加以指责。他对写得符合文体要求的则给予肯定,如说王粲《吊夷齐》"讥诃实工""祢衡之《吊平子》,缛丽而轻清",或从内容、或从语言赞美它们是成功的作品。这类例子尚多,前几段所提及的刘勰认为是好文章的,自然在他看来也是符合文体写作要求的,这儿不再赘述。

刘勰对建安作品的评论,有时也翻旧案。他声明说:"有异乎前论者,非苟异也,理自不可同也。"①他对曹丕、曹植的重新估价就是典型一例。在《才略》中,刘勰提出"魏文之才,洋洋清绮,旧谈抑之,谓去植千里",这"未为笃论"。产生的原因是"俗情抑扬,雷同一响,遂令文帝以位尊减才,思王以势窘益价"。刘勰认为:曹丕、曹植两人只是才气表现的和所擅长的不一样:曹植是"思捷而才隽",擅长的是诗、表;曹丕是"虑详而力缓,故不竞于先鸣",擅长的是乐府、论文。他们的才华与成就可谓相匹敌,对他们的评价不可抑此而扬彼。刘勰这一论断,今天已很少有人赞同,因为曹植今存的诗文无论在量与质两方面都大大超过曹丕,可是在刘勰的时代,曹丕不仅其力作《典论》全书尚存,其他诗文也比现在多。故刘勰就文学总成就说,认为曹丕、曹植应当是旗鼓相当的。所以我们不能以今天所见,去指责刘勰。

当然,刘勰对建安作家作品的论评,也有不少缺点,如他好用文体的旧程式来套已随时代变化的新创作,这样便不免产生扬榷失当的偏向;他很轻视民间文学,看不到它对建安文学发展的重大影响②等。但是其中仍然有许多可资借鉴的地方,刘永济说:"舍人比论文家长短异同之处,每具卓识,学者由之以考核前贤之文,亦学海之南针也。"③这是很对的。

对建安时期文学批评的平议

刘勰写作《文心雕龙》很重视汲取前代文论成果,其中对建安人的

---

① 《序志》。
② 见拙作《略谈建安诗人向民歌学习》,《艺谭》1982年第3期。
③ 《文心雕龙校释·才略》的"释义"。

论著尤为关注。他在《序志》中,对建安文论作了集中评述。他首先指出这个时期的文论著作立论范围不广,所见有限:"魏文述典,陈思序书,应场文论"是"各照隅隙,鲜观衢路";进而又从体系和具体论述方面指出其不完备、不准确以及疏阔粗略等缺点:"魏典密而不周,陈书辩而无当,应论华而疏略";再者是没有"原始以表末",即从史的角度寻根究源:"公幹之徒……泛议文意,往往间出,并未能振叶以寻根,观澜而索源。不述先哲之诰,无益于后生之虑。"刘勰这里对建安文论的批评是很中肯的。这说明他对包括建安时期在内的前人的文论作过精深研究,肯定了他们的成就,对他们缺点和不足之处,则力求在自己的著作中进行修正和补充。

其中,刘勰最重视的是曹丕"文以气为主,气之清浊有体,不可力强而致"[1]的观点,在《风骨》中他转述了这段话,并表示完全赞同曹丕论断孔融"体气高妙"、徐幹"时有齐气"、刘桢"有逸气",又引述刘桢评孔融的话:"孔氏卓卓,信含异气,笔墨之性,殆不可胜"作为曹说的佐证。同时他还在自己的评论实践中对"气"这一术语加以运用,如说"魏之三祖,气爽才丽""慷慨以任气""孔融气盛于为笔"等。"气"是什么? 这里不外乎包括思想、感情、气质、才气、气势之类。刘勰以为"气"是决定作家风格的基本因素,所谓"意气骏爽,则文风清焉"。

《定势》中刘勰在讨论作品的体式与风格时,也是先引刘桢的话,后作分析。其文是:"刘桢云:'文本体势,实有强弱,使其辞已尽而势有余,天下一人耳,不可得也。'公幹所谈,颇亦兼气。然文之任势,势有刚柔,不必壮言慷慨,乃称势也。"周振甫解释这段话说:"刘桢非常推重'辞已尽而势有余',刘勰指出这是兼气说的。话说完了,这种气势还留在听众的印象内,这就是辞已尽而势有余,激昂慷慨的话具有这种效果。刘勰指出不仅壮言慷慨是这样,就是娓娓清谈,只要感情真挚,具有柔婉的风格,它也可以达到话说完了,使人回味不尽,即辞已尽而势有余。这样讲就比较全面。"[2]刘勰补正了刘桢论说的不足。

刘勰对建安文评的征引是比较灵活的,如《定势》与《练字》两篇中各引了曹植大体相同的一段言论,而从不同需要的角度作了解说。

前一篇引文是:

---

① 《典论·论文》。
② 《文心雕龙注释·定势》的"说明"。

陈思亦云：世之作者，或好繁文博采，深沉其旨者；或好离言辨句，分毫析厘者。所习不同，所务各异。

后一篇引文是：

陈思称：扬马之作，趣幽旨深，读者非师传不能析其辞，非博学不能综其理。

在前一篇引文后，刘勰概括说："言势殊也"，用来为自己论述风格服务，以增强说服力。在后一篇引文后，刘勰解释说："岂直才悬，抑亦字隐"。所引曹植这段话出处无考，但从刘勰的评说看，意思似指读者对扬雄、司马相如的作品不能析辞综理，曹植认为是因为"才悬"，刘勰则强调是由于作者"字隐"，即用字冷僻古奥。这一看法自然较曹植正确，其目的则是借引文批评"汉作翻成阻奥"的不好倾向，而提出用字要"依义弃奇"的主张。

《章句》中刘勰论述诗、赋的押韵及用虚词时，又引用曹操两段话。一则他表示赞同而又有所修正，一则是存异议。

昔魏武论赋，嫌于积韵，而善于贸代。

曹操讨厌赋一韵到底，而赞同换韵。刘勰则就此说进而分析："百句不迁，则唇吻告劳"，即一种声韵到底，读起来会学得单调吃力，可是反过来"两韵辄易，则声韵微躁"，即两句一换韵，那又显得音节过分急促了。因而他主张"折之中和，庶保无咎"。刘勰的意见无疑较曹操圆通。所以纪昀评说此条"论押韵特精"①。

另一条引文是：

又诗人以"兮"字入于句限，楚辞用之，字出句外，寻"兮"字成句，乃语助余声。舜咏《南风》，用之久矣。而魏武弗好，岂不以无

---

① 附载于黄叔琳《文心雕龙辑注》中。

益文义耶！

曹操反对诗中用"兮"字，其原话虽已无法考知，但检查现存曹诗，不仅不见用"兮"字的，而且连用"乎、哉、矣、也"等语助词的也没有。足见"魏武弗好"并非虚语。刘勰对曹操这条意见是不赞同的，他以为虚字用得好的，看来"据事似闲，在用实切。巧者回运，弥继文体，将令数句之外，得一字之助矣"。其意是说，虚词用得好的"于文心有益"，而魏武"无益"之论是不正确的。

《书记》中有一条对曹丕文评的规正，颇能说明刘勰严肃的研究态度。他说：

> 公幹笺记，文丽而规益。子桓弗论，故世所共遗，若略名取实，则有美于为诗矣。

他认为刘桢的"笺记"比诗写得好，而曹丕却只评说刘桢的诗，而忽略了成就最高的笺记，以致后人都把这个遗漏了。由此可见，刘勰如不是过细地研究过建安文学及其文论，并经过深思熟虑，这一条矫枉的意见是提不出来的。

总之，刘勰对建安文论有批评质疑，有衍释订补，也有汲取运用，《文心雕龙》与建安文论有着继承关系是很明显的。

［原载《安徽师大学报》(哲学社会科学版)1982年第4期］

论曹植赋的继承与创新

曹植少好诵辞赋,下笔成章,其自编集《前录自序》云赋七十八篇(《艺文类聚》卷五五引),现存者,包括残篇散句在内篇题标为赋的,《曹集铨评》所收有五十二篇。实际当不止此数,如属"七体"的《七启》,仿张衡《髑髅赋》所作的《髑髅说》,拟《九歌》而作的《九咏》,受《渔父》影响而写的《释愁文》等,虽无赋之名,却都是赋。曹植自言赋"所著繁多"(引同上),《前录》所载只是精选的篇目,他是否亲自编过《后录》,史文缺载。仅以现存赋观之,曹植已无愧于建安时代赋大家,在赋体发展史上是关键人物之一。他的赋,在题材内容、意象抒情、语言修辞诸方面对前人赋作的学习继承及改造创新十分明显。

一

曹植现存赋全是咏物、抒情小赋,其取材相当广泛。《文心雕龙·诠赋》按题材把赋分为京殿、苑猎、述行、序志、草区、禽族、庶品、杂类等。在曹植赋中,除"京殿"一类不得其详①,其他则大体具备。由此反映出,他在题材取向上深受汉赋特别是其中的咏物、抒情小赋的影响,今所见其文集中的《酒赋》《述行赋》《柳赋》《蝉赋》《鹦鹉赋》《扇赋》《愁霖赋》《白鹤赋》等,都是汉代赋家写过的旧题,但这只是问题的一面;另一面表现在取材的总体意向上却显示出了变化,无论是取材于社会生活,还是自然景物,其或发挥古人的成说,无不贴近现实、人生,使人感觉到时代的脉搏和作者的情志。

表现社会生活的赋,除一般行役征战、射猎游观以外,尤其值得注意的是对"人"的关切,写人的情思、欢乐、哀怨、命运的赋占有很大比

---

① 《曹集铨评》据《书钞》卷158辑曹植《洛阳赋》,仅存四句,难窥其京都赋全豹。凭残句推测,可能是有感于洛阳昔日繁华,今毁于一旦。

重。这方面内容虽然在汉代言志抒情赋中已有,但汉人之作,大多不出个人幽思和愤慨,即身世之感。司马相如的《长门赋》虽然触及妇女的命运,且不论其真伪问题,仅就篇中所展现的内容看,也只是后妃失宠的宫怨而已,与一般妇女的悲惨命运不可同日而语。后一种内容,就赋体文学说,只在建安赋中才能见着,如王粲、曹丕、曹植共题同作的《出妇赋》就是其中的代表,而曹植一篇尤为突出,这篇赋为一位"无愆而见弃"的妇女鸣不平。她自十五岁嫁到男家,一直小心谨慎侍奉丈夫,时时担心被疏远:"承颜色而接意,恐疏贱而不亲"。尽管她如此诚惶诚恐,察言观色,按丈夫心意行事,结果仍然不免被"悦新婚而忘妾"的丈夫赶出家门。然而遭到如此不公平的待遇却无处诉冤:"痛一旦而见弃,心切切以悲凉。衣入门之初服,背床室而出征。攀仆御而登车,左右悲而失声。嗟冤结而无诉,乃愁苦以长穷。"本篇既与王粲同作,粲死于建安二十二年,可知是曹植前期作品,不可随意理解为喻托身世之慨。其《愍志赋》虽残缺已甚,但从本序及残文中,对其为有情人不能成眷属同情的主题还是一目了然的。作者感慨这对男女"思同游而无路,情壅隔而靡通",彼此只能"登高楼以临下,望所欢之攸居"。为何造成这一咫尺天涯的爱情悲剧呢?那就是"迫礼防之我拘",无形的礼教绳索使得他与她不敢"欲轻飞而从之"。其序云:"或人有好邻人之女者,时无良媒,礼不成焉,彼女遂行适人。有言之于予者,予心感焉。"像曹植这样同情男女恋慕不遂为内容的赋,恐怕在他之前是没有的。曹植《叙愁赋》写自己二女弟被聘为汉献帝的贵人,作者不是为此感到皇亲国戚的无尚荣耀,而是集中描述二女弟为即将入宫的愁思:

> 委微躯于帝室,充末列于椒房。荷印绶之令服,非陋才之所望。对床帐而太息,慕二亲以增伤。扬罗袖而掩涕,起出户而彷徨。顾堂宇之旧处,悲一别之异乡。

不愿专椒房之贵,只希望享受常人的天伦之乐。全篇突出一个"愁"字,没有一句说教,这正透露了曹植对其二女弟成了政治交易牺牲品的同情,表明了自己对这种政治婚姻悲剧的理解与态度。与《长门赋》失宠固宠的主题相比,则完全是崭新的思想。

　　除此，曹植抒发日常生活中习见的——诸如怀人、离绪、乡愁、幽思一类情感的赋，也有相当数量。这些大多为即事名篇，是作者目触心感的产物，是作者酸甜苦辣情感经历的写真。如《离思赋》写于建安十六年，时曹操率大军西讨马超，曹丕留守，曹植抱病从征先行，"意有忆恋"而作；《释思赋》因亲弟过继给族父为子，"以兄弟之爱，心有恋然，作此赋以增之"；《归思赋》是建安十八年作者随父至谯扫墓，有感于故乡"荒坏莫振，城邑空虚"而赋；《慰子赋》系为爱子"中殇"，"痛人亡而物在"的揪心之作；《怀亲赋》是作者狩猎路过曹操旧营，仿佛亡父犹在眼前，"遂停马住驾，造斯赋焉"……可以说，篇篇皆有着作者的真情实感。这类赋，实际是感兴类诗的扩张，而其抒写则更为自由畅达。

　　再看表现自然物色的赋。曹植以其觉醒的意识，敏感的心灵，观照大自然美，写了一些感喟节候变化、玩赏异香珍宝和动物植物赋。这类感时写物内容的赋，尽管两汉也已有，但却是零星分散的，大多没有引起人们重视，而在曹植赋中，现存（包括残篇）的就有二十余篇，这是两汉赋家中没有的。其中尤可注意的是他的动物赋，本来汉代以动物名篇的赋已经不少，现存（包括残篇）的就有《鵩鸟赋》《文鹿赋》《鹗赋》《蓼虫赋》《鹤赋》《大雀赋》《马赋》《神龙赋》《白鸠赋》《蝉赋》《穷鸟赋》《鹦鹉赋》等。其中有几篇真伪难辨不说，即从这些赋的内容看，有的不过是借所写的动物为由头，与赋表达的思想并无深层联系；有的只是当作祥瑞物为统治者歌功颂德；有的无非是借物讽谏而已；有的则意在体物图貌罢了①。通常人们以为赵壹的《穷鸟赋》与祢衡的《鹦鹉赋》与曹植动物赋相仿②，但我们只要稍加辨析，就可见出其间的差异：《穷鸟赋》的命意非常清楚，因赵壹抵罪几至死，得友人相救，故作是赋以谢恩。前半篇以走投无路的"穷鸟"自喻，后半篇则脱离了形象，叙述对友人的感恩与祝福，当是汉赋"曲终奏雅"的变形。《鹦鹉赋》虽然物、我关系已是难分难解，即"借了鹦鹉这个题目，发泄心中的感慨"（瞿蜕园《汉魏六朝赋选》），显然也是自喻。曹植的《鹦鹉赋》已不是完篇，客观地说，是难以同祢衡之作相抗衡的。可是，如果就曹植动物赋整体而言，其赋的内容已不局限于"自喻"。他的《蝉赋》《神龟赋》

---

① 第一种如贾谊《鵩鸟赋》、孔臧《鹗赋》；第二种如刘琬《神龙赋》、张升《白鸠赋》；第三种如孔臧《蓼虫赋》；第四种如班昭《蝉赋》、刘琬《马赋》。

② 有人把祢衡《鹦鹉赋》划作建安时代作品，曹植动物赋拟人手法当受其影响。

《离缴雁赋》《鹞赋》等，一般认为是其前期作品①，这些赋所包含的内容，难以用"自喻"的公式去套解。试以《蝉赋》为例，它所描绘的蝉具有贞士的品格，清素寡欲，与世无争，然而时时受到周围黄雀、螳螂、蜘蛛、草虫的威胁。躲避了这些天敌的袭击，又难免要落入"狡童"之手。即使逃过这一切，还要受到秋霜寒风的煎熬。曹植前期虽有失宠之痛，想必还不至于处境如蝉这样危机四伏。为了说明问题，我们不妨再看看《离缴雁赋》，其序云"余游于玄武陂中，有雁离缴，不能复飞，顾命舟人追而得之，故怜而赋焉"。全篇以雁独白口吻：先叙冬南夏北，群游之乐；次叙不幸中箭颓落，同伴受惊远逝；后叙本以为丧命，不意受恩养，当委命以顺其自然。更难说是自喻。《神龟赋》也值得一观。其序云"时有遗余龟者，数日而死，肌肉消尽，唯甲存焉。余感而赋之"。此赋先写龟为四灵之一，形体、饮食、行止各有灵异；再列举有关龟遭际的传说；最后由此龟之死，想到"物类迁化"之理，更与"自喻"无关。前一篇俨然像寓言，融入了自己对社会、对人生的感受，有着多义性；中篇无非是怜悯弱小生灵的不幸及其求生欲望；后一篇表达了作者对无有不死之物的看法，有哲理意味。仅以这三篇赋观之，曹植动物赋包含的思想内容，与汉赋相比，已有很大拓展。

在曹植赋中，即使是发挥前人成说或体式上模仿前人的作品，也显现出个性特征或时代感。如《九愁赋》，虽与汉代《九怀》《九叹》《九思》代屈原倾诉相同，并利用了其中的现成材料，但与汉人"意不深切，如无所疾痛而强为呻吟者"②不同，其叙事言志处处有着自己的影子，实际是借屈原的不幸，倾吐"我"的痛苦，其终篇云：

> 见失群之离兽，觌偏栖之孤禽。怀愤激之切痛，若回刃之在心。愁戚戚其无为，游绿林而逍遥。临白水以悲啸，猿惊听而失条……

与《赠白马王彪》第四章同一机抒③，正透露出作者借题托词的深意，绝非汉人《九怀》一类拟作所能比肩。再如郭沫若先生所诟病的《七

---

① 曹植《蝉赋》作时有争论，此从赵幼文《曹植集校注》说。
② 见朱熹《楚辞辨证上》。
③《赠白马王彪》第四章感物伤怀，以傍晚鸟兽归窝呼伴反衬兄弟被迫分离的痛苦。

启》，虽然结构形式、讽谏命意与枚乘《七发》有相似之处，但在内容上体现了时代精神。镜机子说玄微子七件事，归根结蒂是要逐步启发玄微子放弃隐居，投身时代大潮，建功立业，为大魏服务。其"招贤"的主旨非步趋前人，而是时代之召唤，虽不免有生硬之嫌，但不可笼统以"模仿"责之。刘知几《史通·模拟》云："盖模拟之体。厥途有二：一曰貌同而心异；二曰貌异而心同。"曹植模拟汉赋之作盖属前者①。

二

　　刘熙载《赋概》谈赋体演变时指出："建安乃由西汉复于楚辞者"，所谓复归于楚辞，指的就是建安时期赋体作品回归到楚辞的抒情传统。建安时代倡导"文以气为主"，强调以气运词。所谓"气"，主要就是指作家的情感和个性，体现了"以情纬文"的基本特征。赋的创作，在建安文坛几乎与五言诗并驾齐驱。同时也与诗一样趋向抒情化。其变化经历大体相似，诗由汉乐府的叙事性，经东汉文人五言诗中介，至建安时期五言抒情诗已蔚为大国；赋则由汉大赋重在"体物图貌"，经东汉赋家短小咏物、情志赋的制作，至建安时期赋的抒情化已是共同的倾向。建安诗人大多为赋体向抒情性转化倾注过心血，诗人即赋家，这是建安时代不同于两汉赋家队伍的一个特征②。曹植是杰出的诗人，又是出色的赋家，被同时人誉为"赋颂之宗，作者之师"（吴质《答东阿王书》）。曹植的赋上承屈宋骚体抒情传统，下取汉赋"体物"之精要，并融会了五言诗"穷情写物"的艺术经验，与同时代赋家共同开拓了赋体创作新境界。刘熙载说"复于楚辞"，并非指倒回去，正确地理解，应当是对"楚辞"在继承中有发展。曹植以诗人作赋，必然会把诗的艺术手法和成功经验引进赋的创作。本来"楚辞"就是亦诗亦赋的：诗史誉之为诗歌发展第二个里程碑；赋史又称赋"拓宇于楚辞"。曹植的赋可以看做是建安时期赋体作品情感化、诗意化的代表。按照中国古典诗论的理解，诗有两个基本因素：一是意象；一是声律③。曹植的一些优秀赋作正是成功借用了诗的意象，且看他的《节游赋》，首段描

---

　　① 心，指用意。引文只是借用刘知几之语，与其所指不同。
　　② 这是就总体而言，个别人有例外，如张衡。
　　③ 《文心雕龙·神思》所说的"寻声律而定墨""窥意象而运斤"就是。

述邺都宫殿的壮丽和春日美景,为下文出游做铺垫。这里先引写景一节:

> ……于是仲春之月,百卉丛生,蓁蓁蔼蔼,翠叶朱茎,竹林青葱,珍果含荣。凯风发而时鸟欢,微风动而水虫鸣。感气运之和顺,乐时泽之有成。

这是一幅多么诱人的画面:花草朱翠相映,竹林青葱,果木含蕊;和风轻拂,虫鸟欢唱。作者视觉、听觉、触觉并用,摄取了自然界一系列生机勃勃有静有动、有声有色的物象,创造了彼此独立而又相互关联的意象群,从中烘托出作者感时触物的情趣,构成了诗的艺术境界。作者正是被这一富有生命力的春景所感召、所吸引,才怀着浓厚兴趣结伴春游:

> 遂乃浮素盖,御骅骝,命友生,携同俦,诵风人之所叹,遂驾言而出游。步北园而驰骛,庶翔翔以解忧,望洪池之滉漾,遂降集乎轻舟。浮沈蚁于金罍,行觞于好仇。丝竹发而响厉,悲风激于中流。且容与以尽观,聊永日而忘愁。

以渲染的笔调,描述了驾车乘舟结伴游宴之乐,从观景赏乐中也隐藏着淡淡的忧思。最后一段就是由此引出:

> 嗟羲和之奋迅,怨曜灵之无光。念人生之不永,若春日之微霜。谅遗名之可纪,信天命之无常。愈志荡以淫游,非经国之大纲。罢曲宴而旋服,遂言归乎旧房。

这段春游后的感慨,形式上同于汉赋"曲终奏雅",而实质上是作者感情的自然流露。曹植是功名心很强的人,时刻不忘建功立业,游乐之余,念及"人生不永",以"经国"自傲是可以理解的,与其父《短歌行》其一命意相仿,与汉赋硬贴上去"讽谏"不可等量齐观。这正是他的继承与创新。再看另一境界的《闲居赋》,本篇写作者孤独无匹、出入无乐之际,因"感阳春之发节",岁月若驰,特借轻驾远游以消忧。与前篇出游的事件一样,季节都在春天,但本篇组合的意象与前篇不同。从中看不到绿叶繁花,听不见虫鸟欢鸣,更没有凯风吹拂;听见的是薄暮细雨,归云飞奔,虚廊闲馆,招风的高庑,幽静的长除,深暗的屋宇……感觉不到稍许春天气息。虽然也写到"遇兰蕙之长圃",但作者并非是欣赏其美景,而是"冀芬芳之可服,结春蘅以延伫"。这里的兰、蕙、杜蘅,不过是借用了屈骚中现成的思路,袭用其固有的意象,抒发自己失意之感罢了。赋中的意象是虚实并存的,与前篇皆为眼前实景不同,如"翡翠翔于南枝,玄鹤鸣于北野。青鱼跃于东沼,白鸟戏于西渚"写四方动物,赵幼文注释指出:"此四句铺叙,所述鱼鸟,各以其方之色形之,非实也。"①所见极是,这也是借用前人现成思路。意象无论是实是虚,皆是客体事物与主体感受相结合而产生的,王昌龄《诗格》说"一曰生思……心偶照境,率然而生。二曰感思,寻味前言,吟讽古制,感而生思"②,说的就是上面的情形。本赋呈现的春景如此灰暗,缺乏生气,没有活力,正是作者此时此地心境的外化。赵幼文疑此篇是建安二十年春曹植典禁兵时所作,姑从之。曹操于上年七月东征孙权,敕植"留守邺",次年三月又西讨张鲁,直到建安二十一年二月才还邺。在这一年半期间,曹植一直寂寞留守,因而为不能随父从征而有所遗憾,是不难理解的。实际上这种情绪在其《东征赋》中已微微流露,今抄录其中四句:"顾身微而任显兮,愧任重而命轻。嗟我愁其何为?心遥思而县旌。"表面上是说"典禁兵,卫宫室"责任重大,心为老父远征而愁思,如果联系其序"神武一举,东夷必克,想见振旅之盛"来看,他对"挥朱旗以东指"是非常向往的,多么渴望能参与"振威于东野"的战斗,尽管说得委婉,细心的读者还是可以察觉其中的憾意的。《闲居赋》所表现出的失落感,正是这一情绪的发展。

曹植的咏物赋,虽以描写物理为主,但同样有着作者的万斛情思,依旧是作者情感的载体。其所咏无论是有生命物或无生命物,莫不如此。先看动物赋,有人说曹植这类赋是"即物即人",这是很对的。如他的《鹞赋》,热烈地赞美了鹞的孤高贞烈、勇猛顽强的品格,联系《白马篇》来看,鹞"长鸣挑敌,鼓翼专场。逾高越壑,双战只僵",不正是"捐躯赴国难""幽并游侠儿"的象征吗?这既可看做是作者自我愿望

① 见《曹植集校注》第132页。
② 见拙作《略谈建安诗人向民歌学习》,载《艺谭》1982年第3期。

· 47 ·

的吐露,也可看做是渴望猛士"翼帝霸业",赋末云鹖之毛角"成武官之首饰,增庭燎之高辉"正暗示了篇意。再看《白鹤赋》,这是曹植后期作品,作者组合一系列饱和凄苦之情的意象,描绘了一只洁丽善良、独居幽林的白鹤。它被鸾皇遗弃,面对种种严酷灾难,只能忍气吞声,哀鸣戢羽。不敢违忤,唯求解除网罟,奋翅远游。以鹤类比,说的是鹤,意主于我。对照他写于黄初四年的《责躬》诗及表,本篇的自喻性质当无疑问。曹植曾写过一篇《孔雀赋》,今已佚,杨修《孔雀赋序》云:"魏王园中有孔雀,久存池沼,与众鸟同列。其初至也,甚见奇伟,而今行者莫视。临淄侯感世人之待士亦咸如此,故兴志而作赋。"昭示了曹植动物赋感物托意的基本特征。再看植物赋,试以《橘赋》为例。本篇作者有感于铜雀园中南橘北徙,改变了气候、土壤,不荣不实,因而由"草木之难化"浮想联翩。赋中橘树的形象虽然受到屈原《橘颂》的启示,但屈作重在赞美橘树的品格,而本篇则意在叹惋北徙之橘"萌根而弗干,结叶而不华",同情其不能"体天然之素分"①,长大结实。二篇的寓意是不同的。同时表现方法上本篇代橘言情的成分更浓:

> 惜寒暑之不均,嗟华实之永乖。仰凯风以倾叶,冀炎气之所怀。飏鸣条以流响,希越鸟而来栖。

借助惜、嗟、仰、冀、飏、希等动词的运用,几乎使作者之情与橘树之情融而为一。后四句是作者的愿望,还是橘树的希冀,已不能分开。就物情、人情交融说,较屈作已有发展。这篇赋有诗的情境,也有诗的含蓄。他的器物赋现仅存《宝刀赋》《九华扇赋》《车渠碗赋》三篇,皆是"触类而作",虽侧重美其貌赞其用,但也渗透了作者的审美情趣,在写实中往往穿插夸张,如述宝刀之锋利是"陆斩犀革,水断龙角;轻击浮截,刃不纤削。逾南越之巨阙,超西楚之太阿",形容车渠石碗妍丽殊形是"华色粲烂,文若点成。郁蓊云蒸,蜿蜒龙征,光如激电,影若浮星。何神怪之巨伟,信一览而九惊。虽离朱之聪目,内炫曜而失精"。作者爱物、惜物之情溢于言表,有着浪漫主义情调。

曹植的赋情感化还表现在心理描写上。不能说汉赋没有心理描

---

① 体,依也。素,本也。句意谓顺天然之本性。

写,而非常薄弱却是事实。汉大赋本为"体物",人在其中不过是陪衬,不关注心理描写是行文的必然,即使如《七发》以写人事为主体的赋也不例外,其中观涛一节,似乎穿插写到观涛者的心情,但其目的只是以此衬托惊涛骇浪的奇观,充其量不过是陪笔而已。至于汉代情志赋,诸如东方朔《答客难》、扬雄的《解嘲》、班固的《答宾戏》、张衡的《归田赋》、赵壹的《刺世嫉邪赋》等,或用对话或是直叙,只是为了辨明某一是非、某个问题而已,并不注重从心理上去揭示。像司马相如《长门赋》那样反复铺排女主人公心理活动的作品,在两汉的确是凤毛麟角。到建安时代,随着个体意识的觉醒,自觉地探求人生道路,写人的悲欢离合的赋也逐步多起来,其中曹植当是杰出的代表。从前一部分列举的《出妇赋》《慰子赋》《叙愁赋》《蝉赋》等已可见出其中的心理描写,不过在他的赋中心理描写最出色的是《洛神赋》,本篇可以看做是抒情主体心灵历程的描述。作者路过洛水,有感于宋玉对楚王说神女之事,想而非非,"精移神骇",仿佛于岩畔睹一丽人,于是展开了人神之间爱情纠葛的想象。作者不惜笔墨铺叙洛神婀娜多姿的情态和人神心灵交融的过程,情意绵绵不尽。仅以惜别一节为例:洛神是"抗罗袂以掩涕兮,泪流襟之浪浪",解下佩饰"明珰"相赠,作为永久纪念,"长寄心于君王";而"我"是"足往神留,遗情想象,顾望怀愁",希冀灵体再现,惆怅盘桓不能离去。确实是"此恨绵绵",作者以此宣泄了深层的心理情感。

曹植的赋无疑是他生活经历的再现,自我心灵的写真,他把自己的思想、感情、生命、灵魂都注入赋的创作之中,他自己说:"余少而好辞赋,其所尚也,雅好慷慨。"是最好的说明。

三

锺嵘《诗品》评曹植诗"体被文质",黄侃《诗品讲疏》进而申述说"文采缤纷,而不离闾里歌谣之质"。说的是诗,其实也是曹植赋的艺术重要特征之一。这里所谓文、质,主要是就作品的语言修辞而言,在曹植诗、赋、文中是统一的。如果放在各体文学的发展中考察,所起的承传作用就不同了。诗由汉代的质朴到六朝讲究藻饰典丽,曹植处于其间,对后代诗人影响是深远的,锺嵘说陆机、谢灵运"其源出于陈思"，就是例证。而赋则不然，从汉大赋的推类极辞、竞相夸丽趋向建安以情纬文，清新雅洁，曹植在建安赋家中自是首功。他的赋有学习民间语言写的俗体，也有仿效文人赋作的雅体，而更多的则是经过作者融会贯通，形成的雅中有俗、俗中有雅、雅俗共体的艺术特色。

向民间文学学习是建安时代文坛的风尚，其中以曹植付出的精力最多，收获也最大。以赋而论，其《蝙蝠赋》《鹞雀赋》就是向民间文学学习的成果，试以后一篇为例说明。这是一篇以口语写的赋，用拟人手法，前半写小雀与鹞对话，小雀苦苦哀求鹞不要吃它，而鹞以近日"资粮乏绝"加以拒绝。小雀绝望之际，幸好凭依一棵茂密多刺的枣树，得以逃生。后半写公妪二雀相遇，"相将入草，共上一树"，遇险之雀向配偶诉述本末，还略带几分自吹"赖我翻捷，体素便附"，最后告诫说"自今徙意，莫复相妒"。后两句意思不明，可能是指因相妒分开而遇险。这是典型寓言赋，因写作背景不清楚，其寓意难臆测，有人说反映了"强凌弱"的社会现象，则后半篇如何解释？钱钟书谓后段"大类《孟子·离娄》中齐人外来骄其妻妾的行径"①，也只是就调侃而言。《后汉书·蔡邕传》曾言及"鸿都篇赋之文""连偶俗语，有类俳优"，可能就是以民间俗语为文为赋，汉灵帝好文赋，待制鸿都门诸生"陈方俗闾里小事，帝甚悦之，待以不次之位"。曹植《鹞雀赋》的创作，与鸿都学士以俗语为文为赋在先不无关系。而《敦煌变文集》卷三所载的《燕子赋》，又与植赋一脉相承。钱钟书称《鹞雀赋》是"开生面"之作②，正确肯定了本赋的创新价值。

《洛神赋》则是另一艺术境界，因是学习宋玉《神女赋》，行文词采华茂典雅。全篇以四言、六言句式为主，穿插三言、五言、七言乃至九言，并参用散句，虽有变化，但终究是以骈偶句式为主体，排列匀称齐整，无怪乎后人称此为俳赋之始。以"雅"论，建安时期的赋无出其右者，较之宋玉赋，在语言丰富多彩、错综变化方面已有提高。顺便说一下，有人曾以本篇为例，说曹植赋"在表现方法上弃铺陈，重形象"③，这是误解。"铺陈"，或者说铺叙、铺排，与"形象"本不是对立的关系，本赋正是出色运用铺陈方法，才把女神描绘得栩栩如生的。如前一段写女

---

① 见《管锥编》1059-1060页。

② 见《管锥编》1059-1060页。

③ 见《安徽师大学报》1989年第3期《论曹植的辞赋》。

神其形：先总写形貌；再"远而望之""迫而察之"；然后一一分解，从肩、腰、颈、云鬟、修眉、丹唇、皓齿、明眸、靥辅，直写到修态奇服、首饰文履之类。后一段刻画女神动态之美及其心理活动，亦不惜笔墨。曹植其他赋虽不像本篇铺陈之甚，也同样有铺陈。他扬弃的只是汉赋"推类而言"的堆积辞藻，而不是"铺陈"方法，"铺陈"不是赋体所专有的，但是对赋体说，与其他文体"画境"正在于"铺陈"。

上举二例，是曹植赋俗体与雅体的极致，至于其他赋篇"文"与"质"如何理解呢？其"质"主要是指他的赋语言是在学习口语基础上提高的，一般明白易懂，篇中除个别用典，词语晦涩的极少；同时构成赋的物象事象，无非是取之大自然界，或来源于社会生活，大多平易，为人们所理解。这两点几乎篇篇如此，无需举例。在语言和取象方面，与汉赋（包括咏物情志赋在内）对照，已是通俗化、生活化了，从而纠正了汉代赋家好"猎奇"的倾向。其"文"是指炼字炼意：（一）造句趋向骈偶化，语言颇有规则可循。骚体带"兮"字句，多为七言，用在句尾或第四字，八言在第五字，五言在第三字。非骚体则以六言为基本句式。《三曹集》（岳麓书社版）载植赋四十七篇，其中全篇六言者十八篇，有两篇除首句外也全为六言，另有十二篇六言占篇中三分之二或二分之一，较之汉赋更向骈整发展，注重整齐美。（二）即景言情，多用象征性意象，语言明丽，经过雕琢。如《感节赋》"愿寄躯于飞蓬，乘阳风而远飘"，《慰子赋》"仰列星以至晨，衣沾露而含霜"，《节游赋》"念人生之不永，若春日之微霜"，《九愁赋》"宁作清水之沉泥。不为浊路之飞尘"，《秋霖赋》"攀扶桑而仰观兮，假九日于天皇"，《白鹤赋》"狭单巢于弱条兮。惧冲风之难当"，《七启》"画形于无象，造响于无声"……构成的意象，"以一概万"，有情趣，有含蓄美和新鲜感。（三）讲究声律，其赋多押韵，一般隔句相押，有一韵到底，或数句换韵，或两韵交互，错综变化，较汉赋有音乐美。曹植有音乐素养，《文心雕龙·声律》称其作品"吹籥之调也"。（四）善于点化古人文句。如"哀莫哀于永绝，悲莫悲于生离"（《愍志赋》），"奋袂成风，挥汗成雨"（《游观赋》），"陆断犀革。水断龙角"（《宝刀赋》），"情眷恋而顾怀，魂须臾而九反"（《怀亲赋》），"指北极以为期，吾将倍道而兼行"（《喜霁赋》），等等①。如果说，这些是比

---

① 以上点化古人文句依次是：《古诗》"悲莫悲兮生别离"，《齐策一》"举袂成幕，挥汗成雨"，王褒《圣主得贤臣颂》"水断蛟龙，陆刓犀革"，《九章·抽思》"魂一夕而九逝"，《离骚》"指西海以为期"。

较直接借用,更多的则是取其意加以改造,如"水重深而鱼悦,林修茂而鸟喜"(《离思赋》),本出自《吕氏春秋·仲春纪》:"山泉深则鱼鳖归之,树木盛则禽兽归之。""山坼海沸,沙融砾烂"(《大暑赋》),是取意《说苑·君道篇》:"汤之时,雒坼川竭,煎沙烂石。""听仁风以忘忧兮,美酒清而肴甘"(《娱宾赋》),是《诗经释文》"风者诸侯之诗也"与《礼记·聘义》"酒清、人渴而不敢饮也;肉干、人饥而不敢食也"的综合而反用。"城邑寂以空虚,草木秽而荆榛"(《静思赋》),取自班昭《东征赋》:"睹蒲城之丘墟兮,生荆棘之榛榛。"似此类很多,不胜枚举。盖曹植自幼学有根底,古人诗文烂熟于心,当吟诗作赋时,不觉前人秀句丽辞涌向笔端,仿佛从肺腑流出,自然贴切,以故为新,活生生如己所出,每每较原句凝炼意厚。诚如陆机《文赋》所云"或袭故而弥新,或沿浊而更清"。

建安时期赋坛活跃,名家辈出,曹丕《典论·论文》评曰:"粲长于辞赋,干时有齐气,然粲之匹也。如粲之《初征》《登楼》《槐赋》《征思》,干之《玄猿》《漏卮》《圆扇》《橘颂》,虽张、蔡不过也。"王粲、徐干年辈长于曹植,他们的优秀赋作自然也是曹植学习和继承的重要方面。可以说,曹植赋之所以能突破前人,开创赋体文学发展新局面,与同时代前辈赋家为之先导、作者群体的相互切磋是分不开的。

[原载《安徽师大学报》(哲学社会科学版)1993年第4期]

何逊年谱简编

何逊是梁代重要作家。他的朋友王僧孺曾集其文八卷,《隋书·经籍志四》载《何逊集》七卷①,后有残缺,至宋仅存五卷。今存《何水部集》各刻本卷帙不一,《四部备要》本不分卷。篇目各本大体相同,而文字差异较多。一九八〇年中华书局出版新标校本《何逊集》,提供了较好的读本。何逊的文今存不多,诗尚有九十余首。其诗绘景言情,清新宛转,合乎声律,已酷似近体诗,宋洪迈编《万首唐人绝句》竟误选其诗十四首。何逊对唐诗影响较大,杜甫曾多处化用他的诗句入诗,并称许"能诗何水曹"。但可惜关于何逊的生平事迹,《梁书》《南史》语焉不详,以至于生卒年也难以确定。今试就何逊本传及其诗文、其他有关资料,加以考索,成此《何逊年谱简编》,缺误之处,请读者指正。

何逊,字仲言,因先后任过记室、尚书水部郎,故后世又称何记室、何水部。逊,东海郯(今山东郯城县西)人。曾祖何承天,宋御史中丞,《宋书》《南史》有传,《隋书·经籍志四》载《何承天集》二十卷,今亡。祖翼,员外郎。父询,齐太尉中兵参军。皆无传,生平不详。

齐高帝建元二年(四八〇)庚申　一岁

逊约生于是年。

按:《梁书》本传:"弱冠州举秀才,南乡范云见其对策,大相称赏,因结忘年交好。"今《何逊集》中有《落日前墟望赠范广州云》及附录《范云答何秀才》诗记其事。范诗曰:"少年射策罢,擢第云台中",与传文一致。逊诗题作"赠范广州",检《南齐书·东昏侯纪》,范云于永元元年六月由始兴内史迁广州刺史,同年十月由颜翻接任。其年闰八月,故知范云任广州刺史前后不到半年。考何逊行踪,他并未到过广州。因

---

① 宋黄伯思《东观余记》称"《隋书经籍志》《唐艺文志》《何逊集》皆八卷",今见中华书局新标校本《隋书·经籍志》载《何逊集》七卷;《新唐书·艺文志》及《旧唐传·经籍志》皆载《何逊集》八卷。

此,云读到逊的策文不可能在他任广州刺史期间。也不可能在云任广州刺史之前,因为云是由始兴郡去广州的,始兴郡梁代属湘州,逊也未到过。由此可推断,逊拜见云、云读到逊策文当是云被罢广州刺史回到都城建康(今南京)以后。范云这次罢官,据《梁书·范云传》载:"初,云与尚书仆射江祐善。祐姨弟徐艺为曲江令,深以托云。有谭俨者,县之豪族,艺鞭之,俨以为耻,诣京诉云。云坐征,还,下狱。会赦免,永元二年,起为国子博士。"江祐时为朝中"六贵"之一,执掌朝政,权倾一时。永元元年八月因谋废东昏侯被杀。故知谭俨上告只能在八月以后,即闰八月或九月之际,在此前谭俨是不敢冒犯当朝权贵的。范云"还,下狱"亦当在此期间。又《东昏侯纪》载,九月壬戌"以频诛大臣,大赦天下",范云即因此而遇赦。逊赠诗仍称"范广州",当在永元二年二月范"起为国子博士"以前,云见到逊的策文亦当在这期间。正因为这时范云闲居在家,所以他的答诗情绪低沉:"待尔金闺北,予艺青门东"。借汉人召平种瓜的故事,流露出了退隐思想。又《南齐书·东昏侯纪》载永元元年正月"诏研策秀才",亦与上说相合。由以上可推断:逊"弱冠州举秀才"在永元元年(四九九)。《礼记·曲礼》:"男子二十曰弱,冠",故可知逊"州举秀才"时年二十。因此,由永元元年上推二十年即建元二年(四八〇),是逊的生年。

检《梁书·范云传》,范云于"天监二年卒,时年五十三",由此知云生于宋元嘉二十八年(四五一),至齐永元元年已四十八岁,而是时逊仅二十岁,故逊传以为他们是"忘年交好"。

是年:沈约四十岁;江淹三十七岁;孔稚圭三十三岁;任昉二十一岁;谢朓十七岁;刘勰约十六岁;钟嵘约十四岁;吴均十二岁,

永明五年(四八七)丁卯 八岁

逊八岁能赋诗(《梁书·何逊传》)。

东昏侯永元元年(四九九)己卯 二十岁

正月戊寅改元永元、诏研策秀才。

逊是年"弱冠州举秀才",本集有《与建安王谢秀才笺》称:"州民泥涂何逊死罪,即日被板,以民充年秀才"。按:逊是"东海郯人",郯,齐时属南徐州。考《南齐书》永元元年六月以前南徐州刺史是晋安王萧宝义,六月以后是江夏王萧宝玄。故知《谢秀才笺》所称"建安王"当为"晋安王"之误。

作《落日前墟望赠范广州云》。说已见建元二年"按语"。

永元二年(五〇〇)庚辰 二十一岁

十一月乙巳萧衍于雍州反,拥南康王萧宝融为主,十二月壬辰,称宣德皇太后令:"南康王宜纂承皇祚,方俟清宫,未即大号,可封十郡为宣城王。"

逊游宦寓居建康。参见下年《范广州宅联句》后的"按语"。

和帝中兴元年(五〇一)辛巳 二十二岁

正月乙巳南康王萧宝融始称相国,三月乙巳于江陵(今湖北江陵县)即皇帝位,改元中兴,史称和帝。萧衍九月进军建康,十二月丙寅夜皇帝萧宝卷被杀。乙巳萧衍以宣德太后令追废宝卷为东昏侯,封萧衍为建安郡公。

是年春作《范广州宅联句》。按:范诗云:"洛阳城东西,却作经年别。昔去雪如花,今来花似雪。"据《梁书·范云传》,范云家住在建康东郊。这里他以洛阳比建康,说与逊同在都城一东一西,相距本近,而却别来"经年"。诗似有责怨逊久不来访之意,故逊联句答曰:"濛濛夕烟起,奄奄残晖灭。非君爱满堂,宁我安车辙。"头两句暗示其时处于乱中,似是解释别来"经年"的原因;后两句则是对范氏见爱的感激,由本诗可以见出逊自永元元年以来一直旅居建康。

梁武帝天监元年(五〇二)壬午 二十三岁

二月辛酉萧衍受命为十郡梁公,丙戌复增十郡,晋爵梁王。三月丙辰齐和帝禅位,四月丙寅萧衍即皇帝位,改元天监。降和帝为巴陵王,不久被杀。是时以沈约为尚书右仆射,范云为散骑常侍、吏部尚书。

逊起家奉朝请。按:逊为建安王水曹行参军兼记室在天监六年(参见后文),而其"起家奉朝请"则应在天监初,《梁书》本传云:"天监中,逊起家奉朝请,迁中卫建安王水曹行参军,兼记室。"当是史家叙事连及下文而言,故总云"天监中"。范云对逊很赏识,《梁书》本传说范云对逊"一文一咏辄相嗟赏,谓其所亲曰:'顷观文人,质则过儒,丽则伤俗;其能含其清浊,中今古,见之何生矣'。"云深得梁武帝信任,兼官吏部尚书,主管官员任免,他与逊本是"忘年交好",焉有不荐引之理!逊诗《行经范仆射故宅》是为悼念范云而作,最后两句说:"遗爱终何极,行路独沾衣",若非范云有荐举之恩,为什么逊对他竟如此感恩戴德!故想情度理,并参之逊的诗作,逊为奉朝请当定在是年为妥,因下年初云"坐违诏用人",虽仍为右仆射,但吏部尚书的兼职已免去,短期内不可能再举荐人,至五月他就病死了(《梁书·范云传》),所以云荐引逊当在天监元年。

作《早朝车中听望》。按:从诗本身考察,作者对"早期"所见所闻情景颇有新鲜之感,故本诗当是逊初任奉朝请之作。奉朝请本为闲职,《宋书·百官志下》:"奉朝请,无员,亦不为官……奉朝会请召而已。"

作《九日侍宴乐游苑——为西封侯作》。按:检《梁书》无西封侯之名,故知"西封侯"当为"西丰侯"之误,《艺文类聚》四引本诗正题作《为西丰侯九日侍宴乐游苑》。西丰,属江州临川郡,西丰侯名萧正德,是临川王萧宏第三子。《梁书·临贺王传》:初,高祖未有男,养之为子。及高祖践极,便希储贰,后立昭明太子,封正德为西丰侯,邑五百户。"萧统立为皇太子在天监元年十一月,故正德封西丰侯亦当在此时。本诗云:"运偶参侯服,恩洽厕朝闻,于焉藉多幸,岁暮仰游汾。"可见是封侯不久之作,故定本篇作于是年。

天监二年(五〇三)癸未 二十四岁

正月以范云为右仆射,五月卒,年五十三。

逊仍为奉朝请。

作《拟古三首联句》。按:本篇是何逊与范云、刘孝绰联句。范云于是年五月丁巳卒,刘孝绰于天监元年起家著作佐郎,故知本篇当作于天监元年、二年间,而以天监二年初可能性大,故列于此。

天监三年(五〇四)甲申 二十五岁

作《学古体赠丘永嘉征还》。按:丘永嘉,即丘迟。《梁书·丘迟传》:"(迟)天监三年出为永嘉太守,在郡不称职,为有司所纠,高祖爱其才。寝其奏。"故知本篇作于是年。

天监四年（五〇五）乙酉　二十六岁

逊仍为奉朝请。

作《答丘长史》。按：《梁书·丘迟传》："（天监）四年中军将军临川王宏北伐，迟为谘议参军领记室"，本篇作于丘迟赴任前夕。因丘迟是以谘议参军领记室，故诗题为《丘长史》。《丘中郎集·赠何郎诗》有"向夕秋风起"句，由此可证何答诗作于是年秋。《梁书·武帝纪》载天监四年"十月丙午北伐"，与本诗正合。逊答诗有云："短翮方息飞，长辔日先驱……握手异沉浮，佳期安可屡。"因逊对久居奉朝请闲职不满，故有此牢骚，

天监五年（五〇六）丙戌　二十七岁

逊仍为奉朝请。

作《赠王左丞》。按：《四部备要》本《何水部集》题作《赠王左丞僧孺》。据《梁书·王僧孺传》记载，僧孺自天监元年起，相继任过临川王后军记室参军、待诏文德省、南海郡守、中书郎领著作，随之又参与撰《中表簿》及《起居注》，其后才迁尚书左丞领著作，何就此职不久便升为游击将军兼御史中丞。又据《武帝纪》载，天监六年五月己巳改"游击将军"为"游骑将军"，由此可推知僧孺为游击将军兼御史中丞在天监六年五月以前，而任尚书左丞则又在其前，故暂定本诗作于天监五年。

天监六年（五〇七）丁亥　二十八岁

《梁书》本传："天监中……迁中卫建安王水曹行参军，兼记室。"按：检《梁书·南平王传》，萧伟为扬州刺史并进号中权将军是天监六年五月，次年即因病解除刺史职务，故可知逊入其幕府亦当在是年。又考萧伟生平，他从未受过"中卫"将军之号，逊本传所言"中卫"当为"中权"之误，是时中卫将军是右仆射王茂，逊传误载。

《何逊集》有《扬州法曹梅花盛开》（亦题为《咏早梅》）一诗，所言"却月观""凌风台"皆为扬州风物，应作于是时。明人杨慎《升庵诗话》卷六以为《何逊集》未言及逊有扬州法曹事而生疑，其后张燮于《何记室集序》中已予驳正。笔者以为：即使逊为"法曹"是后人附会，但逊有《咏早梅》诗则无疑。杜甫《和裴迪登蜀州东亭送客逢早梅相忆见寄》：

"东阁官梅动诗兴,还如何逊在扬州",杜甫对逊诗有过研究,且去梁未远,所言当有据。

作《从主移西州寓直斋内霖雨不晴怀郡中游聚》。按:西州,东晋为扬州治所,因其地在台城以西,故名。刘宋以后,扬州治所屡有变更,从本篇诗题看,逊在扬州任职时,其治所大约初迁至西州。因诗中有"濛濛秋雨驶"句,故知其作于秋日。《梁书·何逊传》说建安王萧伟"爱文学之士,日与游宴",与本篇所写"夙昔搆良游,接膝同欢志"情形相合。

天监七年(五〇八)戊子 二十九岁

《南史·何逊传》:"南平王引为宾客,掌记室事,后荐之武帝,与吴均俱进倖。后稍失意,帝曰:'吴均不均,何逊不逊。'"按:南平王即建安王。据《梁书·南平王传》,萧伟于天监七年以疾解除扬州刺史,改授侍中、中抚军、知司徒事,逊亦当随任至都。又《吴均传》:"天监初,柳恽为吴兴,召(吴均)补主簿,日引与赋诗。"检《柳恽传》,柳恽为吴兴太守在天监二年,六年征为散骑常侍。由此可推知吴均为吴兴主簿必在天监二年至六年间①。吴兴郡属扬州,萧伟任扬州刺史在天监六年五月,故可知吴均被"建安王伟引兼记室掌文翰"(《吴均传》)当在是年,次年吴均亦当随萧伟迁任至都。可见,逊与均被荐引于武帝在天监七年,"后稍失意"则可能在八年或九年的上半年,因九年下半年已随萧伟赴任江州。

作《西州直示同员》。按:诗有"日长禁户倦,即事思短晨"句,故知为夏天之作。逊是上年五月入扬州幕府,本诗抒怀相当坦露,对彻夜歌宴有所不满:"漏尽唱声急,此理复伤人……誓将收饮啄,得得任心神"。按常理,何逊不会刚来便产生如此情绪,更不会以此告诫同僚,故不可能是上年初来时之作,而只能是作于是年夏,其后逊已随萧伟调任返都。

天监八年(五〇九)己丑 三十岁

建安王萧伟任侍中中抚军,知司徒事,逊仍为其水曹行参军,兼记

---

① 朱东润先生认为吴均在天监四年曾随临川王萧宏北伐,天监六年回扬州(《中国文学论集·诗人吴均》),特录于此供参考。

室(参见上年"按语")。

天监九年(五一〇)庚寅 三十一岁

《梁书》本传载:建安王萧伟"及迁江州,逊犹掌管书记"。按:检《梁书·南平王传》及《武帝纪》,知萧伟为镇南将军江州刺史在天监九年六月,故逊赴江州亦当在是时。

作《登石头城》。按:天监九年六月萧伟去江州前,曾一度迁护军石头戍军事,逊为其记室,故本诗云:"薄宦恶师表,属辞惭愈疾。"由此可推知本篇作于是年六月去江州前。

作《临行与故游夜别》。按:本诗《文苑英华》二八六题作《从镇江州与故游别》。诗开头说:"历稔共追随,一旦辞群匹。复如东注水,未有西归日",与本传相合,故知本篇作于是年六月。

天监十年(五一一)辛卯 三十二岁

逊仍在江州为建安王萧伟记室。

作《敬酬王明府》。按:王明府即王僧孺,魏晋南北朝时称郡太守为"明府"。据《南史·王僧孺传》,僧孺在天监十年为仁威南康王长史、兰陵太守故称其"明君"。僧孺是逊的同乡,二人交谊笃厚,赠答诗有数篇。本篇写于江州浔阳。检《王僧孺传》,当时僧孺因事免官,处境甚坏,他在给友人何炯的信中曾说:"将离(罹)严网……罪有不测"。故逊本篇写道:"贱躯临不测,玉体畏垂堂。"前句是说自己,逊在天监八、九年间遭到武帝"何逊不逊"的指斥,虽没有治罪,但一直心怀幽愤;后句是说僧孺目前正为处于危地而畏惧。

天监十一年(五一二)壬辰 三十三岁

逊仍在江州为建安王萧伟记室。

天监十二年(五一三)癸巳 三十四岁

九月戊午建安王萧伟为抚军将军,并由江州调任扬州刺史;骠骑将军王茂为江州刺史。

逊仍留江州转入王茂幕府为记室。按:逊入王茂幕府事,本传缺载,但其事从逊诗中可证。如:《寄江州褚谘议》中有"五载同衣裘,一朝异暌索”句;《南还道中送赠刘谘议别》又有“一官从府役,五稔去京华”句。逊随建安王萧伟离开建康去江州在天监九年六月,到天监十三年才五个年头,可见天监十二年九月萧伟再任扬州刺史时逊仍留任江州。

作《春夕早泊和刘谘议落日望水》。按:《何逊集》中附有刘孝绰诗《太子洑落日望水》,刘孝绰是时为荆州刺史安成王萧秀的谘议,逊读到孝绰诗当在江州。据《梁书·武帝纪》和《安成王秀传》,天监十一年十二月己未萧秀调任侍中、中卫将军领宗正卿、石头戍军。而孝绰回建康的时间,从他的传记及诗看,当在次年春。他的《太子洑落日望水》写道:“临泛自多美,况乃还故乡。榜人夜理楫,櫂女暗成妆。欲待春江曙,争涂向洛阳。”已点明是春日返乡,诗中的“洛阳”借指当时都城建康。另外,从诗中“复此沦波地,派别引沮漳”两句看,诗的前半描写的显然是荆州治所江陵(今湖北江陵县)傍晚的江景。沮漳,即沮漳河,它由湖北江陵县西入长江。由此可知,孝绰诗是写于他离开江陵的前夕,而逊和诗则写于浔阳。时逊仍在江州幕府,孝绰途经浔阳,特早停泊与故人会晤,故逊有此和诗。

天监十三年(五一四)甲午　三十五岁

《梁书》本传:“(逊)还安西安成王参军事,兼尚书水部郎。”按:前文已证逊离开江州还建康当为天监十三年春,《南还道中送赠刘谘议别》即作于此次途中,本诗云:“一官从府役,五稔去京华。遽逐春流返,归帆得望家。”逊与孝绰途中相遇,“游鱼上急水,独鸟赴行楂”两句点明了他们是相向而行,所以诗最后说:“握手分歧路,临川何怨嗟?”据《梁书·刘孝绰传》和《安成王秀传》推算,孝绰于天监十二年春回建康,不久因事免官,又“起为安西记室”,而安成王为安西将军、郢州刺史在天监十三年正月,郢州治所在夏口(今武汉)。孝绰大约就是去郢州赴任途中与逊相遇的,因孝绰免官刚起用,心绪不好,在《答何记室》中写道:“罢籍睢阳囿,陪谒建章宫。纷余似凿枘,方圆殊未工。……巧拙良为异,出处嗟莫同。”逊此次回建康可能也只一两个月就赴郢州为安成王参军兼尚书水部郎了。这在下文涉及的诗中有佐证。

《与沈助教同宿湓口夜别》是逊赴郢州路过江州所写。《何逊集》附有《沈繇答何郎诗》,因知沈助教即沈繇。沈繇生平不详。逊诗云:“我为浔阳客,戒旦乃西游。君随春水驶,鸡鸣亦动舟。"沈答诗云:"但伤胶投漆,忽作弦离矢。形影一东西,山川俄表里。"由此可知,沈是由江州顺江东下,逊是溯江西浮,时间在春季。本诗是他们临别之作,逊集中还有一首《别沈助教》,从内容看,约作于《夜别》一诗之前。

作《入西塞示南府同僚》。按:西塞,即西塞山,在今湖北黄石市附近,唐刘禹锡《西塞山怀古》所写的即是处。梁时属郢州。

天监十四年(五一五)乙未 三十六岁

逊为安西安成王参军事,兼尚书水部郎,母忧去职。按:从《梁书》本传及逊诗推算,逊"母忧去职"当在天监十三年与十四年之际,考逊诗,以十四年秋可能性较大。他的《与崔录事别兼叙携手》一诗提到三次时间,可供参考:一是"去夏",二是"今春",三是"兹秋"。诗人先说:"去夏予回首,言乃重行行",前句指自己于上年夏返郢州,后句指那时崔录事拟将远行。逊上年至江州时约在春末,稍作逗留,到郢州已是初夏,故本诗云"去夏"。接着又说:"今春游派滋,访子犹武城",武城,又名武口城,故址在今湖北黄陂东南,梁时属郢州,"犹"点明崔原拟行而未行,半年后诗人来访时却仍在郢州武城。再说及当前:"及尔沈痾愈,值兹秋序明……脉脉留南浦,悠悠返上京。欲镊星星鬓,因君示友生。"这里是说崔录事将回建康,自己仍留南浦,想拔下鬓边的白发,托他带给京城的亲友,让他们知道自己因思乡而早生华发。逊还有一首《望廨前水竹答崔录事》中有"幽痾与岁积"句,与本诗"及尔沈痾愈"相应,可见崔录事在上年春是因病而未行,并且病了一年多才告愈。从这两首及下一首《还渡五洲》可以考知逊"母忧去职"是崔返建康后不久,参见下文。

作《还渡五洲》。按:五洲,在江州之西,据《水经注》卷三十五及《资治通鉴》卷一百二十七胡三省注考察,其地梁代属郢州,在西阳郡孝宁县境。检《梁书》《南史》本传及逊作品,并参照其友人有关的诗作,逊到五洲唯有做安西安成王萧秀的幕僚时才有可能,时间按照上文的推定应在天监十三年春夏之交。又从《与崔录事别兼叙携手》中知逊至天监十四年秋仍在郢州萧秀幕府,在这首诗中他还说到要继续留下:"脉脉留南浦"。南浦,在当时郢州治所夏口之南,"留南浦"即留住郢州。可是时隔不久,他便还渡五洲,离开了郢州(因《还渡五洲》中有"凄清江汉秋"句,故知逊离开郢州与崔录事返建康时间相距很近),这是为什么呢? 从其本传推测,逊"母忧去职"当在这前后,或许这次遽然离开郢州正为此,故暂系《还渡五洲》作于是年秋。

作《秋夕叹白发》。按:本篇开头叹见白发;中间叙及"廓处谢欢愉";最后盼见亲友:"故人倘未弃,求我谷之嵋"。从内容推测,当是"母忧去职"期间之作,故系于是年。

天监十五年(五一六)丙申　三十七岁

《梁书·本传》:逊"服阕,除仁威庐陵王记室,复随府江州,未几卒。"按:这段记载有两处必须先明确,一是"服阕"的时间;二是从行文意思看,逊复随庐陵王去江州前,当已除其记室。那么"除记室"在何地? 先说第一个问题:古代有三年服丧制度,而梁时并不严格执行。《梁书·徐勉传》曾说:"时,人间丧事多不遵礼,朝终夕殡,相尚以速",由这时殡礼可以想见服丧情形,《梁书》所载服丧期间授职者,屡见不鲜。如:沈约在天监二年十一月乙亥母忧去职,而天监三年正月癸卯又授镇军将军;谢朓在天监四年十二月母忧去职,次年正月又授中书监、司徒。沈、谢均是当时达官名人,恐怕不至于公然违背服丧定制。由此推想,逊"每忧去职"如上文所说在天监十四年秋,那么"服阕,除仁威庐陵王记室"则可能在天监十五年春夏。再说第二个问题:据《梁书·庐陵王续传》记载,萧续于天监十三年转会稽太守,十六年迁江州刺史,故知逊入其幕府除记室必在会稽郡,后来才随他去江州。这里对逊"服阕,除记室"的时间与地点的推定,虽属猜测,但在逊诗中却能找到根据。他的《渡连圻二首》《下方山》《入东经诸暨县下浙江作》《日夕出富阳浦口和朗公》等诗所写的地名皆在会稽郡,这是逊任庐陵王记室在会稽郡旳明证;同时这些诗中所描绘的又全是秋冬之景,考逊在天监十六年六月以后已"随府江州"了,因此这些诗绝不可能写于十六年,只能是十五年秋冬之作,故知逊在此之前已到会稽郡庐陵王幕府。据此,上文把逊的"服阕"时间定在十五年春夏之际是大致不差的。

作《往晋陵联句》。按:本篇是与高爽联句。高爽,《梁书》无传,《孙谦传》载谦从子廉为晋陵、吴兴太守,广陵人高爽曾依其为客。由此知本篇必作于高爽在晋陵客于孙廉时。梁时晋陵郡治在晋陵县(今常州),会稽郡治所吴县(今苏州)在其东。逊联句有"尔自高楼寝,予返东皋陌"两句,考逊一生官旅居地,只有此时仕于会稽郡府与本诗所写相合,故定其作于是年。

天监十六年(五一七)丁酉　三十八岁

《梁书》本传:"(逊)复随府江州,未几卒。"按:检《梁书·庐陵王续传》,萧续出任江州刺史本有两次:一次在天监十六年六月;一次在大同元年(五三五)四月。上文我们认定逊"复随府江州"在天监十六年,那是因为《南史》本传曾记载南平王萧伟在逊死后迎其枢归,并饩其妻子。而据《梁书·南平王传》,萧伟死在庐陵王萧续第二次出任江州刺史的前两年,即中大通五年(五三三)。故逊随庐陵王至江州只能是天监十六年六月,而他死于江州的时间则在此后一两年内,详说见下年"按语"。

作《咏春雪寄旅人治书思澄》《赠族人秣陵兄弟》。按:思澄即何思澄,是逊族兄弟,时为治书侍御史。第二首诗题下原注:"何思澄为秣陵令"《梁书·何思澄传》:"天监十五年敕太子詹事徐勉举学士入华林,撰《遍略》,勉举思澄等五人以应选,迁治书侍御史……久之,迁秣陵令。""久之"多长时间虽难坐实,但参照《梁书》别传,如《裴子野传》在一段叙事中曾连用两个"久之",但所叙之事均在天监二年内。由此观之,"久之"所包含的时间当指数月、半年之内。准此,思澄为秣陵令则当在天监十六年间。秣陵,属丹阳郡,与建康较近,本篇当是逊"随府江州"前夕所作。诗云:"游宦疲年事,来往厌江滨。十载犹先职,一官乃任真……愿子加餐饭,良会在何辰?"逊从天监六年为建安王萧伟记室至此仍是庐陵王萧续记室,故云"十载犹先职",与逊本传相合。

作《哭吴兴柳恽》。按:柳恽,字文畅,善赋诗。天监元年除长史兼侍中,二年出为吴兴太守,六年征为散骑常侍,迁左民尚书。后又复为吴兴太守六年。天监十六年卒。故知本篇作于是年。

天监十七年(五一八)戊戌　三十九岁

三月丙寅改封建安郡王萧伟为南平王。

逊约卒于是年。按:逊有《赠江长史别》,江长史即江革。据《梁书·江革传》推算,江革在天监十四年五月间为晋安王萧纲的长史、浔阳太守,行江州府事,次年六月徙庐陵王长史、太守,行事如故。当逊来江州时,二人正好同州共事,所以逊诗写道:"出国乃参差,会归同处所。以兹笃惠好,可用忘羁旅。"可是不久江革便离开江州返都了。关于江革这次要离开的原因,《南史·江革传》记载较详,其经过是:因当时庐陵王年少,政事掌握在典签赵道智手中,江革与之意见不合,赵便乘回京启事之便,向朝廷"面陈革堕事好酒",因此江革被调回。逊这首赠别诗就是写于江革返都的前夕,诗中有一节叙及临别的情景:"饯道出郊坰,把袂临洲渚。长飙落江树,秋月照沙溆。远送子应归,棹开帆欲举。"由此可知江革返都是在秋天。是哪一年的秋天呢?庐陵王任江州刺史在上年六月,从江革与签帅的矛盾看,总有个发生、发展的过程,一般不至于两三个月内便到尖锐的程度。故江革返都不应在上年秋,而当在今年秋,逊赠别诗亦作于此时。由此可证逊至天监十七年秋仍安然无恙。那么逊卒于何时呢?既然本传说他至江州"未几卒","未几"虽为约数,但按常例应是一、二年内事,逊有可能卒于是年冬,其时逊来江州已两个年头。

逊卒后四年,即普通三年(五二二),友人僧孺亦卒,由此可知僧孺辑逊诗文编成集子,当在逊卒后两三年内事。

一九八五年二月初稿,八月修改,十月再改

[原载《安徽师大学报》(哲学社会科学版)1986年第2期]

《史记》"寓论断于序事"解

　　司马迁作《史记》本是写史书,为什么其中的人物传记却有很高的文学价值呢? 这是因为他所使用的史家笔法有与文学手法相通之处,其中最主要就是顾炎武指出的:"古人作史,有不待论断而于序事之中即见其指者,惟太史公能之。"(《日知录》卷二六)白寿彝把这一笔法简称为"寓论断于序事"(《史记新论》),意思是指,司马迁对人事的褒贬,往往不是直接讲出来,而是隐含在史实的叙述中。这本是学习《春秋》"微言大义"的笔法,不过已由用词含褒贬发展为伤痛事寓褒贬,这就更接近了文学的手法。文学的特质就在于以形象反映社会生活,恩格斯说过:"我认为倾向应当从场面和情节中自然地流露出来,而不应当特别把它指点出来。"(《致敏·考茨基》)毫无疑问,司马迁"寓论断于序事"的写法与这一创造文学形象的要求是一致的。那么在《史记》中,司马迁是如何"寓论断于序事"的?笔者以为,主要有四个方面:

　　其一是叙小事以见其大处。我们读《史记》的人物传记,很容易发现作者有意识地记录一些生活细节或有趣的小故事,从史的角度说,这些细枝末节本没有必要花笔墨,但从文学角度看,要写活人物,则是不可少的。黑格尔曾说细节描写是显示人物灵魂的"眼睛"(《美学》第一卷第一三九页)。所以司马迁"以小见大"的叙事方法,是符合文学创作中细节描写的要求的。在《史记》中有许多出色的"以小见大"的叙事,如《李斯列传》写李斯:

　　　　年少时,为郡小吏,见吏舍厕中鼠食不洁,近人犬,数惊恐之。斯入仓,观仓中鼠,食积粟,居大庑之下,不见人犬之忧。于是李斯乃叹曰:"人之贤不肖譬如鼠矣,在所自处耳。"

　　这则小故事展现了李斯的人生观,他后来的一切作为直至最终被腰斩,都无非是为了"自处"。"自处"的内容就是追求高官厚禄。这则小故事对论断李斯的为人可谓"画龙点睛"之笔,"以小见大"非常明显。还有一些小故事"以小见大"则较隐微,如《淮阴侯列传》写了韩信贫贱时两则小事。

一则是:

> 信钓于城下,诸母漂,有一母见信饥,饭信,竟漂数十日。信喜,谓漂母曰:"吾必有以重报。"

后当韩信为楚王时,"召所食漂母,赐千金"。写出韩信一饭必报,是个重情义的人。梁玉绳分析说:"一饭千金,弗忘漂母。解衣推食,宁负高皇。"(《史记志疑》卷三十二)道出了司马迁为韩信被诬反叛鸣冤的弦外之音。

另一则是:

> 淮阴屠中少年有侮信者曰:"若虽长大,好带刀剑,中情怯耳。"众辱之曰:"信能死,刺我;不能死,出我袴下。"于是信孰视之,俛出袴下,蒲伏。一市人皆笑信,以为怯。

韩信为楚王后,"召辱己之少年令出胯下者以为楚中尉"。这不仅能见出韩信忍小忿以就大事的涵养,而且能以德报怨。这样的人怎会轻易背叛刘邦呢?如果再联系本传中所写的武涉、蒯通三次劝韩信背汉都被拒绝来看,作者通过这则小故事所作的论断就很清楚了。朱熹引程伊川说:"子长著作,微情妙旨,寄之文字蹊径之外。"(转引自《汉书评抄》)上举两例正是如此。

其二是载其言行以见其人。"言为心声,行为心表",所以写人不能离开其言行,只有通过言行,才能揭示其内心世界。作者从寓断于"其言"的需要,详载了许多人物语言,这同文学创作要求提炼个性化语言是一致的。这里试以刘邦为例。刘邦生来喜欢骂人,而且有些口头禅;如"竖儒""竖子""腐儒",还动不动称"而公""乃公",这在《史记》中有不少记载。如果说,这类口头语只是表现了刘邦的粗鲁,没有教养,那么《萧相国世家》中刘邦一段论功臣的谈话,则画出了这位"非有上下礼节"的天子的形象。刘邦定天下后,群臣争功,岁余不能决,刘邦以为萧何功劳最大,可是众人不服。于是刘邦评论说:"诸君知猎乎?……夫猎,追杀兽兔者狗也,而发踪指示兽处者人也。今诸君徒能得走兽耳,功狗也;至于萧何,发踪指示,功人也。"在朝廷庙堂之上,严肃的论功场合,这位赫赫的天子,仍然没有脱尽昔日流氓的习气,出口伤人,慢侮群臣。其人是何等角色,自然是不言而喻的。魏豹早就说刘邦"骂詈诸侯、群臣如骂奴耳,非有上下礼节也"(《魏豹彭越列传》)。作者借刘邦自己的话要做的论断不正是如魏豹所说的一样吗?而最能表现刘邦性格特征的,还是《萧相国世家》中另一则谈话。有一次萧何请求刘邦把上林苑内的空地给人民耕种,刘邦听了大怒,以为萧何是受了贿赂来请求的,于是把萧何逮捕下狱,后经王卫尉的提醒,放出了萧何,却又在萧何面前辩解说:"相国为民请苑,吾不许,我不过为桀纣主,而相国为贤相。吾故系(囚)相国,欲令百姓闻吾过也。"多么善于狡赖,文过饰非,其奸诈到何等程度!作者如此实录,当然是为了以其言论断其人。

再说行动方面。司马迁以其行论断其人有两点值得注意:一是随着人物行动的进展,愈来愈清楚地见出其人;一是写动作兼具神态,以揭示人物的内心世界。下面各举一例:如《匈奴列传》写冒顿射杀其父单于头曼就是一步步展现其人的。单于头曼打算废掉太子冒顿而立少子,因而冒顿就要杀父夺权。为此,他对自己部下发布了一道特令:我的鸣镝射向哪里,大家就向哪里射。否则,斩首。第一次打猎射鸟,没有遵令的都斩了;第二次冒顿以鸣镝自射其善马,不敢射的也斩了;第三次冒顿再以鸣镝自射其爱妻,不敢射的又斩了;第四次自以鸣镝射其父的善马,左右皆射之。这时冒顿认为时机成熟,便趁父亲出猎的机会,射杀了头曼,并尽诛其后母与弟及不听命的大臣,实现了夺权计划。作者通过对冒顿行动过程的叙述,使人们愈来愈清楚地看到他的阴险、狡诈、凶残。再如《汲郑列传》叙述汲黯当着朝中大臣的面,批评武帝"内多欲而外施仁义",武帝的反应是:"上默然,怒,变色而罢朝。"这里把武帝听了汲黯的直言后,先是强忍着,沉默不语,继而恼怒满面,最后气得变色、拂袖而去的心理过程和盘托出了,从而见出武帝拒谏而喜"从谀承意",所谓"吾欲云云(即施仁义)"都是假的,作者寓于其中的论断一目了然。

三是以事例对比突出其人。对比可以使人物相得益彰，作者的论断也可从中显现出来。《史记》中使用对比很多，形式也不同，这里不能详说，只略举二例，以见其一斑。如《李将军列传》中以程不识的治军烦扰与李广的治军简易对比，从而突出李广的宽厚，爱护士卒；又以李蔡凭军功取二千石与李广一生同匈奴七十余战而不得封侯之赏对比，从中表现了作者为李广鸣不平。这是对比中寓论断的显例。也有较含蓄的，如《魏公子列传》中信陵君与魏王的对比：

> 公子与魏王博，而北境传举烽，言赵寇至，且入界。魏王释博，欲召大臣谋。公子止王曰："赵王田猎耳，非为寇也。"复博如故。王恐，心不在博。居顷，复从北方来传言曰："赵王猎耳，非为寇也。"

这里通过对魏王"博""释博""心不在博"的叙述，揭示了魏王由安闲而惊恐，由惊恐而不安的心理状态；而信陵君却是镇定自若，料事如神。两相对比下，既突出了信陵君礼贤下士，耳目遍天下，能随时得到准确情报，又衬出了魏王闭塞、无能。

四是以抒情暗示倾向。司马迁继承了古代史笔："善善恶恶，贤贤贱不肖"；加上他本身遭受过残酷的迫害，爱憎感特别强烈。他发愤著述，寄情笔端，把自己疾恶如仇的愤怒与忧国爱民的深情，都熔铸于《史记》之中，同所写的历史人物、历史事件紧密联系在一起，使人感到他无处不在，体味到他的悲愤和欣慰、忧虑和深思、希望和探索，整个作品洋溢着浓烈的抒情气息。他在议论中抒情，叙述中抒情，描写中抒情，抒情中寓论断，暗示自己的爱与恨、褒与贬。所以鲁迅说他同屈原一样是"发于情，肆于心而为文"（《汉文学史纲要》）的，而不是替圣贤立言，作经学的传声筒。感情是文学的生命，《史记》正因为是"肆于情而为文"，处处渗透了作者情感，所以，它虽是一部史学著作，而其艺术生命却是历久而不衰的！

[原载《中文自学指导》1986年第11期]

略论我国古代咏史诗的演变

　　我国古代咏史诗源远流长,两千多年来,写作者络绎不绝,留下的遗产十分丰富。然而对这份宝贵遗产的探讨,与古典文学其他方面相比,则显得不够。近年来,有的同志已开始注意这方面的研究,并取得了某些成果,这是很可喜的。笔者在他们的启发下,想就我国古代咏史诗内容与形式的演变问题,略陈管见。

　　咏史诗溯其源,现存最早的当首推《诗经》"雅""颂"中一些咏史之作。我们从这些诗考察,可以发现,所谓"咏"都是赞颂性质的,所颂扬的对象又都是当时统治者的祖先。如大家熟知的"大雅"中的《生民》《公刘》《绵》《皇矣》《大明》等几篇咏史诗,所歌咏的就是从周部族始祖后稷到周文王、武王的赫赫业绩。《诗经》中其他咏史诸篇也大体如是。由此可知,我国最初的一批咏史诗,其内容都是赞述统治者祖先的光荣历史,并且基本采取叙事形式。

　　《楚辞》中也有咏史诗,屈原的作品《离骚》虽不能说是咏史诗,但其中颇有些咏史的段落;他的《天问》包含着大量的神话传说和历史故事,则可视为咏史诗一类。我们考察《离骚》与《天问》中的"咏史",可以看出,它与《生民》等篇中的"咏史"是很不同的:《离骚》中的"咏史"无非是以古比今;《天问》中的"咏史"则是借史寄意,所以王逸说屈原是借《天问》"以渫愤懑,舒泻愁思"①。总之,它们都不是以赞颂祖先为目的的。再者,《离骚》与《天问》中"咏史"也不是铺开咏叹一人事迹,而是并列很多的人与事,而不展开叙述。屈作"咏史"的这两点变化,对后世咏史诗影响较大。朱自清先生曾说过,以古比今一类咏史诗的源头在《楚辞》里②。这是很有见地的。

　　西汉文人诗坛比较萧条,没有什么咏史诗可言。东汉班固"老于

---

　　① 王逸《楚辞章句·天问》。
　　② 朱自清《诗言志辨》第81-82页(古籍出版社,1956年版)。

掌故,观其《咏史》,有感叹之词"①。他的《咏史》直接继承了《诗经》咏史诗赞颂的传统,它歌咏了少女缇萦诣阙上书救父,结果感动了汉文帝,不但赦其父罪,而且还取消了肉刑。诗人就事叙写,最后赞美道:"百男何愦愦,不如一缇萦。"这首诗虽然艺术上"质木无文"②,但就咏史诗的发展说却是关键之作。这就是:从班固开始,才正式有了"咏史"的命名;才首次以咏史的方式歌颂一般历史人物。同时也由于这首诗的影响,其后咏史诗的创作才逐渐多起来,并作为一种诗体引起了评论家的注意。

上述先秦两汉时期还是咏史诗的形成阶段,诗篇很少,形式单一,艺术上也很不成熟。咏史诗得到迅速发展是在建安时期以后。

建安时期诗歌创作勃兴,咏史诗也出现了新的面貌。曹操是改造文章的祖师③,他的咏史诗与前代相比,也有明显的不同。这里试以《短歌行》其二为例。在这首诗中,曹操一一歌咏西伯昌(周文王)、齐桓公、管仲、晋文公等历史人物"臣节不坠""躬奉天王"的事迹,从表面看,仍属于赞颂性质,但再深入分析,便可发现,诗人的命意已不在颂扬历史人物本身,而是把历史人物的事迹作为比喻材料来表白自己"无废汉自立"之心,这同他的散文《让县自明本志令》的主旨一样。这与《诗经》和班固的咏史诗单纯地述赞历史人物和事件已是不同了,而与《楚辞》中的《离骚》以古比今、与《天问》借史寄意却有相通之处;而且并列叙述一些人和事也与屈作一样,不过它所采用的赞颂的外形,这又与屈作有别。可以说,曹操的《短歌行》其二综合了《诗经》与《楚辞》两种咏史的写法,它标志着咏史诗从述赞体向比喻体过渡性的发展,同时也预示着由叙事形式向抒情形式的转化。曹植的咏史诗也同其父一样借历史人物事迹来说自己,但又不像其父那样对历史人物采用赞颂的形式,而是以议论的形式借史发挥,在更多的方面汲取了屈原列举史实的写法。如:他的《豫章行》其一以"穷达难预图,祸福信亦然"两句议论领起,以下则列举舜逢尧、姜尚遇文王、孔丘"穷困陈蔡间"等史实为证。其二以"鸳鸯自朋亲,不若比翼连。他人虽同盟,骨肉天性然"四句总论发端,以下便列举周公和康叔相亲、子臧与季札让

---

① 锺嵘《诗品》卷下。
② 同上书《总论》。
③ 鲁迅《汉文学史纲要》。

位等史实为证。《三良诗》在"功名不可为,忠义我所安"的议题下,称述春秋时子车氏三子为秦穆公殉葬的忠心:"生时等荣乐,既殁同忧患。"《怨歌行》中以"为君既不易,为臣良独难。忠信事不显,乃有见疑患"开篇,以下便举周公辅佐成王而遭到二叔流言中伤一事为例而歌咏之。曹植的咏史诗大都结构如此:开篇即议,下举史证。曹操、曹植这类咏史诗虽然主要篇幅仍是叙述史事,但其主旨不是咏史本身,而是引喻史事以抒写怀抱。曹操与曹植的咏史诗在建安时代是有代表性的,其共同特点是:诗人的命意虽在抒写怀抱,但在诗篇中没有说到现实或诗人自己,诗的题旨是隐含在史事的叙述中。因而要准确把握诗篇的思想意义,就只有结合诗人的生平思想与时代背景。如上面所举的曹植这几首诗,只有了解了他后半生怀抱壮志而遭到曹丕父子压抑的经历,才能彻底明白诗中的底蕴。

魏晋之际咏史诗趋向成熟,已由叙事诗转化为抒情诗。阮籍的《咏怀诗》八十二首,其中有的是道地的咏史诗。如其六(按黄节本编次):

> 昔闻东陵瓜,近在青门外。
> 连畛距阡陌,子母相钩带。
> 五色曜朝日,嘉宾四面会。
> 膏火自煎熬,多财为患害。
> 布衣可终身,宠禄岂足赖。

又其三十一首:

> 驾言发魏都,南向望吹台。
> 萧管有遗音,梁王安在哉。
> 战士食糟糠,贤者处蒿莱。
> 歌舞曲未终,秦兵已复来。
> 夹林非吾有,朱宫生尘埃。
> 军败华阳下,身竟为土灰。

前一首借歌咏西汉邵平种瓜事,表达自己易代之际的远祸全身思想;后一首借慨叹战国时魏王身死国亡的历史教训以讽喻现实。如果把这两首诗的述史、议论(抒情)同曹操、曹植的咏史诗相比较,那么可以发现,阮诗已不像二曹诗那样述史与议论明显地分割开来,而是把二者紧密结合,边叙边议,即述史中渗透着抒情成分。再看左思的《咏史》。左氏《咏史》八首,其中第一、第五、第八等三首是"止述己意,而史事暗合"①,这本是咏怀诗,本文姑置不论。我们要讨论的只限于"题本咏史,其实乃咏诗"②那一类。这里试以其六为例:

> 荆轲饮燕市,酒酣气益震。
> 哀歌和渐离,谓若傍无人。
> 虽无壮士节,与世亦殊伦。
> 高眄邈四海,豪右何足陈?
> 贵者虽自贵,视之若埃尘;
> 贱者虽自贱,重之若千钧。

　　左思受西晋门阀制度压抑,虽有才能与抱负,但一生屈居下位,郁郁不得志。这首诗他借荆轲的作为表达了自己对豪右权贵的极端蔑视,诗中"叙致本事,能不冗不晦"③,后面六句诗人以己之情去推测古人,己之情与古人之情化为一炉,难分难解。这就是沈德潜所说的左思"咏古人而己之性情俱见"④。所以将左思的《咏史》与曹操、曹植的相比较,二曹的咏史诗未免拘泥于叙述史实,诗中的议论也只是就史事而发,一般不直接抒怀;阮籍的咏史诗在"典"与"情"的关系方面也不及左思的"精切"⑤。我们可以这样说:咏史诗经左思之手,完全改变了以前"咏史者,不过美其事而咏叹之。概括本传,不加藻饰"的"正体"的写法,而"多自摅胸臆"⑥,把先秦两汉原属于叙事范畴的咏史诗转变为托古抒怀的抒情诗。朱自清先生说:"咏史之作以古比今,左思

---

① 张玉谷《古诗赏析》。
② 何焯《义门读书记》。
③ 何焯《义门读书记》。
④ 沈德潜《古诗源》卷七。
⑤ 钟嵘《诗品》说左思"文典以怨,颇为精切"。"典"指用事;"怨"指情调;"精切"指选事精,与情切合。
⑥ 何焯《义门读书记》。

是创始的人。"①这是很正确的。

东晋以后咏史诗作者日增,作品益多,无论是内容与形式方面都有较大的开拓与发展。陶渊明"协左思风力",他的咏史诗数量既多,写法也丰富多彩:有的是"以己之情代古人设想",如《咏贫士》七首、《饮酒》其十二等;有的是"美其事而咏叹之",如《读史述九章》《扇上画赞》等;还有的是叙述历史故事,如《咏二疏》《咏荆轲》等。后一篇最值得注意,其特点是:叙事故事化,人物形象鲜明。这类故事体咏史诗深受汉乐府叙事的影响,西晋之初傅玄已开其端,他的《惟汉行》与《秦女休行》即是。前一首描述"鸿门宴"的故事,颇能注意人物形象与心理描写;后一首叙述庞娥为父报仇的故事,《诗镜》云:"语语生色,叙赞两工,式得其体。"②陶渊明在傅玄的基础上又前进了一步,这里请看他的《咏荆轲》:

> 燕丹善养士,志在报强嬴。
> 招集百夫良,岁暮得荆卿。
> 君子死知己,提剑出燕京;
> 素骥鸣广陌,慷慨送我行。
> 雄发指危冠,猛气冲长缨。
> 饮饯易水上,四座列群英。
> 渐离击悲筑,宋意唱高声。
> 萧萧哀风逝,淡淡寒波生。
> 商音更流涕,羽奏壮士惊。
> 心知去不归,且有后世名。
> 登车何时顾,飞盖入秦庭。
> 凌厉越万里,逶迤过千城。
> 图穷事自至,豪主正怔营。
> 惜哉剑术疏,奇功遂不成。
> 其人虽已殁,千载有余情。

这首诗热情地歌颂了荆轲不怕牺牲、勇于反抗强暴的崇高精神,

---

① 朱自清《诗言志辨》第81-82页(上海古籍出版社,1956年版)。
② 转引自萧涤非《汉魏六朝乐府文学史》第180页(人民文学出版社,1984年版)

悲壮淋漓,动人心魄。诗中描写之真切,感情之充沛,形象之鲜明,都是傅玄不可企及的。这首诗再现了荆轲当日易水钱别的场面,把历史情景写得如眼前一般,这确如有的评论所赞美的:"写壮士,须眉如画;状易水,萧森之气凄然。"①从傅、陶两人的诗可以看出:故事体一类咏史诗当是从述赞体咏史诗发展而来,它的叙事性很强,却又渗透了诗人主观情感。如傅玄《秦女休行》最后说"今我作歌咏高风,激扬壮发悲且清",陶渊明《咏荆轲》结尾是"此人虽已殁,千载有余情",都流露出作者与古人相通之情。

南北朝时期咏史诗基本是沿着左、陶的路子向抒情化、故事化发展。萧统《文选》"咏史"类所录谢瞻《张子房诗》、颜延年的《秋胡行》及《五君咏》、虞子阳的《咏霍将军北伐》等诗当属于故事体一类,不过这几首诗受述赞"正体"束缚较大,多半是"概括本传",诗中的人物形象远不如陶作鲜明生动,实际影响不大。在这类咏史诗中有一定创造性的是谢灵运的《拟魏太子邺中集诗》八首及江淹的《杂诗》三十首。谢氏的组诗模拟曹丕口气,第一篇作曹丕自述,以下七篇则从怀念的角度歌颂了邺下文人王粲、陈琳、徐幹、刘桢、应玚、阮瑀、曹植诸人。每篇咏一人,除"概括本传",描述人物行状外,还涉及他的写作,如谢灵运《拟魏太子邺中集诗·平原侯曹植》那首就有这样几句:

> 众宾悉精妙,清辞洒兰藻;
> 哀音下回鹄,余哇彻清昊。

这一写法是新的尝试,启迪了后代诗人把咏史与文评结合,丰富了咏史诗的写作。江氏的组诗除第一首外,余下每篇咏一古人,均属咏史诗。其中有些歌咏古代作家的篇章,同谢氏"概括本传"着重叙述行状不同,而是截取其作品中某些内容,组成人物的生活图画,以表现其人的精神面貌。试以江淹《陶征君潜田居》为例,以见其一斑:

> 种苗在东皋,苗生满阡陌。
> 虽有荷锄倦,浊酒聊自适。

---

① 张潮等《曹陶谢三家诗·陶集》卷四。

日暮巾柴车,路暗光已夕。

归人望烟火,稚子候檐隙。

问君亦何为?百年会有没。

但愿桑麻成,蚕月得纺绩。

素心正如此,开径望三益。

这应当说是故事化咏史诗的又一写法,对后人也有一定影响,如王安石的《杜甫画像》似是对这一写法的袭用。

两晋至南北朝时期叙写人物风貌的故事体一类咏史诗的发展,并非偶然,这与那个时代品鉴人物风尚的流行有着直接联系。

另一方面就咏史诗向抒情化发展说,刘宋时代的鲍照受左思影响最为明显,《宋书·鲍照传》[①]说鲍照曾从自己的遭际出发,对"千载上有英才异士沉殁而不闻"勃然不平,他的《咏史》与《蜀四贤》就是抒发这一不平之情的。刘履说鲍照的咏史诗"本指时事,而托之以咏史",内容"多为不得志之辞,悯夫寒士下僚之不达,而恶夫逐物奔利者之苟贱无耻"[②]。因而他的咏史诗也不是重在写人,而是托古抒怀,感喟个人命运,这同左思一样。不过鲍照更发挥了他的"善制形状写物之词"的特长[③],他的咏史诗在述史中往往伴随着精彩的描写,如《咏史》中在叙述西汉京都游宦之盛时这样写道:

京城十二衢,飞甍各鳞次。

仕子飘华缨,游客竦轻辔。

明星辰未稀,轩盖已云至。

宾御纷飒沓,鞍马光照地。

诗人铺写仕人服饰之盛,披星戴月追逐名利,正是为了衬出下文:"君平独寂寞,身世两相弃。"而严君平甘于淡泊自处、为世所弃,也就是诗人自己的身世之感。可见鲍照的咏史诗是更趋向情感化、形象化了。这点对唐代咏史诗的影响是明显的。

① 附在临川烈武王道规传后。

② 《鲍参军集注》卷五。

③ 锺嵘《诗品》卷中。

　　另外,庾信的咏史诗也须一提,他的两首《昭君词》近似五律,从昭君的音容体态写出她的思乡之苦,可能寄托了庾信自己的乡关之思。这两首托古抒怀诗,较左、鲍之作更注意了描写,抒情也倍觉含蓄细腻,从中透露了咏史诗由叙述向描写发展的新信息。但庾作中最值得注意的还是他的《经陈思王墓》①,当时庾信受梁元帝之命,由梁出使东魏,经陈思王墓时,有感于曹植的生平遭遇,联系自己"离家来远客",黯然"伤情",写下了这首凭吊诗。魏晋南北朝的咏史诗基本是读史而咏,凭吊而咏者实属吉光片羽。前文所引的魏末阮籍《咏怀诗》"驾言发魏都"一首,可算作这类咏史诗的滥觞,但其后相当长历史时期竟无继作,庾信这首真可谓凤毛麟角。阮诗是借凭吊以讽喻,庾作则是借凭吊而伤怀,两首诗代表了凭吊诗两种基本写法,到唐代都得到了发扬光大。

　　唐代是诗歌发展的高峰,咏史诗也不例外,与前代相比,不仅数量多得多,产生了咏史诗专集②,而且艺术上更有很大突破。总的说来,唐代咏史诗一般比较侧重于描写与抒情,而把传统的叙述历史的写法降到次要地位,从而增强了咏史诗的诗情画意。至于谈到具体的艺术方法,那是千变万化的,与前代相比,笔者以为,较突出的有以下几个方面:其一是虚化历史,以史事为感兴,寄托自己的情思。这里试以唐初四杰之一骆宾王《于易水送别》为例,略作说明:

> 此地别燕丹,壮士发冲冠。
> 昔时人已殁,今日水犹寒。

　　这首诗题为送别诗,实则可看作是一首比喻体咏史述怀诗。骆宾王生当唐高宗和武则天执政时代,"少负不羁"之才,对自己的际遇很不满,他曾为"天子不见知,群公讵相识"而"抚膺长叹息"(《夏日游德州赠高四》),立志要为恢复李家天下而献身:"宝剑思存楚,金椎许报韩"(《咏怀》)。《于易水送别》中所透露的正是这一情怀。头两句寄寓诗人对历史人物荆轲无比崇敬之情,但诗人并没有写出荆轲替燕太子丹刺秦王报仇的事迹,而只是以"壮士发冲冠"一句来概括,史实完全

---

　　① 本诗《文苑英华》误为庾肩吾诗,今从逯钦立《先秦汉魏晋南北朝诗》说,定为庾信诗。
　　② 如胡曾《咏史诗》三卷、周昙《咏史诗》三卷。

虚化了；后两句则以对仗的句式从咏史过渡到议论，借以抒发自己此时此地的感受，即以缅怀古人荆轲向临别的友人倾吐自己的不平与抱负。可见，这类"咏史"已不过是由头，同感兴已接近，但与一般的用典不同，因为它含有"缅怀"的意思，是全诗意象的有机部分。再看中唐杜牧的《赤壁》，它头两句也是感兴，不过不是由遗迹引起，而是以考识古代遗物开始："折戟沉沙铁未销，自将磨洗认前朝"，后两句不同于骆作以议论径直抒怀，而是借论史为由，通过评述同遗物有关的历史人物与事件："东风不与周郎便，铜雀春深锁二乔。"从中寄寓了自己以武略自许和怀才不遇的愤慨。这首诗题虽为"赤壁"，可是赤壁之战的史实全虚化了，而意在托史抒怀。

其二是历史陈迹与自然景物描写相结合，发挥了古典诗歌写景抒情的优势。如前所述，凭吊一类咏史诗虽肇端于阮籍、庾信之手，但他们之作同一般读史而咏的写法，除诗情触发点不同外，其他则无多大差别。但到唐代这类凭吊而咏的诗歌已蔚为大国，写法上也有了新的变化，其中之一就是，在咏史中增添了写景成分。陈子昂的《白帝城怀古》《岘山怀古》已开此例，后来李白、杜甫等大诗人有时也用这一写法，如李诗《金陵》、杜诗《蜀相》就是。中晚唐咏怀古迹诗更加发达，咏史与写景结合的艺术也更为完美了。刘禹锡、温庭筠、李商隐、罗隐、韦庄等都是写这类咏史诗的高手。这里我们先看刘禹锡的《西塞山怀古》：

> 王濬楼船下益州，金陵王气黯然收。
> 千寻铁锁沉江底，一片降幡出石头。
> 人世几回伤往事，山形依旧枕寒流。
> 今逢四海为家日，故垒萧萧芦荻秋。

刘诗前四句以描绘代替述史，突现西晋大将王濬灭吴之战的雄浑气势；后四句把六朝频繁换代与江山景物依旧对照来写，以自然永恒反衬人世沧桑，从中寄寓自己兴亡之叹，这比直接咏史述怀更觉委婉，且有哲理性。再看韦庄的《台城》：

> 江雨霏霏江草齐，六朝如梦鸟空啼。

无情最是台城柳,依旧烟笼十里堤。

台城,亦称苑城,在今南京玄武湖边。吴、东晋、宋、齐、梁、陈都把这里作为宫城,韦庄凭吊台城古迹,自然不免触起今昔之慨。但是诗中完全撇开史事的叙述,只着意勾画台城的烟雨、碧草、啼鸟、杨柳、长堤等自然风光,以"六朝如梦"同景物"依旧"造成强烈对比,含蓄地表现了自己对六朝兴亡、唐祚垂危的无限伤感之情。上面所举二例,其写法在这类咏史诗中,是颇有代表性的,从中可以看出它们的论理抒情同形象描绘是和谐地统一于一体的,其艺术性大大跨越了阮籍、庾信之作。

其三是把凭吊历史陈迹与再现历史生活画面相结合,在又一个方面发展了古代凭吊诗的写法。这里试以李白的《乌栖曲》为例:

姑苏台上乌栖时,吴王宫里醉西施。
吴歌楚舞欢未毕,青山欲衔半边日。
银箭金壶漏水多,起看秋月坠江波,
东方渐高奈乐何?

诗中没有触及吴国别的史实,只是描述吴王夫差当年不分昼夜歌舞生活的情景,而这种荒淫的生活,正是导致吴国灭亡的原因。李白借此讽刺天宝后期玄宗腐化的生活。这首诗借助画面,表现以古鉴今的深意,显示出作者诗家的才华与史家的卓识的结合,这是前此诗人无法比拟的。再如白居易的《长恨歌》,虽不属于凭吊之作,但也是由于作者同陈鸿、王质夫同游仙游寺,而联想到唐明皇与杨贵妃的悲剧故事,遂写成了这首著名的故事体的咏史诗①。这首诗开头一节是用再现历史生活画面的写法:

春寒赐浴华清池,温泉水滑洗凝脂。
侍儿扶起娇无力,始是新承恩泽时。
云鬓花颜金步摇,芙蓉帐暖度春宵。
春宵苦短日高起,从此君王不早朝。

---

① 见陈鸿《长恨歌传》。

写杨贵妃浴后柔弱的娇态和唐明皇对女色的迷恋,从中也包含着对唐明皇荒淫生活的讽喻,不过是极软弱无力的,这同李白的《乌栖曲》是不能相比的。但白居易丰富了故事体咏史诗的写法,这一点却应当肯定。

其四是寓大议论于历史细节之中。写这类诗李商隐是位高手,先看他的《贾生》:

> 宣室求贤访逐臣,贾生才调更无伦。
> 可怜夜半虚前席,不问苍生问鬼神。

诗中借汉文帝同贾谊一次长谈鬼神的事,惋惜贾谊不能尽其才,以此批判封建统治者不能正确使用人才,重视鬼神超过关心百姓。这在封建社会本是有普遍意义的主题,而诗人从一件小事出之,使咏史诗的艺术概括力和批判力量都大为加强。又如《齐宫词》:

> 永寿兵来夜不扃,金莲无复印中庭。
> 梁台歌管三更罢,犹自风摇九子铃。

齐后主萧宝卷因极度荒淫而招致亡国丧身,继起的梁朝新主,又重蹈故辙,仍旧歌舞不休,摇着齐时故物“九子铃”,其将来的下场自在不言中。“九子铃”只是齐后主荒淫生活中的一件细物,当李氏把它摄入诗中,就赋予了它以典型意义,成了齐梁两朝帝王沉湎酒色生活的象征,这当然也是对当时统治者的讽喻。再看《吴宫》:

> 龙槛沉沉水殿清,禁门深掩断人声。
> 吴主宴罢满宫醉,日暮水漂花出城。

诗人不正面描写吴王宴乐狂欢的场面,而只着意渲染满宫醉后的沉寂以及御沟日暮漂出的残花。这一历史细节的描写,既暗示出吴王过着醉生梦死的生活,也揭示了吴国不可免的灭亡命运。由以上三例可知,李商隐的咏史诗正如纪昀所指出的:“妙从小物寄慨,倍觉唱叹有神。"①从小事细物概括出系乎国家兴亡的大主题,形象鲜明而议论含蓄,这是李商隐咏史诗的艺术特色,也是他对咏史诗的大贡献。

其五是把拟人、夸张等带有浪漫主义色彩的手法引进了咏史诗。如李贺的《金铜仙人辞汉歌》,咏叹曹魏明帝景初元年(二三七)②诏迁汉武帝时建造的捧露盘仙人一事,全诗运用拟人化手法,描写铜人留恋故主的情态,以古慨今,对唐王朝日益衰微寄以哀思:"魏官牵车指千里,东关酸风射眸子。空将汉月出宫门,忆君清泪如铅水。衰兰送客咸阳道,天若有情天亦老。携盘独出月荒凉,渭城已远波声小。"他的《秦王饮酒》又以夸张的手法,歌颂了秦王的英武和平定天下的功绩③。诗中描写秦王庆贺胜利的饮宴场面是:"龙头泻酒邀酒星,金槽琵琶夜枨枨。洞庭雨脚来吹笙,酒酣喝月使倒行。"写得气势非凡,寄托了诗人对秦王统一祖国的敬意。在咏史诗中注入浪漫主义精神,这是李贺对咏史诗创造性的贡献。

唐代咏史诗创作的贡献是多方面的,以上归纳的五点,是较显著者,并非仅此而已。

宋人好以议论为诗,这在咏史诗尤为突出。这些诗在意境与形象方面已较唐诗逊色,而在"史识"方面有些还能见出某些新意。王安石的咏史诗可以推为代表,这里试以其《商鞅》为例:

> 自古驱民在信诚,一言为重百金轻。
> 今人未可非商鞅,商鞅能令政必行。

自从司马迁批评商鞅"刻薄寡恩"以来,儒者多对其诋毁,而王安石却能摆脱偏见,以议论的形式歌颂了商鞅以信行令、坚决果断的变法精神。又如他的《范增》:

> 鄛人七十漫多奇,为汉驱民了不知,
> 谁合军中称"亚父",直须推让外黄儿。

---

①《李义山诗集辑评》。

②李贺原序说是"魏明帝青龙元年八月"诏迁汉宫捧露盘仙人,可能是诗人一时误记,据史书当为景初元年。

③对李贺《秦王饮酒》一诗主旨的看法有分歧,此取一般说法。

这首诗批评范增不懂得引导项羽争取民心,根本不配称"亚父",他的识见还不如外黄舍人儿,能开导项羽争取"百姓归心"。这一议论发前人所未发,可谓卓识。不过就诗的艺术说,未免显得过于直露了。王安石的咏史诗,大多是通过对历史人物功过得失的评说,来抒发自己的政治见解,为配合推行新政服务,因而往往以文为诗,产生了没有韵味的缺点。不过王安石也有少数文情并茂的咏史诗,如《明妃曲》第一首,作者采用了描写与议论结合的写法,借昭君的哀怨,抒发了自己政治上的失意。诗前后两处议论:"意态由来画不成,当时枉杀毛延寿","君不见咫尺长门闭阿娇,人生失意无南北",议论新颖,独出己意,与其前诗人数十首有关昭君的诗无一雷同。刘熙载认为写"论体"咏史诗,"认题立意,非识之高卓精审,无以中要"①。王安石的咏史诗之所以往往"中要",因为他具有政治改革家的卓识。与王安石同时的苏轼,所写的咏史诗也不少,同样以议论见长,不过就整体说来,苏作描写与抒情成分较王作多些,如他的《屈原塔》《八阵图》《昭君村》《渚宫》《阮籍啸台》无不这样。这里试以大家熟知的《荔枝叹》为例,在这首诗中,作者以描写助议论,从唐代进贡荔枝的殃民弊政,写到当朝权贵"争新买宠",把对历史的批判直接导向现实的揭露,表现了诗人旺盛的斗争激情。咏史诗本以借古喻今为其本色,像苏轼《荔枝叹》这一写法及其强烈的战斗性是很罕见的。在宋代著名诗人中,写作咏史诗较多的还有陆游。陆游的咏史诗也几乎是篇篇议论。关于他的作品下文还要论及,这里不多说。纵观宋代咏史诗、以评论历史人物功过得失的作品为最多,其写法类同史家的"赞语"。如刘克庄的《项羽》:

> 顿_{疑作项}无英霸气,尚有妇儿仁。
> 闻汉购吾首,持将赠故人。

徐钧的《孔融》:

> 客酒尊中酒不空,眼高四海眇奸雄。

---

① 刘熙载《艺概·诗概》。

才疏意广终无就,已兆清虚西晋风。

　　徐钧的写作目的是很明确的,所谓"疏其为人""定其得失"①,这无疑是说用诗作史论。因此,由上述可知:宋代咏史诗以"论体"为多,一般写法是:咏史与思辨结合,理念胜于形象。这是宋代咏史诗变化最显著的一点。另外也随着宋朝与辽、夏、金民族矛盾和斗争的加剧,对外政策愈来愈卑弱,在咏史诗中所表现出的爱国热忱与忧愤情绪也愈来愈深切痛切,尤其是靖康之变以后,这一爱国忧国的情绪,构成了南宋咏史诗的基调。这是宋代咏史诗在内容上的一大演变,与其前的各代都不同。其中以陆游的诗体现这一内容特点最为明显。如他的《哀郢》《游诸葛武侯书台》《屈平庙》《楚城》《明妃曲》《读史》《归州重五》等篇都是以议论来抒发爱国情感的,每一首无不洋溢着他为国杀敌、收复中原的报国激情。他的《屈平庙》最后写道:"恨公无寿如金石,不见秦婴系颈时",这一议论确是画龙点睛之笔,借屈原的故事,表达了自己"但悲不见九州同"的遗恨。陆游咏史诗如此充满爱国热情,那是前无古人的。再者宋代大量创作咏史诗的作者较唐代不但人数多了,而且其作品数量也多得多。其较著名的有:曾极的《金陵百咏》,"皆咏建康故迹,一事为七言句一首,词旨悲壮,多寓乱世之感"②。许尚的《华亭百咏》,"以华亭古迹,各为绝句,大抵感慨今昔"③。刘克庄的《杂咏三百首》,均为五言绝句,每首咏一人,予以褒贬。徐钧的《史咏集》,也是每首咏一人,"始周威烈王讫于五季,凡一千五百三十首"④,五绝、七绝杂用。……由此不难见出宋代咏史诗创作的盛况,这是超越其前任何一代的。

　　元代诗歌创作不太兴旺,咏史诗在体式与表现方法方面,已无多大变化,而内容方面,由于时代的关系却显出某些新意。元初刘固是写咏史诗较多的诗人,并表现出某些历史的批判精神。他的《白沟》是写宋亡的历史教训,诗中指出宋太祖曾谋取收复幽燕,可惜儿孙们不能继承他的遗志,对辽金一味退让,埋下了靖康之变的祸根:"赵普元

----

① 徐钧《史咏集》许谦《序》,见《续金华丛书》。
② 《四库全书简明目录·别集》。
③ 《四库全书简明目录·别集》。
④ 徐钧《史咏集》许谦《序》,见《续金华丛书》。

无四方志,澶渊堪笑百年功。白沟移向江淮去,止罪宣和恐未公。"从宋朝历史发展去认识靖康之变的原因,这一分析是颇有见地的。他的《读史》写道:

> 纪录纷纷已失真,语言轻重在词臣。
> 若将字字论心术,恐有无边受屈人。

对旧史书的评论是极大胆的,说出了一般封建文人不敢说的话,突出地表现了他的批判精神。元代后期的杨维桢创作了大量咏史诗,著有《铁崖咏史》八卷。他的咏史诗虽染有模仿的恶习,但尚有一些讽喻时事之作,有一定的现实意义。同时,他以乐府诗体大量写作咏史诗,这一点对明清诗人很有影响。

明代诗歌流派一个接着一个出现,提出的诗歌创作主张空前之多,然而诗歌创作成就并不突出,尤其是"自万历以后,幺弦侧调,愈变愈衰"①。所以明诗前既远逊于唐宋,后又不能与清代相比。当然,作为诗歌一部分的咏史诗,也不例外。值得一提的有明初的著名诗人高启,他的咏史诗讽喻与抒情结合,所以前人认为他的诗"得风人激刺微旨"②。如他的《塞下曲》:

> 日落五原塞,萧条亭堠空。
> 汉家讨狂虏,籍役满山东。
> 去年出飞狐,今年出云中。
> 得地不足耕,杀人以为功。
> 登高望衰草,感叹意何穷。

《明诗别裁》的编者沈德潜、周准说这首诗"为千古开边者垂戒",他们在高的《吊岳王墓》诗下又说:"通体责备高宗,居然史笔。"这的确道出了高启咏史诗内容的一个特点。明人像这样有着作者个性的咏史诗篇并不多见。明代中叶的李东阳是写咏史诗较多的一位诗人,他有《拟古乐府》二卷。他的咏史诗是以乐府诗体作史论,道学气味很

① 见《四库全书简明目录·总集》关于《石仓历代诗选》的提要。
② 明人顾起纶《国雅品》(见《历代诗话续编》下册)。

浓,思想与艺术成就都不高,不过他与杨维桢一样,以乐府诗体大量写作咏史诗,这一点对后来诗人是有影响的,魏源说:"左思咏史,西涯变为乐府"①,在其后,清人出现了一些乐府咏史专集,如邹均的《读史乐府》一卷、袁学澜《春秋乐府》一卷、尤侗的《拟明乐府》一卷等。另外,与李东阳齐名的程敏政还编选过一部咏史诗专集,专门收集古人七言咏史绝句。这一编选工作带有开创性,值得重视。

清代咏史诗创作颇为兴盛,除散见于诸家诗集中一些咏史诗外,还出现了许多咏史专集,仅《中国丛书综录·史部》所载,这类专集就有三十余种,这是空前的。同时在内容与写法方面也出现了某些新东西。清初由于民族压迫严重,加上残酷的"文字狱",一些爱国诗人为表现自己故国之思,咏史诗自然成了他们可利用的形式。如顾炎武、王夫之、吴嘉纪、屈大均等都常以咏史抒怀,寄寓强烈的民族意识,这是清初咏史诗内容的一大特点。屈大钧的《读陈胜传》歌颂了人民的力量,将陈胜灭秦的功绩论为"第一"。这是其前的咏史诗未有过的内容。另外在形式方面,王夫之的《咏史》二十七首全用六言,这一形式在咏史诗中也是罕见的②。雍正、乾隆以后,清王朝对知识分子采取怀柔与分化政策,提倡考据之学,这样便吸引了一些知识分子潜心经史的研究,从而也影响到诗歌创作,为咏史诗的发展提供了条件,但由于复古主义与形式主义思潮笼罩诗坛,咏史诗少有名世之作,其时只有袁枚诗歌成就较高,他的《马嵬》就是很出色的咏史诗,请看其四:

> 莫唱当年长恨歌,人间亦自有银河;
> 石壕村里夫妻别,泪比长生殿上多。

他一反传统的见解,在诗的构思与意境上不同凡响,在同题材的咏史诗中是不可多得的一篇杰作。清代中后叶,随着帝国主义侵略的深入,清政府的衰败,民族危机的加深,西方资产阶级思想的启蒙,咏史诗也渐显出新的史识、新的内容。一些有识之士所写的咏史诗,突破了对某一历史人物、某一历史事件咏史的局限,而在更广阔的历史

---

① 见《魏源集》中《观往吟》九首序。

② 清人周宣武亦有《咏史六言》,其书"杂采史事,以六言绝句评论之"(《四库全书总目提要·别集存目十二》)。

范围内着笔,就某一历史现象进行评论,使咏史诗的概括力和社会作用大为加强。如龚自珍的《咏史》:

> 金粉东南十五州,万重恩怨属名流。
> 牢盆狎客操全算,团扇才人踞上游。
> 避席畏闻文字狱,著书都为稻粱谋。
> 田横五百人安在,难道归来尽列侯?

他借咏史之名以写今事,批判了东南一批文士醉心功名利禄的现象。其中"避席"一联,实际是清代统治者摧残、镇压知识分子,造成严重后果的真实写照,末尾又以田横故事揭露了清王朝长期以来官禄利诱的欺骗性,使咏史诗更饱含着深刻的社会内容。其后的魏源、黄遵宪、康有为及其他有进步思想的诗人,对咏史诗的内容也有所开拓。如康氏的《读史记·刺客传》:

> 封狼当道狐凭社,竞卖中原起沸波。
> 迁史愤心尊聂政,泉明诗咏慕荆轲。
> 要离有塚谁能近? 博浪无椎可奈何!
> 羞甚苍生四百兆,岂闻一客剑横磨。

咏史中隐含着反抗清王朝统治的思想,情绪悲壮激愤,跃然纸上。这种要推倒当朝统治的激烈议论,在其前的咏史诗中是不可想象的。再如梁启超尊为"近世诗界三杰"之一的蒋智由,他有一首《卢骚》,可谓别开生面:

> 世人皆曰杀,法国一卢骚。
> 《民约》倡新义,君威扫旧骄。
> 力填平等路,血灌自由苗,
> 文字收功日,全球革命潮。

用述赞体咏史形式歌唱外国历史名人,宣传资产阶级民主思想,这是新潮流的产物,当然是"前无古人"的。

通观我国两千余年的咏史诗,可以看出,它的内容与形式是随着时代而演变与发展的。大体说来:其一,最初《诗经》中的咏史诗,是叙事性质的,属于叙事诗范畴,从屈骚以后渐向抒情诗转变,到曹魏时期它的抒情意味已相当浓厚,到晋代基本是抒情化了。当然其间也不乏叙事性质的咏史之作。到唐代,咏史诗又增加了描写成分,使咏史诗的形象性大为加强。其二,从咏史诗的类型看,最初《诗经》中的咏史诗都是赞颂性质的,属于述赞体;而屈骚则孕育着比喻体的雏形。到魏晋时期赞颂一类咏史诗一方面渐变为借古讽今或托古抒怀,这就形成了比喻体咏史诗;一方面又向故事化发展,这形成了故事体的咏史诗。到中晚唐以后,咏史诗的议论成分加多,渐渐形成了议论体咏史诗。议论体兴起于中晚唐,到宋代蔚为大国,成为咏史诗的主干。到此咏史诗的体式已赅备,这就是:述赞体、比喻体、故事体、议论体。以后元明清各代就其体式说已没有什么变化,所不同的只是内容上有所开拓,数量上有所增加罢了。其三,从诗兴的感发和取材看,又有读史而咏与凭吊而咏之分。凭吊而咏虽肇端于阮籍、庾信,历史较前者短,但其发展很快,到唐代凭吊而咏已大有压倒读史而咏的趋势,创作数量既多,传世名作也不少。正由于唐代这类咏史诗取得如此大的成就,所以其后凭吊而咏一类在咏史诗一直占着重要地位。其四,咏史诗具有很强的政治性与时代感,它能敏锐地反映出时势的变迁。正因为如此,历代诗人才那样喜爱它,并乐于写作,它也才能历久而不衰,历久而弥新!

一九八四年十二月

「原载《中国古典文学论丛》(第 6 辑),人民文学出版社 1987 年版」

胡绍煐及其《文选笺证》

　　"文选学"兴于唐初,经宋、元、明的发展,至清而大盛,有关《文选》校勘、注释、评述的著作,有清一代,见于骆鸿凯《文选学》著录的就有四十余种,而胡绍煐所著三十二卷《文选笺证》则是其中最有参考价值的著作之一,骆氏誉其书"即文字声音以通诂训,旁推侧证,前此选学诸家所未有也(《文选学·源流》)"。足见其对是书的重视!然而所惜的是,对著者胡绍煐其人却知之甚少,在近些年的出版物中竟有人张冠李戴,把著者名字弄错。如《中国古典文学名著题解》中错为"胡文瑛《文选笺证》三十卷"①;又《昭明文选笺证》的"影印说明"中也题为"作者胡文瑛"②。这种错误当然是不该有的,尤其是后一种书,本来其正文各卷第二行都赫然印着"绩溪胡绍煐"字样,为什么写"说明"时偏把"绍煐"改为"文瑛"呢?二书错误相同,是后者受到前者的影响,还是别的原因③,不好臆测。这里举出以上二例,只是想借此说明关于胡绍煐其人的资料确实太少,清代一般史传碑录、文人杂著笔记不见记载,连囊括古今人物四万余的《中国人名大辞典》也未录入,所以使得有的专门家也不免偶然出错。

　　笔者1991年整理《文选笺证》时,为访求胡绍煐生平、著述资料,曾得到绩溪县方志编纂办公室同志相助,把他们所藏《金紫胡氏家谱》中《绍煐公传》等资料复印寄赠。今以本传为基础,参稽朱右曾《文选笺证序》及刘世珩《聚学轩丛书》中有关资料,对胡绍煐生平事迹,勾勒如下:

　　胡绍煐(1792—1860)④,字耀庭,号枕泉。一说字药汀,一字枕

---

　　① 该书系中国青年出版社1984年出版,所引见该书第127页。

　　② 该书系江苏广陵刻印社1990年影印《聚学轩丛书》本,所引见该书扉页"影印说明"。

　　③ 胡绍煐没有"文瑛"之名或字,后文将说及。二书错误的出现,可能是同撰《屈赋指掌》的胡文英相混淆。

　　④ 此生卒年是根据《金紫胡氏家谱·绍煐公传)推算出的,《传》云:咸丰十年卒,时年六十九。以此上推,当生于乾隆五十七年。

泉。安徽绩溪县人。胡姓是该县望族，世代以儒学传家，绍煐祖父胡启锦是邑庠生①，父胡承泽系岁贡生。绍煐少年师从族兄胡竹邨，他是清代著名礼学专家，著有《仪礼正义》，"海内学者翕然宗之"。绍煐向他学习"三礼"，后来又自己钻研王段之学，遂精通文字音韵训诂。道光十二年(1832)，他由附监生应江南乡试，中式第四十三名举人。道光二十四年(1844)授颍州府太和县训导②，掌管县所属生员教导，倡议富户捐资助学，"于是邑人重向学"，为发展该县教育起了很好作用。咸丰初告归，任职约十年，他一生除做过训导小官外，主要是从事教授和著述，曾先后在婺源聊城书院和郡之紫阳书院授徒，"成就子弟颇多"，"教泽远及身后"，在当时是一位颇有影响的教师兼学者。其著述除《文选笺证》外，还有《蠡说丛钞》《洵阳学舍杂著》《还读我书室文》《毛诗证异》等。后四种皆未付梓，《绍煐公传》撰于道光八年(1882)，尚称这些书稿"皆藏于家"，其后存佚情况未详。

胡绍煐是封建社会后期旧派士人，他在外侮内乱的动荡时代，深受儒家正统思想禁锢，对当时蓬勃而起的农民起义抱有敌意。在任太和县训导期间，他曾强迫某私通捻军的生员反水，"输万缗助守城"，与豫皖边境捻军作对；咸丰十年当太平军"自昌化犯绩溪"时，他"率乡人御之"，结果自己"力竭遇害"。因此得到清廷嘉奖，授予"云骑尉世职"③。我们不苛求古人，也不必为贤者讳，为了解其人，特缀笔于此。

《文选笺证》是胡绍煐一部呕心沥血之作，为撰是书，他"朝夕钻研，无间寒暑"，"校读李注，触类引申"，"缺者补之，略者详之，误者正之"，前后历数十年，几易其稿(见《自序》)，才得以完成这部四十多万字的巨著。朱右曾为其书作序在道光三十年(1850)，其时绍煐正在太和任训导，书定稿大约也在此期间④。又据《绍煐公传》，此书在咸丰年间"已锓木矣，旋毁于兵燹"，其稿赖其子负之匿山谷得以存世。从绍煐自序作于咸丰八年(1858)推测，这次"锓木"大约就在此时。现在所

---

①庠，是古代学校。庠生是科举时代府州县学生员的别称；下云"贡生"，则是由府州县学升入京师国子监生员之统称，岁贡生为其中之一种。《金紫胡氏家请》卷首16页又载胡承泽"由邑庠生考取嘉科岁贡候选儒学训导"云云。

②训导，是县学教官副职，而刘世珩说他"官太和县教谕"，教谕是县正教官，与本传异。

③云骑尉，是清世职之一，用以酬功赏勋，位视五品。

④《朱右曾序》云"比来秉铎太和，复重加删补"。

见的《文选笺证》最早版本,是世泽楼木活字本,它刻于光绪十三年(1887),刘世珩《聚学轩丛书》本即据此校订重刊。另存唐仁寿校并跋之清抄本。世泽楼本已稀见,清抄本仅存上海图书馆和清华大学图书馆,《聚学轩丛书》本经江苏广陵古籍刻印社翻印、影印,较为易得。

《文选笺证》承继了王段之学,运用"由音求义,即义准音"的训释方法,"旁搜互考,正讹纠谬",因而在校订《文选》正文及董理旧注方面,多发前人所未发,创获甚多,从而成为选学中一大家也[①]。该书训诂有以下四个特点:

一是重视溯源,从古音古义求确解。如《西京赋》"邪赢优而足恃"句,薛综注"邪,伪也。欺伪之利自饶足恃也"。胡氏不满意薛氏增字释,他根据《左·文公元年传》"归徐于终",《史记·历书》则作"归邪于终",古音邪、徐相近[②],从而得出"邪赢"即"徐赢","此言徐赢优而足恃也",避免了薛注增字解之弊。又宋玉《招魂》"九侯淑女"句,李善注引王逸曰:"言复有九国诸侯好善之女",把"九侯"释为"九国诸侯"。胡氏以为此注牵强,他考定"九"与"鬼"古通,"九侯"即"鬼侯"。《殷本纪》"以西伯昌、九侯、鄂侯灰三公",《史记集解》引徐广说"九侯,一作鬼侯",《鲁仲连邹阳传》"昔者九侯",《集解》曰"九,一信息反馈以",皆其证。释"九侯"为"鬼侯",既有书证,又与历史传说相符!王逸误无疑。又左思《魏都赋》"深颂靡测"句,吕向注谓"颂善魏德",胡氏以为"于义未协","颂"乃古文"容"字,"古容貌之容作颂,故宽容之容亦作颂,《汉书·王莽传》'赤炜颂平',注'颂,宽颂(容)也',此谭'深宽无测也'",较吕向注通达。又马融《长笛赋》"于是山水猥至"句,李善注"猥,众也"。胡氏以为此训无据,改取《广雅·释言》"猥,顿也"古义,指出"山水猥至,谓顿至也……今人不晓此义久矣"[③],显然胜过李善注。

二是善于把握诗文篇意及上下文联系,正确使用同音假借,避免孤立滥用。如吴质《答魏太子笺》中"时迈齿载"句,旧注引杜预《左传》注"七十曰耋",视"载"与"耋"通。胡氏则考虑到篇中作者本逢云"质已四十二矣",显然"载"通"耋"释为"七十"不妥,因而他考定"载"与

---

①以上云云据《自序》《朱右曾序》及刘世珩说。

②《诗·北风》"其虚其邪",《尔雅·释训》引作"其虚其徐",邪、徐亦通。段玉裁以为馀、徐皆从"余"得声,在五部,"邪"古音亦在五部,皆平声字。此可能为胡绍煐所本。

③此条胡绍煐可能是汲取王念孙《广雅疏证》之说。

"迭"通,是"更"的意思,释本句为"时逝年更也",恰切地揭示了原文意思。又鲍照《东武吟》"不愧田子魂"句,自李善把"魂"释为"魂魄"之"魂",人无异词,而胡氏则根据本诗是借汉代老军人遭遇讽刺君主的篇意,以为"古云、魂相通",释本句为"不愧田子所云也",即指田子方所说的"少尽其力而老弃其身,仁者不为"之语,显然优于旧注,故其说为近人黄节、余冠英等所采用。又扬雄《甘泉赋》"陈众车于东阬兮"句,善注引如淳曰"东阬,东海也",而《汉书》颜师古注"阬,大阜也",二说异。胡氏则联系下句"肆玉軑而下驰",是"谓由东阬而下也",而"古多借阬为冈",如《九歌·大司命》"道帝之兮九阬"、《羽猎赋》"跇峦阬"等,"阬字皆即冈字",此"东阬"指高处言之,从而释"东阬"为"东冈",纠正了如淳之误,也较师古注明晰。又张华《励志诗》"星火既夕"句,"既夕"旧无注,实际易误为"夜"。胡氏从本诗开篇便写四季运转,寒暑交替,而释"星火"即《诗经》"七月流火"之大火星,"既夕"即"既西",古"夕、斜、西一声之转……星火至秋西流",此言"星火既西",正是秋季星象,与下句"忽焉素秋"相承。此解不可移易。

三是非常留心联绵词。《自序》说"书中多连语,非叠韵即双声,皆无西义",纠正了旧说把联绵词分释的错误。如《风赋》"枳句来巢"句,旧注释"枳"为木名,"句"为"曲"。胡氏则由声入手,指出"枳句"犹"枳椇",与《说文》"枳椇"皆义同,"并钩曲之名,非枳木明矣"。《风赋》"枳句来巢"与下句"空穴来风"相偶为文,"空"系泛指,"枳句"亦当泛指,胡氏释为"拳曲之状",无可争辩。又马融《长笛赋》"植持缱绻"名,李善注"言声音或植立则相牵引持似于缱绻",把"植持"分释为"植立"与"相牵引持"。胡氏以为"植持",乃叠韵联绵词,"是或植或持",应释为"不动貌",此句乃是形容笛声凝滞缠绵,明显优于李注。又司马相如《子虚赋》"扶舆猗靡"句,张揖注云"扶持舆相随也",望文生义,释"扶"为扶持,"舆"为车舆。胡氏指出"扶舆,犹扶於",乃联绵词,义同"猗那",形容体态,张揖系误释。又左思《蜀都赋》"中流相忘"句,旧注引《庄子·大宗师》"不若相忘于江湖",把两篇"相忘"看作一样,释为"彼此忘记"之意,而胡氏则以为《蜀都赋》"相忘"不同,他依声寻义,考定此与《西京赋》之"相羊"、《上林赋》之"襄羊"音义并同,《离骚》"聊逍遥以相羊",王逸注"相羊,游也"。胡氏谓"相忘,犹相羊也",遂释为"游",句意豁然通达。胡氏书中像这样连类而及,由一个带出五组联绵词例子甚多,少则二、三个一组,多则五、六个不等。如张衡《思玄赋》"綝缅"之与司马相如《大人赋》之"林离"、口语之"淋漓"。又张衡《西京赋》"璘彬"之与其《七辩》中的"璘㻞"①、何晏《景福殿赋》中的"璘班"、扬雄《甘泉赋》中的"瞵瞒"、司马相如《上林赋》中的"豳㻞",其义皆同。这类注释,对后来联绵词典的产生无疑有启示。

四是学风平实,不务深猎奇,拨正旧注,往往在浅显处得之。如张衡《南部赋》"寡妇悲吟,鹍鸡哀鸣"两句,旧注谓"寡妇曲,未详","鹍鸡"为古相和曲名。后来梁章钜、姜皋、朱珔诸人虽广搜例证,但仍离不开在古歌古曲上兜圈子,然于义终未洽。而胡氏则从上两句是"弹筝吹笙,更为新声",下两句是"坐者凄欷,荡魂伤精",从而断中间两句中的"寒妇""鹍鸡","此非曲名,乃形容新声耳,言寡妇闻而悲吟,鹍鸡听而哀鸣",与《七命》"媰老为之呜咽",《九辩》中"鹍鸡啁哳而悲鸣"意思相同。胡氏纠正了旧注好深之弊,在平易处找到正解。又如郭璞《江赋》"溢流雷响而电激"句,李善注引《仓颉篇》谓"溢,水声也",胡氏则根据本篇所写江水地理位置,以为"溢流,盖指寻阳县溢江之水而言,非特状其声也"。把"雷响电激"理解为形容溢水奔腾入江雷鸣电掣之势,较旧注简明而符合原意。又殷仲文《南州桓公九井作》"风物自凄紧"句,李善注"紧,犹实也,言欲成也",句意难懂。胡氏则根据《广雅》"紧,急也",释为"凄急",句意由艰涩变得明白。当然胡氏书中也不泛旁征博引求其确切之例,如左思《蜀都赋》"味蠚疟痟"句,刘逵注既言"痟,亦头病也",又引《汉书·司马相如传》所言"相如常有痟病",但据《史记》相如所患之"痟病","乃消渴病",即今所称,"糖尿病",刘注两说自相矛盾。孰是孰非?胡氏征引《玉篇》《释名》《素问脉要》《后汉书·李通传》章怀注等有关资料,一一辨析,把"首病"之痟与"消渴病"之痟区分得一清二楚,纠正了刘注混淆二病的失误。诸如此类尚夥,不一一列举。

同时《笺证》在校勘方面亦见功力,所获甚多,如左思《吴都赋》"建祀姑",刘逵注"祀姑,幡名,麾旗之属也。《国语》曰:建祀姑。"胡氏校正文及注中"祀姑"皆为"肥胡"之误,"肥胡"合声为幡,"建肥胡",即"建幡",作"建祀姑"则不可解。今本《国语·吴语》作"建肥胡"是其证。又

---

① 原作"张协《七辩》",因张协无此作,检所引"玩赤瑕之璘㻞"句出自张衡《七辩》,故据改正。

陆机《吴趋行》"泠泠祥风过",胡氏根据《乐府诗集》及江淹《杂拟·征君篇》李善注引此诗皆作"鲜风",校"祥"乃"鲜"之误,并说明致误之由是少见"鲜风"而改"鲜"为"祥",实际古鲜、西音同,《尚书大传》"西方者何？鲜方也",顾炎武亦云《尔雅·释畜》邢昺疏"魏时西卑献千里","西卑"即"鲜卑",故此"鲜风"即"西风",校改"祥"为"鲜"有理有据,比何焯校前进了一步。另一些校文看来简单,实际是不易发现的错误,如谢灵运《道路忆山中》"忆山我愤懑"句,胡氏根据本诗皆两句相偶的特点,校"懑"应作"满",与上句"存乡尔思积"之"积"字相对,校正了流传已久的误字,为近人黄节《谢康乐诗注》所汲取。又潘岳《河阳县作》"颖如槁石之"句,胡氏考订"槁"乃"敲"之误,古搞、敲同字。此谓敲击石头发光,作"槁"则不可解。书中对前人的校勘也多有驳正,如《魏都赋》"料其建国,析其法度",李善注"《说文》曰：析,量也"。梁章钜《文选旁证》校云"今《说文》无此训",胡氏则指出："析字乃'料'字之误,擅自引《说文》'料,量也',梁氏失检。"高步瀛《文选李注义疏》引此条评曰"胡校是,今据改"。又《登楼赋》"聊暇日以销忧"句,段玉裁校"暇"为"假",而胡氏则力证本句正文作"暇"不作"假",因"暇"字下注有五臣音"古雅",;故知五臣本作"假",而善本作"暇",后人以五臣音羼入。此校析理有据,亦为后人所采纳。

就上述简略介绍中,已可知《文选笺证》的学术价值,是今日研究《文选》不可或阙的重要参考书,北大中文系编《两汉文学史参考资料》仅《上林赋》一篇的注释就引用胡绍煐说二十多处。当然,该书也不可能十全十美,存在缺误难免,如高步瀛引用本书时,也偶见"胡氏说未是""恐未确""误记"等评判语,但这不过是大醇小疵,胡绍煐自己也早有预计,其《自序》说"夫后人议前人易,前人而不为后人议难"。传世著述,大体如此,非独本书。

[原载《江淮论坛》1994年第6期]

逯书漏收诗例析

逯钦立先生所纂辑《先秦汉魏晋南北朝诗》,资料丰赡,学术价值很高,为文史研究者提供了方便。因为本书引用各类古籍二百五十余种,以个人之力完成如此巨著,难免有少数疏漏,就我所见其书漏收诗大约有如下几种情形,今举例略加辨识,以求教方家。

一是因偶而失检未收。如《嘉平谣歌》:

> 神仙得者茅初成,驾龙上升入泰清。
> 时下玄渊戏赤城,继世而往在我盈,
> 帝若学之腊嘉平。

按:本篇见《史记·秦始皇本纪》裴骃《集解》引《太原真人茅盈内纪》。其文是"始皇三十一年九月庚子,盈曾祖父濛,乃于华山之中,乘云驾龙,白日升天。先是其邑谣歌曰(略)。始皇闻谣歌而问其故,父老具对此仙人之谣歌,劝帝求长生之术,于是始皇欣然,乃有寻仙之志,因改腊曰'嘉平'"。裴骃所引书《隋书经籍志》卷二作《太元真人东乡司命茅君内传》,一卷,并注云"弟子李遵撰"。虽然此谣歌附会明显,假托始皇时谣歌不足信,但裴骃《史记集解》已引,骃为南朝宋人,故此谣歌不会晚于刘宋时代,无疑当在辑录之列。检逯书,本已据《诗纪》载入《茅君内传》的《时人为三茅君谣》,并考订附在后汉末年,而本篇较《三茅君谣》著名,沈德潜《古诗源》已据《茅君内传》载入,题为《巴谣歌》,逯书不录此,当是偶漏检。不过《古诗源》将此篇归入"古逸"一类也失当。

又如见于王子年《拾遗记》卷六的《淋池歌》亦属此类,其文大意是:昭帝始元元年穿淋池,广千步,中植芰荷,一茎四叶,状如骈盖。帝时命水嬉,游宴永日,乘船随风轻飔,毕景归,乃至通夜,使宫人歌曰:

> 秋素景兮泛洪波，挥纤手兮折芰荷，
> 凉风凄凄扬棹歌，云光开曙月低荷，
> 万岁为乐岂云多！

按：本篇冯惟纳《诗纪》、丁福保《全汉诗》、沈德潜《古诗源》皆录入，并归在昭帝刘弗陵名下。逯书《引用书目》已列入《拾遗记》，而且已把与本篇同卷的《招商歌》录在灵帝刘宏名下，对本篇却不录，不知何故？可能也是偶失检索。

二是因错认为不是诗而未收。如晋赵整的诗：

> 我生何以晚？泥洹一何早！
> 归命释迦文，今来投大道。

按：本篇见《高僧传·晋长安昙摩难提》。赵整是苻坚的宦官，因苻坚晚年惰于治政，赵整以歌唱方式进谏，逯书《晋诗》中已辑入其所歌《谏诗》二首，而本篇即在其后，原文是："及坚死后，方遂其志（按：指遁入佛门），更名道整。因颂曰：（略）。"逯氏不录本篇，可能是错把此"颂曰"之"颂"，看作文体之"颂"，按照逯书《凡例》"颂"不录。但此"颂"字显系动词，是诵或歌的意思，因所引文前已有"因歌谏曰""又歌曰"，作者为避重复而改用"颂曰"，而"颂"作诵、歌解乃是常训。如以上理解不错，赵整此篇是诗，当辑入。

逯书中这类误解是个别的，比较多的是因见解的差别而未收，如东方朔的《诫子》、高彪的《清诫》等。朔作《诗纪》《诗删》《诗归》《古诗源》《东方大中集》等都收入，张溥并评云："《诫子》一诗，义苞道德两篇，其藏人之智在焉，而世不知。"（《汉魏六朝百三家集》题辞）高作原《诗纪》《诗镜》《诗归》《八代诗选》等已入选，也有评论，今人钱钟书《谈艺录》就说"高彪《清诫》已以诗言理"（中华书局1984年版第224页）。丁福保认为"此诫也，非诗也"，批评诸书收此类作品是"滥收"。逯书不录朔《诫子》、高《清诫》可能是受丁说影响，作为一种学术见解，不无道理。但逯并不全赞同丁说，为了"以广诗囿"，他又觉得有的"本身结构已完备"的该录存，这就带有灵活性了。如东方朔的《嗟伯夷》，《北堂书钞》卷一百五十八引亦未注巧"诗",所以严可均《全汉文》卷二十五作为"文"录入,而逯书又作为"诗"录入。准此,朔《诫子》、高《清诫》两篇在近代诗选、诗评方面已有影响,是否录存,值得研究。

三是因书目未列入而未收。如东汉两首七言诗:

其一:

> 吾字十一明为止,丙午丁巳为祖始。
> 四口治事万物理,子巾用角治其右。
> 潜龙勿用坎为纪,人得见之寿长久。
> 居天地间活而已,治百万人仙可侍。
> 善治病者勿欺绐,乐莫乐乎长安市。
> 使人寿若西王母,比若四时周反始。
> 九十字策传方士。

其二:

> 比若万物生自完,一根万枝无有神。
> 详细其意道自陈,俱祖混沌出妙门,
> 无增无减守自然。凡万物生自有神,
> 千入百息人为尊,故可不死而长仙,
> 所以早终失自然,禽兽尚度况人焉。

按:这两首均见《太平经》卷三十八《师策文》中。《太平经》是最早的道教典籍,汉代流传的三种皆散佚;明《正统道藏》收录《太平经》残存五十七卷,主要内容宣扬教义,劝人信道,这两首七言诗也不例外,其二意思较明白,似言顺自然、求长生之意。从形式看,两首七言,一韵到底。第一首十三句,每句末押上古"之"字韵。第二首十句,完、然、仙、焉属元韵,神、陈属真韵,门、尊属文韵。上古文、真、元三韵通押,故可谓一韵到底。今所见东汉七言韵语,皆为每句韵,且多一韵到底,这一基本特点一直保留到成熟的七言诗——曹丕的《燕歌行》还是如此。这首七言是东汉作品可信,对了解七言诗的起源有意义。按照逯书《凡例》所说"凡属韵语者,悉加甄录""佛道两藏,并加搜辑"的原则,《太平经》应为"引用书目",此两首七言当辑入"汉诗"中。

四是因前人弄错时代而未收。如何逊《送司马长沙》:

> 独留信南浦,望别乃西浮。
> 以今笑为别,复使夏成秋。

按:宋人洪迈编《万首唐人绝句》误将本诗收入,题为何仲言作,本集反而不载,至1980年中华书局编校出版的《何逊集》,才得以辑入本诗,因而逯书未能收载。

[原载《安庆师院社会科学学报》1996年第2期]

略说司马迁与《诗经》研究

　　司马迁虽然没有研究《诗经》的专书传世，但在《史记》中涉及《诗》者有七十余处。其中有直接取《诗》为史料，有引《诗》证史，有对《诗》时代、编辑的说明，有诗篇本事记载、内容评析，有关于《诗》与音乐、教化关系的叙述，乃至《诗》的传授，非常广泛。就现存资料评价，司马迁堪称第一个对《诗经》进行全面研究的学者，突破了汉初"三家诗"字词训诂与篇意阐释的范围，具有宏观研究的性质，对后世的影响极为深远。

一、关于零星记述《诗》的价值

　　由于先秦至汉初许多典籍的散佚，《史记》中关于《诗》的一些记述，虽片言只语，也弥足珍贵。如《六国年表》说："秦既得意，烧天下《诗》《书》，诸侯史记尤甚，为其有所刺讥也。《诗》《书》所以复见者多藏人家，而史记独藏周室，以故灭。"班固《汉书·艺文志》说："凡三百五篇，遭秦而得全者，以其讽诵，不独在竹帛也。"将"多藏人家"与"以其讽诵"合观，才符合《诗》得以流传的实际。鲁齐韩三家属今文，是以其讽诵而得全；而古文《毛诗》则是因为"藏人家"而复见。郑玄《诗谱》谓鲁人大毛公为故训传于其家，河间献王得而献之，以小毛公为博士。河间献王刘德与司马迁为同时人，献《毛诗》事，迁必有所闻，"藏人家"，或正是就刘德所献《毛诗》而言。可是不少论者每言及《诗》遭秦火而不灭，往往只说"以其讽诵"而忽略"藏人家"[①]，未顾及《毛诗》传世实际，显然不妥。又《乐书》说："以为州异国殊，情习不同，故博采风俗，协和音律，以补短移化，助流政教。""博采风俗"，即

---

　　① 如《诗经研究史概要》说"经过秦火，《尚书》损失很大，《诗经》却依靠记诵而得以比较完整地保存"（1992年，台北版，第8页）。

指采集民间歌谣①，非单谓乐声。这与《汉书·食货志》所言采诗"比其时律"者同例。但是古今学者研究"采诗"时，未曾述及《乐书》这条资料，而所引用的刘歆、扬雄、班固、何休之说皆在《乐书》之后，不能不说是一个疏忽。又《商君列传》载赵良说商鞅引《诗》"得人者兴，失人者崩"，今本《诗经》无，逯钦立《先秦汉魏晋南北朝诗》列为"逸诗"，这可能出自司马迁所见的《秦记》。赵良与孟轲系同时代而稍早，结合战国时期诸子著作及《战国策》等引逸诗考察，所见逸诗一般较今本《诗经》语言口语化、散文化，赵良所引逸诗又是一条例证，且其可靠性在战国游士说辞之上。又《乐书》："秦二世尤以为娱。丞相李斯进谏曰：'放弃《诗》《书》，极意声色，祖伊所以惧也；轻积细过，恣心长夜，纣所以亡也。'"这条资料也可能出自《秦记》。李斯本是焚《诗》《书》的罪魁祸首，当秦存亡的关键时刻，居然也要借殷纣"放弃《诗》《书》，极意声色"而亡国来警告二世②。这一史实表明，《诗》经孔子整理后，由于儒者积极鼓吹、传习，到战国中后期，对士人的思想及诸侯国政治教化的影响已相当大，即使如李斯之流，当其政治上陷入无可奈何之际，也不得不回头乞灵于《诗》《书》，可见其在当时士人头脑中积淀之深。无疑，这条记载对了解《诗》在战国后期的思想影响、法家人物之所以要批判《诗》以及李斯其人都是难得的资料。再者，《儒林传》中关于汉初鲁齐韩三家诗的资料，比较集中，这是现存最早的可靠记载，尤足珍贵。其文虽然简短，但却概括了申培、辕固、韩生三位大师的简历、授诗源流、弟子辈仕途情况，乃至各家的主要特点。如说《鲁诗》"疑者则阙而不传"；《韩诗》"推《诗》之意而为《内外传》数万言，其语颇与齐、鲁间殊，然其归一也"；对《齐诗》虽未有言，但从所记辕固与黄生争论武王伐纣事、对《老子》书的批评、对公孙弘的指责来看，可能是偏重于联系时政，以天命为旨归（其后学翼奉一派与阴阳五行之说结合，殆源于此）。后来班固《汉书·儒林传》所载"三家诗"在汉初传播，其资料皆取《史记》，可以设想，如不是有司马迁的记载，关于"三家诗"的资料或许早已湮没。比班固略早的王充就曾指出："世传《诗》家鲁申公……不遭太史公，世人不闻。"（《论衡·书解》）可见在王充时代，申培传授《鲁诗》除《史记》外，已别无记载了。总之，

---

① 修订本《辞源》亦释"风俗"谓"民间歌谣"（商务印书馆，1983年版，第3406页）。
② 《诗经》本"纯取周诗"，在殷纣之后，李斯只是假托进谏，是没有根据的。

《史记》所记述《诗》的这些资料看来是零散的，却是最早的，又是仅存的，其珍贵之处也就在于此。

二、说诗、用诗给予后世研究的启发

司马迁对《诗》的叙说，依其内容，大致可分为三类：

一是关于诗篇的时代或本事。如《周本纪》说"懿王之时，王室遂衰，诗人作刺"。陈乔枞认为"诗人作刺"是指《小雅·采薇》，与《汉书·匈奴传》说相同①。又《十二诸侯年表》载"周道缺，诗人本之衽席，《关雎》作；仁义陵迟，《鹿鸣》刺焉"。"本之衽席"，就是《外戚世家》所言"《诗》始《关雎》……夫妇之际，人道之大伦也"的意思。司马迁对这几首诗的产生时代和怨刺内容的认定，皆与《毛诗》不同。《毛序》以为《采薇》《关雎》是文王时诗，前一首是当时"西有昆夷之患，北有猃狁之难，以天子之命命将率，遣戍役，以守卫中国，故歌《采薇》以遣之"；后一首是"乐得淑女，以配君子，忧在进贤，不淫其色"。《鹿鸣》，《毛序》不著时代，而说是"燕群臣嘉宾"之诗，三首均意旨在"美"，与司马迁意旨在"刺"说相径庭。先儒认为史迁从孔安国问业，而孔又受诗于申公，故知其所习为《鲁诗》。从汉初《鲁诗》授受源流考察，《史记》所存《鲁诗》说，时代最早，接近《鲁诗》原貌，是研究《鲁诗》最宝贵的资料。《史记》中另有一些关于诗本事的叙说，大体与《毛诗》相同，如《鲁周公世家》说《鸱鸮》，《燕世家》说《甘棠》，《秦本纪》说《黄鸟》等，皆是，这些也可与《毛诗》相参证，对研究汉代人说诗颇有史料价值。又《孔子世家》说孔子选编诗"上采契、后稷，中叙殷周之盛，至厉、幽之缺，始于衽席"，这是对三百五篇诗时代的总认定。司马迁认为其内容上限在契、后稷。契，指《商颂·玄鸟》；后稷，指《大雅·生民》。这两首诗都含有神话内容：简狄吞燕卵而生契，姜嫄履大人迹而生后稷，都是不夫而孕，契、稷又同是男性，并分别被商族、周族奉为始祖。其内容已表明，这两则神话当是母系氏族社会向父系氏族社会过渡时期的产物。《玄鸟》《生民》的作者取材于神话，借此神化自己祖先。有的研究者以为司马迁是说《商颂》中有远古歌谣，这不合作者原意，因为司马迁在《宋微子世

①《汉书·匈奴传》：周懿王时，"王室遂衰，戎狄交侵，暴虐中国，中国被其苦，诗人始作疾而歌之曰：靡室靡家，猃狁之故，岂不日戒，猃狁孔棘"。按：此所引四句诗乃《采薇》第一章与第五章语句。

家》中明谓《商颂》为宋襄公时代作品,怎会自相矛盾呢?同样,《太史公自序》说"汤武之隆,诗人歌之",也是指后人歌之,非谓汤武同时人歌之。这些记述对研究《诗》的取材与写作无疑是有启发的。再说"厉、幽之缺,始于衽席",参照前文所引《十二诸侯年表》云云,知司马迁是把《关雎》当作厉、幽时代作品,并以之为怨刺诗开端①。据王先谦《诗三家义集疏》,《鲁诗》普遍以为《关雎》是"刺康王",司马迁虽主《鲁诗》却把《关雎》时代推迟到西周后期,故不取《鲁诗》说。

二是对《诗经》内容的概括。主要有两段:《司马相如传》"太史公曰"以为《大雅》言王公大人而德逮黎庶,《小雅》讥小己之得失,其流及上"。这段话是为了说明"相如虽多虚辞滥说,然其要归,引之节俭,此与《诗》之风谏何异"之意。《大雅》《小雅》之分,说法很多,司马迁着重从内容"风谏"的差异来区分。他以为《大雅》说的是王公大人之事,能以德感化百姓,即由上化下;而《小雅》则是怨悱个人的不幸,使上层能了解民情,即以下风上。姚际恒《诗经通论》曾总结大、小雅之分,或主政事,或主道德,或主声音,或主辞体,而恰恰忽略了司马迁主风谏说。就近世研究所知,此是区分大小雅最早的一家之说,是本于《鲁诗》还是其独到见解,已不可考知。遗憾的是,至今还没有被研究者注意。又《太史公自序》说"《诗》记山川溪谷禽兽草木牝牡雌雄,故长于风……诗以达意"。这段话司马迁是从《诗》与《礼》《书》《乐》《易》《春秋》比较的角度说的。《论语·阳货》载孔子教弟子学《诗》可以"多识鸟兽草木之名",司马迁的话正是由此引出,所不同者,只是把"《诗》记山川溪谷禽兽草木牝牡雌雄"提到主要内容来叙述;"长于风"是就比兴而言。黄节说过"《诗》之本在言志,而言志之妙在比兴,鸟兽草木者,比兴之本也"(转引自萧涤非《乐府诗词论薮·读诗三札记》),司马迁把"记山川溪谷禽兽草木"与"长于风"联系起来的道理就在于此。"诗以达意"也是孔子之语②,意思是指《诗》用以传达情感。这是孔子对《诗》的性质最重要的论断,他提出的"兴观群怨"说这是基于这一认识的。司马迁接受了孔子的观点,把《诗》的基本内

———————

① 《史记》中涉及《关雎》的时代与性质有三处,除已引的两处外。还有《儒林传》太史公曰:"夫周室衰而《关雎》作"。

② 《史记·滑稽列传》载:"孔子曰:六艺于治一也。《礼》以节人,《乐》以发和,《书》以道事,《诗》以达意,《易》以神化,《春秋》以义。"孔子关于《诗》这条重要见解,在研究孔子与《诗经》一类文章中未见有人述及,亦是疏忽。

容归结到抒发情感,并认为这是《诗》与其他五经的根本区别。这一宏观立论,较之汉代普遍存在的把《诗》政治化、历史化的研究倾向,要高明得多。

三是"发愤"说。《太史公自序》中司马迁说:"《诗》三百篇,大抵贤圣发愤之所为作也。此人皆意有所郁结,不得通其道也,故述往事,思来者。"此亦见《报任安书》。这是司马迁根据自己写作《史记》的经验来理解《诗》的。虽然不能说《诗》全是发泄愤懑情感的作品,但其中表现各种怨悱之情的占相当大比重,却是古今研究者的共识。陆游《读唐诗人愁诗戏作》中云:"《三百篇》中半是愁";朱东润也说"怨悱之诗多""诅咒之情多"(《诗心论发凡》),与司马迁说相吻合。《中国美学史》编者认为"发愤"说是司马迁美学思想的核心和实质所在①,所见极是。《史记》中贯穿的批判精神,就是"发愤"说的具体体现。"发愤"说强调抒发个人愤懑之情,而没有加限制词,这与《屈原列传》所载"《国风》好色而不淫,《小雅》怨悱而不怒。若《离骚》者,可谓兼之矣"的提法是有区别的,"怨悱"定在"不怒"限度内,显然是以儒家中庸思想为旨归的,而"发愤之所为作"就没有这一限制了。这一差别的产生,是因为司马迁只是借用淮南王刘安《离骚传叙》之语来评《离骚》,并非完全赞同他对《国风》《小雅》的看法。司马迁"发愤"说阐明了个人身世遭遇对文学创作的影响,为后世文论家、作家所接受并加以发展,韩愈《送孟东野序》谓"不得其平则鸣",并称司马迁是"最善鸣者"之一。欧阳修说:"非诗之能穷人,殆穷者而后工也。"陆游也说:"盖人之情,悲愤积于中而无言,始发为诗。不然,无诗矣。"钱钟书指出:后世"诗穷而后工"之论,"莫不滥觞于马迁'《诗》三百篇大抵发愤而作'一语"②。"发愤"说影响极为深远,启发了后代作家不平之鸣。

司马迁用《诗》有两个方面:一是取史材于《诗》。《殷本纪》:"太史公曰:余以颂次契之事,自成汤以来,采于《诗》《书》。"颂,指《商颂》。这是作者已经言明的,更多的则是未作说明。如《周本纪》叙后稷的诞生与稼穑业绩,公刘自漆沮度渭而国于豳,古公亶父云豳而止于岐下,季历笃于义而诸侯归顺;《齐太公世家》叙述西伯断虞芮之讼,伐崇、密须、犬戎,大作丰邑等史实,多取于《诗》之《生民》《公刘》《绵》

①见该书第一卷第504页。
②《管锥编》第3册第937页。

《皇矣》《文王有声》《闷宫》等篇。此类不一一列举。二是引诗为证：或论证自己的观点，或是表达某种心情。前者如《建元以来侯者年表》中引用《闷宫》第五章"戎狄是膺，荆舒是征"，以古证今，论证武帝讨伐匈奴势在必行，是正义之举；后者如《孔子世家》中"太史公曰"引《车牵》"高山仰止，景行行止"两句，以表达自己对孔子"心向往之"的无限敬仰之情。《史记》中这类引诗不多，虽然仍属"断章取义"，但都比较贴切，上举两例即其证。另一类是引《诗》证史。前文曾论及司马迁关于《鸱鸮》《甘棠》《黄鸟》本事的说明，如换一角度也可看做是引《诗》证史。纵观《史记》全书，这种引《诗》仅此三篇而已。本来汉代"四家"说《诗》的共同特点，就是以《诗》附史。《史记》记述的西周至春秋这段历史，如依《毛诗》、"三家诗"说，则多与《诗》有瓜葛，引《诗》证史，简直可以随手拈来，而司马迁不涉及。如：《周本纪》叙述宣王史迹，根本不提《小雅》中《六月》《采芑》和《大雅》中《崧高》《烝民》《江汉》诸篇所歌咏征伐猃狁之事；《齐太公世家》叙述齐襄公与女弟鲁夫人私通，只字不提《齐风》中的《南山》《敝笱》等诗；《卫康叔世家》载"宣公见所欲为太子妇者好，说而自取之"，不言《新台》，载"盗并杀寿及伋"，亦不言《二子乘舟》等。以上所举诸篇，据《诗三家义集疏》，《鲁诗》说与《毛诗》说皆相同，而《史记》全不取。由此可见，司马迁说诗、用诗都有自己的尺度，即使是所习之《鲁诗》，也不盲从，一切持谨慎态度，这正体现了司马迁著《史记》"其文直，其事核"的特点，与汉代说《诗》好附会的普遍风气迥异。

三、留给后人争议的三个问题

一是《诗》的"四始"问题。在《孔子世家》中叙述孔子删诗时提到"《关雎》之乱以为'风'始，《鹿鸣》为'大雅'始，《清庙》为'颂'始"。但"四始"并非司马迁首创，在这段话的前面他特加"故曰"二字，以表明有所本，想必是承袭《鲁诗》说。魏源《诗古微》认为"古诗章皆一诗为一终，而必三终。故《仪礼》歌《关雎》，则必连《葛覃》《卷耳》而歌之；《左传》《国语》歌《鹿鸣》之三，则固兼《四牡》《皇皇者华》而举之；歌《文王》之三，则固兼《大明》《绵》而举之；《礼记》言升歌《清庙》，必言下管象舞，则亦连《维天之命》《维清》而举之……故迁不但言《关雎》为风始，而必曰'《关雎》之乱'者，正以乡乐之乱，必合乐《关雎》之三"。如魏源推测不错，那么《鲁诗》是从音乐角度说"四始"，则与《齐诗》《韩诗》《毛诗》所说不同。《齐诗》以为《大明》为水始，《四牡》为木始，《嘉鱼》为火始，《鸿雁》为金始，渗透了阴阳五行说，充满了神秘感。《韩诗》则把与文王、武王有关的诗视为"始"，自《关雎》下十一篇为"风"始，《鹿鸣》下十六篇为"小雅"始，《文王》下十四篇为"大雅"始，《清庙》下凡颂文、武功德者为"颂"始。《毛诗序》所称的"四始"：《郑笺》云"始者，王道兴衰之所由"，《正义》又以风、小雅、大雅、颂皆王道兴废之则，"此四者，即王道兴废之始"，其意更含混。各家从不同角度解释"四始"，平心而论，仍以"《鲁诗》近之"，故为《史记》所取，不单是家法相承，也体现了史家"求实"态度。

二是关于《商颂》写作年代。《宋微子世家》："太史公曰：襄公之时，修行仁义，欲为盟主。其大夫正考父美之，故追道契、汤、高宗、殷所以兴，作《商颂》。"以为是春秋时代宋襄公时作品，此当本之《鲁诗》。《韩诗》亦同："正考父，孔子之先也，作《商颂》十二篇"（李贤注《后汉书·曹褒传》引《韩诗章句》）。《毛诗序》则云："微子至于戴公，其间礼乐废坏。有正考父者，得《商颂》于周太师。"以为商诗。从此以后，《商颂》是宋诗还是商诗，两千余年来争论不息，至今无定论。本文无意评论两派争论之得失，要探索的只是——司马迁为什么认定《商颂》是正考父作，且是美宋襄公。本来在《史记》之前，《国语·鲁语下》载有闵马父语："昔正考父校商之名颂十二篇于周太师，以《那》为首。"《鲁语》明说"正考父校商之名颂"，诚如魏源所指出"夫'校'者，校其所本有"①，与"作"由无到有不同，考先秦、汉初典籍绝无"校""作"相通者。司马迁之所以认定是宋人正考父所作，是因为刘德刚献《毛诗》于朝廷，当时还未受到社会重视，司马迁或许还不曾读过，而他所习之《鲁诗》及已立学官的《韩诗》《齐诗》皆以为《商颂》是宋襄公时诗，因此也就没有深究，只是采用了当时通行的一种说法而已。由此竟造成两千余年的论争，这是他所始料不及的。尽管司马迁说《商颂》是正考父为美宋襄公而作，但还是相信它是商朝的可靠史料，特别点明正考父是"追道"，非自己杜撰，故在《殷本纪》中还加以采用。

① 见《诗古微》卷六《商颂鲁韩发微》。

　　三是孔子删诗说。《孔子世家》载"古者诗三千余篇,及至孔子,去其重,取可施于礼义……三百五篇孔子皆弦歌之,以求合《韶》《武》《雅》《颂》之音"。由于对这段记述的理解不同,两千多年来也一直存在争论,虽然至近代,不赞成孔子删诗的说法已为大多数研究者所接受,但支持"删诗说"者至今仍不乏其人①。关于"删"或"未删"的争论意见,无需罗列,也不是本文的任务,这里要说的只是对司马迁这段话的理解。我很赞同金德建《司马迁所见书考》中的说法,他认为"删诗"说是后人强加给司马迁的,"《史记》只说孔子曾经做过'去其重'工作而已,却不是所谓删诗",认为"'去其重'是指去掉《诗经》里重复的篇章",这就像刘向校《荀子》"凡三百二十二篇,以相校除复重二百九十篇,定著三十二篇"、校《管子》"五百六十四,以校除复重四百八十四篇,定著八十六篇"一样;进而又指出造成这一误会的最初是王充,《论衡·正说》:"《诗经》旧时数千篇,孔子删去其重,正而存三百篇。"此后陆德明在《经典释文序录》中说得更明确:"孔子最先删录,既取《周诗》,上兼《商颂》,凡三百一十一篇。""删诗"说至此已形成了,到孔颖达作《毛诗正义》便有了"马迁言古诗三千余篇,未可信也"的争议。以上金先生的观点是很有见地的,这里要补充说明的是:(一)从春秋时代外交赋诗、说话引诗的风气中,可以推测出当时诸侯国已有《诗》传本②;从比孔子稍晚的《墨子》引诗文字多不同,又可反证出孔子所见诸侯国不同抄本的《诗》,篇目大同小异,章次文字多有差别,所以他编选诗时要去掉十分之九,这与前文所言刘向编校《荀子》十存其一者相似,刘向称自己所作是"相校除复重",而不以为是"删"。准此,司马迁亦谓孔了是"去其重",而不说是"删诗"。(二)"取可施于礼义",非指诗的内容,而是指其乐章,后儒因为误解指内容,而一对照今本《诗经·国风》就不免引起困惑,产生无法解释的矛盾,其尤甚者如宋人王柏,竟然怀疑"今之三百五篇,非尽夫子之三百五篇",而要"削去淫奔之诗三十有一"(《诗可言集》)。其实"取可施于礼义"是就诗乐章而言,系指取《诗》乐章用之于礼义,而不是指编选诗的政治伦理标准。这可从两个方面得到证明:其一,从《史记》原文看,其下一段除几句说《诗》时代

---

①《河北学刊》1985年第6期《孔子删诗说》;《山东师大学报》1985年第6期《从〈左传〉看孔子删〈诗〉痕迹》;《杭州大学学报》1987年第1期《孔子删〈诗〉初探》等。

②拙著《诗经选注》"前言"。

外,便全是说《诗》的合乐问题,未涉及《诗》的内容①。其二,从《汉书》看,其《艺文志》说:"孔子纯取周诗,上采殷,下取鲁,凡三百五篇。"《礼乐志》又说:"王官失业,《雅》《颂》相错。孔子论而定之,故曰:'吾自卫返鲁,然后乐正。'"这是班固对司马迁"去其重"和"取可施于礼义"的理解,他既没有说到"删诗",也没有涉及孔子编选《诗》的政治标准,而完全是着眼于诗的乐章言之。班固这样说,是符合司马迁原意的,给我们正确理解《史记》"取可施于礼义"一段话作了提示。

关于司马迁与《诗经》的关系,所见的几种《诗经》研究史著作都没有专门述及,笔者以为,就其影响说,司马迁在《诗经》研究史上应占一席地位,故略整理于此,意在抛砖引玉。

[原载《人文杂志》1994年第6期]

---

① 《史记·孔子世家》原文照录于下:"古者《诗》三千余篇,及至孔子,去其重,取可施于礼义,上采契、后稷,中述殷周之盛,至幽厉之缺,始于衽席,故曰'《关雎》之乱以为《风》始,《鹿鸣》为《小雅》始,《文王》为《大雅》始,《清庙》为《颂》始'。三百五篇孔子皆弦歌之,以求合《韶》《武》《雅》《颂》之音。礼乐自此可得而述,以备王道,成六艺。"

欧阳修是开拓《诗经》文学研究的第一人

　　近读莫砺锋先生《从经学走向文学：朱熹"淫诗"说实质》一文（《文学评论》2001年第2期），深受启发。该文充分肯定朱熹《诗集传》研究的巨大贡献：其一，打破了《诗经》经学研究的樊篱，《诗集传》对《诗经》文本某些作品文学性质的解读与确认，"迈出了从经学转向文学的第一步"。其二，废弃小序成说，径从文本出发解读"淫诗"，识破"淫诗"真相，这是"千古卓识"。为后人正确认识《诗经》中爱情诗打下了基础，"值得在《诗经》史上大书特书"。

　　就此，我想说的是，朱熹的贡献固然"值得大书特书"，但欧阳修的首功也不可没！

　　欧阳修《诗本义》约写定于宋熙宁三年（1070），早于朱熹（诗集传）约一百二十年。《诗本义》写作宗旨诚如书名所示，就是要探求《诗经》诗篇的本义。何谓"本义"？ 他解释说："诗之作也，触事感物，文之以言，善者美之，恶者刺之，以发其揄扬怨愤于口，道其哀乐喜怒于心，此诗人之意也。"（卷一四《时世论》）诗人之意，当然也就是诗的本义。欧阳修在卷三《相鼠》"论"中指出："经义固常简直明白，而未尝不为说者迂回汩乱而失之弥远也。《相鼠》之义不多，直刺卫之群臣无礼仪尔。诗之意，言人不如鼠尔。"在卷一四《本末论》中再次强调有些诗"颇为众说汩之，使其义不明，今去其汩乱之说，则本义粲然而出矣"。检《诗本义》，可以清楚地看到，欧阳修要"去其汩乱之说"就是《诗序》《毛传》《郑笺》中一些谬误，其中批驳最多的是《郑笺》，所以梅尧臣《代书寄欧阳永叔四十韵》有"言《诗》诋《郑笺》"的句子。

　　当然，欧阳修探求诗本义的出发点，也与后来的朱熹一样是对《诗经》的经学研究，只是由于三百篇的本质是文学作品，欧阳修力求探知诗的本义，即诗人之意，因此不论其主观认识如何，客观上他所作的研究工作，在一定程度上是还《诗》本来面貌。欧阳修是北宋文坛领袖，一代散文大家、诗人、词人,是以文学的行家里手来研究《诗经》的,可以说,《诗本义》是第一部以文学大家身份写成的《诗经》研究著作。欧阳修把古今《诗经》研究概括为四个层面:诗人之意、太师之职、圣人之志、经师之业。所谓太师之职,就是指太师将采得之诗"播之于乐,于是考其义类而别之,以为风雅颂而次比之,以藏于有司,而用之宗庙、朝廷,下至乡人聚会";所谓圣人之志,则是指"孔子……正其雅颂;删其烦重,列于六经,著其善恶,以为劝戒";所谓经师之业,则是指汉以后诸儒的讲说。欧阳修既以经学家立场,把"圣人之志"看作"本",而"太师之职"与"经师之业"是"末",撕掉了《诗序》与毛、郑旧说的神圣面纱;更以文学家的眼光,把"诗人之意"提到"本"的首位。在他看来,"圣人之劝戒者,诗人之美刺是已",所以知诗人之意,则得圣人之志。诗人之意已是本中之本。由此他告诫《诗经》学习者:"今夫学者,求诗人之意而已。"(卷一四《本末论》)那么,如何求诗人之意呢? 欧阳修认为今日虽然不能就"从圣人而质焉",但"诗人之意具在也"。诗人之意具在《诗经》文本,求诗本义只有"因其言,据其文以为说,舍此则为臆说矣"(卷八《何人斯》)。《诗本义》中,欧阳修破旧说求本义的途径,归纳起来有三条:

第一就是以文本为依据。《诗经》文本是他评判前儒说诗得夫的标准,也是他推求"本义"的根据。在其书中,"直考其文"随处可见,请看:

1.《汝坟》中驳《郑笺》一系列谬说,最后归结到"诗文本无此意"。

2.《麟之趾》中斥"此篇序全乖",而毛、郑又"执序意以解诗","宜其失之远也",指出"直考诗文自可见其意"。

3.《草虫》中斥毛、郑释诗"枝辞衍说","皆诗文所无,非其本义"。

4.《相鼠》中指出"毛言居尊位而为暗昧之行","考诗无此意"。

5.《竹竿》中指出"据文求义,终篇无比兴之言,直是卫女嫁于异国不答而思归之诗尔"。

6.《女曰鸡鸣》中斥〈郑笺〉说诗"委曲生意","皆非诗文所有……而失诗本义"。

7.《有女同车》中谓"序言刺忽不昏于齐,卒以无大国之助至于见逐","今考本篇了无此语"。

8.《山有扶苏》中谓"序言刺忽所美非所美","考其本篇亦无其语"。

9.《东门之枌》中斥毛、郑解说"皆诗无明文,以意增衍而惑学者"。

10.《衡门》中指出:"自'泌之洋洋'以下郑解为任用贤人,则诗无明文,大抵毛、郑之失在于穿凿,皆此类也。"

11.《候人》中斥郑释诗增入"天无大雨"云云,"迂阔之甚,据诗本无天旱岁饥之事"。

12.《棠棣》中说"毛已衍而郑又从而为说",然"于诗无文"。

13.《天保》中对毛、郑释义失误一再强调"皆诗文无之""然诗既无明文,则为衍说""亦诗文无之"。

14.《湛露》中郑释二章、三章、卒章分别是燕同姓、庶姓、二王后者,欧阳修指出"诗既无文,皆为衍说"。

15.《正月》中批评"毛、郑说繁衍迂阔","皆诗无明文,二家妄臆而言尔"。

从上所引已可见出欧阳修《诗经》研究是把文本放在首位的。后人推崇朱熹所介绍的读《诗》经验:"某今亦只如此令人虚心看正文,久之其义自见""读诗唯是讽诵之功……都只将诗来讽诵至四五十过,已渐得诗之意"(《朱子语类》卷八〇)。事实上,早在一百多年前欧阳修已实践在前,并已取得可观的成果!

第二是把握文学特性:人情。欧阳修引王通《中说·关朗篇》说:"诗出于民之情性,情性其能无哉!"(卷一五《定风雅颂解》)从诗表现情性这一文学特性出发,他提出《诗经》的"诗文虽简易,然能曲尽人事,而古今人情一也。求诗义者,以人情求之,则不远矣。然而学者常至于辽远,遂失其本义。"其下,他举了《出车》中一个句例:《出车》开头说:"我出我车,于彼牧矣。"《毛传》谓"出车,就马于牧地";《郑笺》申述说:"出我戎车于所牧之地,将使我出征伐。"欧阳修指出"毛、郑谓出车于牧以就马",如只一、二辆车尚可,"若众车邪,乃不以马就车而使人挽车远就马于牧,此岂人情哉!"(卷六)《击鼓》中郑氏以为"执子之手,与子偕老"是卒伍之间的约誓,欧阳修驳之:"卒伍岂宜相约偕老于军中,此又非人情也。"(卷二)《女曰鸡鸣》"终篇皆是夫妇相语之事",而郑氏释次章"宜言饮酒,与子偕老"为"燕乐宾客而饮酒,与之俱至老"。欧阳修指出:"今遍考《诗》诸风言偕老皆多矣,皆为夫妇之言也。且宾客一时相接,岂有偕老之理,殊不近人情!"(卷四)

《诗本义》中"人情"的内涵是多方面的,既有上述所说的事理,也包括"物理"的内容。物理,本是指人对"物"的认识,自然也是属于人情范围。如《鹊巢》中欧阳修指出:"序言德如鳲鸠乃可以配,郑氏因谓鳲鸠有均一之德,以今物理考之,失自《序》始,而郑氏又增之尔。且诗人本义,直谓鹊有成巢,鸠来居尔。初无配义,况鹊、鸠异类,不能作配也。"《螽斯》中《序》谓"后妃子孙众多也。言若螽斯不妒忌,则子孙众多也",遂使毛、郑依此解诗,欧阳修指出:"蛰螽,蝗类,微虫尔,诗人安能知其不妒忌,此尤不近人情者。"(卷一)《甘棠》中"毛郑皆谓蔽芾,小貌",欧阳修指出甘棠树"能蔽风日,俾人舍其下",则"非小树也",因而改释"蔽芾,乃大树之茂盛者也"(卷一三《一义解》)。此释合乎物理、人情自不待言。

《诗本义》"人情"所指更多的则是"人之常情"。《四月》中驳毛、郑对"先祖匪人"句的释义说:

> 毛、郑于《四月》……以"先祖匪人"为作诗之大夫斥其先祖,此失之大者也。且大夫作诗,本刺幽王任用小人,而在位贪残尔,何事自罪其先祖,推于人情,绝无此理。凡为人之先祖者积善流庆于子孙而已,安知后世所遭者乱君欤?治君欤?今此大夫不幸而遭乱世,反深责其先祖以人情不及之事,诗人之意绝不如此!(卷八)

《日月》中郑氏释"日居月诸,东方自出。父兮母兮。育我不卒"四句为"庄姜尊庄公如父母,而遇我不终",而庄公是庄姜的丈夫,欧阳修质问道:"妻之事夫尊亲如父母,义无此理也!"(卷一三《一义解》)显然违背人情常理。类似者,诸如《节南山》斥《序》、毛、郑之失,"顿乖诗义,此不近人情之甚者"(卷七);《有駜》中指出:"如郑说则旧臣夙夜在公,而新来之士饮酒醉舞,此岂近于人情!所以然者,皆以委曲生意为衍说以自累也。"(卷一二)《关雎》中序谓"后妃之德",毛、郑则把"君子好逑"之"淑女"释为"三夫人以下",而不是文王后夫人太姒。欧阳修据此质问,既然《关雎》本谓文王、太姒,而终篇无一语及之,此岂近人情!古之人简质,不如此之迂也"(卷一)。《玄鸟》中指出:"毛谓春分玄鸟降,有娀女简狄配高辛氏帝,帝率与之祈郊禖而生契……古今虽相去远矣,其为天地、人物与今无以异也。毛氏之说以今人情、物理推之,事不为怪,宜其存之。而郑谓吞鸢卵而生契者,怪妄之说也。"(卷一三《取舍义》)这里以"人情"否定郑说,是因为欧阳修不懂得神话,《生民》中驳《毛传》也是如此。他说:"(毛)直谓姜嫄从高辛祠于郊禖而生子,则是以人道而生矣。且有所祷而夫妇生子,乃古今人之常事,有何为异? 欲显其灵,而以天子之子弃之牛羊之径及林间、冰上乎? 此不近人情者也。"(卷一〇)"人情"说贯穿《诗本义》全书始终。

第三以文理、文意做检验。《诗本义》重视文本,着眼于全诗,对《序》《经》《笺》说诗得失的权衡,往往从作诗"文理"角度加以分析。《野有死麕》中他说:诗三百篇大率作者之体不过三、四尔:有作者自述其言以为美刺,如《关雎》《相鼠》之类是也;有作者录当时人之言以见其事,如《谷风》录其夫妇之言,《北风》其凉,录去卫之人之语之类是也;有作者先自述其事,次录其人之言以终之者也,如《溱洧》之类是也;有作者述其事与录当时人语杂以成篇,如《出车》之类是也。然皆文意相属以成章,未有如毛、郑解《野有死麕》文意散离不相终始者。"毛、郑不是从三章诗整体出发解释诗义,而是三章"各自为说,不相结以成章","不成文理,是以失其本义也"(卷二)。考察文理、文意是《诗本义》突破旧说、求本义的重要手段。请看:

1.《卷耳》中指出:"以诗三章考之,如毛、郑之说(按指后妃为求贤而忧思),则文意乖离而不相属……前后诗义顿殊,如此岂其本义哉!"(卷一)

2.《北风》是写动乱中人们结伴逃亡的诗,欧阳修说"其虚其邪,既亟只且"两句"谓当亟去尔,皆民相招之辞。而郑谓在位之人故时威仪宽徐,今为刻急之行者,非也……若此,岂成文理"(卷三)。

3.《氓》中指出:"今考其诗一篇始终皆是女责男之语,凡言子、言尔者,皆女谓其男也,郑于'尔卜尔筮'独以谓告此妇人……上下文初无男子之语,忽以此一句为男告女,岂成文理!"(卷三)

4.《王·扬之水》中指出郑氏"以不流束薪,为恩泽不行于民",是"泥于《序》不抚其民,而不考诗之上下文义也"(卷三)。

5.《采苓》中"人之为言,苟亦无信。舍旃舍旃,苟亦无然"四句,欧阳修指出"以文意考之,本是为一事",即"戒献公闻人之言,且勿听信,置之且勿以然"，"而郑分为二：谓'人之为言'是称荐人，欲使见进用；'舍旃舍旃'是谤讪人，欲使见贬退者。考诗之意不然也"（卷四）。

6.《皇皇者华》中"周爰咨诹"句，毛、郑释"忠信为周，访问为咨，意谓大夫出使见忠信之贤人就之访问"。欧阳修质问："止一周字，岂成文理！若直以周为周详、周遍之周，则其义简直自明也。"（卷六）

7.《正月》中说："《正月》之诗十三章九十四句，其辞固已多矣，然皆有次序。而毛、郑之说，繁衍迂阔，而俾文义散断。前后错杂。"（卷七）

8.《巧言》中斥郑氏训"乱如此怃"之怃为傲、训"曰父母且"之且为"苟且"，"岂成文理"（卷八）！

9.《桑柔》中驳郑释"谁能执热，逝不以濯"两句是"厌乱之辞"，欧阳修认为这样理解"与下文意不联属，亦非诗义也"，其意当是"谓遭王暴虐，思得贤君以纾患"（卷一一）。

10.《酌》中驳毛、郑释"遵养时晦"句说"遵养当连言及时晦，共为一事，而毛、郑皆断'遵'一字独为一义，而'养时晦'又为一义。如此，岂成文理！"（卷一二）

《诗本义》对《诗经》"比"手法的认识也大大超越了前人。他在《鹊巢》中指出："古之诗人取物比兴，但取其一义比喻意。"按照"取其一义"的认识，纠正了《序》、毛、郑一些穿凿附会的释义。如《关雎》中毛释雎鸠"鸟挚而有别"，"挚"本指猛挚，郑氏不理解，遂释为"挚之言至也，谓王雎情意至"。欧阳修斥之："非也。鸟兽雌雄皆有情意，孰知雎鸠之情独至也哉？或曰：诗人本述后妃淑善之德，反以猛挚之物比之，岂不戾哉？对曰：不取其挚取其别也。雎鸠之在河洲，听其声则和，视其居有别。此诗人之所取也。"《螽斯》中他指出："诗人……所比者，但取多子似螽斯也。"扬弃了《弃》及毛、郑"若螽斯不妒忌"的胡言乱语。《氓》中"桑之未落"四句比喻，郑氏以为"桑之未落，谓其时仲秋也……鸠以非时食桑葚，犹女子嫁不以礼，耽非礼之乐"。欧阳修指出："此皆其失也。盖女谓我爱彼男子情意盛时，与之耽乐而不思后患，譬如鸠爱椹而食之，过则为患也。"《破斧》中指出："诗人引类比物，长于譬喻，以斧比礼义其事不类。"对《毛传》附会"礼义"之说予以否定。《鸿雁》中他说："诗所刺、美之事……《鸿雁》之诗云'鸿雁于飞，肃肃其羽，之子于征，劬劳于野。'以文义考之当是以鸿雁比之子，而康成不然，乃谓鸿雁知避阴就阳,喻民知就有道;之子自是侯伯卿士之述职者。上下文不相须,岂成文理!"《斯干》中又说:"诗之比兴,必须上下成文以相发明,乃可推据",而郑氏却随文为解,对第一章几句"比"的喻义,作了一些互不相干的阐释,欧阳修斥之:"独用一句而不以上下文理推之,何以见诗人之意?"

《诗本义》探求诗人之意,立足文本,梳理篇章,阐释词语,无不通篇文气贯通。自觉不自觉地运用了一些文学批语的方法,特别是其阐析本义,有的颇具文学鉴赏色彩。请看:

《葛覃》本义:

> 诗人言后妃为女时勤于女事,见葛生引蔓于谷中,其叶萋萋然茂盛。葛常生于丛木之间,故又仰见丛木之上,黄鸟之声喈喈然,知此黄鸟之鸣乃盛夏之时,草木方茂,葛将成就而可采。因时感事,乐女功之将作,故其次章遂言葛以成就,刈濩而为絺绤也。其卒章之义,毛、郑之说是矣。

《汉广》本义:

> 南方之木高而不可息,汉上之女美而不可求,此一章之义明矣;其二章云:薪刈其楚者,言众薪错杂,我欲刈其翘翘者,众女杂游,我欲得其尤美者。既知不可得,乃云:之子既出游而归我,则愿秣其马。此悦慕之辞,犹古人言——虽为执鞭,犹忻慕焉,是也。既述此意矣,末乃陈其不可之辞,如汉广而不可泳,江水而不可方尔。盖极陈男女之情,虽可见而不可求。

《北风》本义:

> 诗人刺卫君暴虐,卫人逃散之事,述其百姓相招而去之辞。曰:"北风其凉,雨雪其雱,惠而好我,携手同行"者,民言虽风雪如此,有与我相惠好者,当与相携手,冲风冒雪而去尔。"其虚其邪,既亟只且"者,言无暇宽徐当急去也。"莫赤匪狐,莫黑匪乌",谓狐、乌各有类也,言民各呼其同好,以类相携去。故下文云:"惠而

好我,携手同车"是也。

这类阐释"本义",书中比较多,虽然有的还未脱尽序的影响,但所解析的基本内容,与今人理解已大致接近。

这里要特别说明的是,虽然欧阳修只是对某些序持怀疑态度,没有彻底否定序,更没有像朱熹那样废序说诗,但并不能由此得出结论:在对待序的态度上,欧阳修落后于朱熹。事实上,朱熹虽然废序,但按照序说的意思解释诗旨仍然很多,姚际恒批评《诗集传》:"其从序者十之五,又有外示不从而阴合之者,又有意实不然之而终不能出其范围者,十之二三。"(《诗经通论·诗经论旨》)这样说也许有些夸大,但绝不是空穴来风,如《麟之趾》序谓:"《关雎》之应也。《关雎》之化行,则天下无犯非礼,虽衰世之公子,皆信厚如麟趾之时也。"朱熹《诗集传》竟对此深信不疑,他说:"序以为《关雎》之应,得之。"再对照看看欧阳修的认识,他说:"若序言《关雎》之应,乃是《关雎》化行,天下太平,有瑞麟出而为应。不惟怪妄不经,且与诗意不类。《关雎》《麟趾》作非一人。作《麟之趾》者,了无及《关雎》之意,……序之所述乃非诗人作诗之本意,是太师编诗假设之义也。毛、郑遂执序意以解诗,是以太师假设之义解诗人之本义,宜其失之远也。"(卷一)当然也不能反过来,仅凭此就全否定朱熹《诗集传》废弃说诗的贡献!

其次再谈欧阳修《诗本义》在爱情诗研究方面的贡献。

欧阳修首先肯定了"情欲心"的合理性,在《汉广》论中他说:"夫政化之行,可使人顾礼义而不敢肆其欲,不能使人尽无情欲心也。"他对一些爱情诗的解释颇值得注意,有的已拨开历代经师的迷雾,窥测到诗的真正情韵。如《静女》,欧阳修驳毛、郑说:第一章"据文求义,是言静女有所待于城隅,不见而彷徨尔,其文显而义明,灼然易见。而毛、郑乃谓正静之女自防如城隅,则是舍其一章但取'城隅'二字以自申其臆说尔";又释第二章:"不知此彤管是何物也?但彤是色之美者,盖男女相悦,用此美色之管相遗,以通情结好尔。"对郑释彤管是女史"笔之赤管"、毛释"彤管之法"不满,斥之"何其迂也"! 提示《静女》"本义"说:

彼姝然静女,约我而俟我于城隅,与我相失而不相见,则踟蹰

而不能去;又曰:彼安然静女,赠我以彤管。此管之色炜然甚盛,
如女之美可悦怿也;其卒章曰:我自牧田而归,取彼茅之秀者,信
美且异矣,然未足以此女之为美,聊贻美人以为报尔。

串讲诗意,一脉贯通,趣味盎然。足见朱熹《诗集传》对《静女》诗
旨的认定以及对"城隅"的诠释,在一百多年前欧阳修已有说在先,朱
说并无超越之处。

又如《东方之日》,欧阳修指出:"东方之日,毛、郑皆以喻君。而毛
谓'日出东方'人君明盛;郑谓其明未融,喻君不明。'东方之月'毛、郑
皆以喻臣:而毛亦谓月盛于东方,郑又以为不明。以诗文考之,日月非
喻君臣。"解释其"本义"说:

> 东方之日,日之初升也。盖言彼姝之子,颜色奋然美盛,如日
> 之升也。'在我室兮,履我即兮'者,相邀以奔之辞也。……下章之
> 义亦然。

再如《东门之枌》,他驳郑释"穀旦"为"朝日善明",指出"穀旦者,
犹今言吉日尔";驳毛释"南方之原"为"原,大夫氏",指出:原,为原野,
"当在陈国之南方也"。最后阐明其诗"本义"说:

> 子仲之子常婆娑于国中树下以相诱说,因道其相诱之语;当
> 以善旦期于国南之原野,而其妇女亦不务绩麻而婆娑于市中。其
> 下文又述相约以往而悦慕其容色,赠物以为好之意。盖男女淫奔
> 多在国之郊野。所谓南方之原者,犹东门之墠也。

在爱情诗的解读方面,欧阳修有较大的局限性,有些诗囿于《序》
而未达一间。如《野有蔓草》,他看出了《郑笺》引《周礼》仲春之月会男
女之礼是"衍说",指出:"此诗文甚明白,是男女婚娶失时,邂逅于野草
之间尔,何必仲春时也。"(卷一三《一义解》)但因《序》有"民穷于兵革,
男女失时"的话,他不免在正确的释义中加进"婚姻失时"以附会《序》
意。这就不及朱熹所说"男女相遇于野田草露之间"直接。又如《叔于
田》,他看出了三章诗意"皆爱之之辞也",而另一方面又惑于《毛传》释

"叔,大叔段"和《序》言"……国人说而好之"的话,把"爱"的对象说是"叔段",全弄错了诗旨。其他,如《采葛》《丘中有麻》《褰裳》《子衿》等诗,他对毛、郑一些错误的释义有正确的批驳,但归纳诗本义时又全落入《序》说窠臼,认为是政治诗而非爱情诗。即使如前文所引的《东方之日》,尽管他已认定是男女"相邀以奔之辞",但仍未能挣脱《序》说的束缚,最终还是将其主旨归结到"此述男女淫风,但知称其美色以相夸荣,而不顾礼义,所谓不能以礼化下也"。《静女》中也免不了有"礼义坏而淫风大行,男女务以色相诱悦,务夸自道而不知为恶,虽幽静难诱之女亦然"的道德宣判。与后来朱熹《诗集传》相比较,对爱情诗的正确解读,数量要少得多,认识上也有模糊之处,他没有摆脱以"美刺"说诗,没有认识到《诗集传序》所说的:"凡诗之所谓'风'者,多出于里巷歌谣之作,所谓男女相与咏歌各言其情者也。"正因为如此,所以他对有些爱情诗"本义"的阐述模棱两可,如说《野有死麕》"卒章遂道其淫奔之状曰:汝无疾走,无动我佩,无惊我狗吠",似乎认定是淫奔者自作,但同时他又说:"见其男女相诱而淫乱者恶之",又与《序》一样把这首诗看作是"恶其无礼"之作。又如前文所引《东门之枌》,他一面从淫奔者自述角度,阐明了其本义,一面又说是"陈俗男女喜淫风,而诗人斥其尤者"。类似这种对爱情诗作出自相矛盾的阐述,在《诗本义》中还有,从中生动地反映出经学家欧阳修与文学家欧阳修的矛盾。陆游说:"唐及国初,不敢议孔安国、郑康成,况圣人乎?"(《困学纪闻》(卷八引)这虽是说《书经》,而《诗经》研究思想的被禁锢,恐怕更有甚之。《诗序》《毛传》《郑笺》自汉代以来逐渐控制学界,加上唐代《毛诗正义》的推波助澜,说诗更陈陈相因,思想僵化,有谁敢越雷池一步!欧阳修虽是一位勇于疑古、有着创新精神的学者,但也不能一下子跳出《诗序》圈子,我们不能超越时代要求他。在爱情诗的研究方面,即使朱熹,尽管其前一百多年以来,已有欧阳修、苏辙、郑樵等披荆斩棘在前,仍不免对有的爱情诗的认知存犹疑态度,如前面说过的《叔于田》,《诗集传》中一面遵循旧说"段不义而得众,国人爱之,故作此诗";一面又"或疑此亦民间男女相悦之词",举棋不定。可见,《诗经》研究每迈进一步多艰难!欧阳修《诗本义》是第一部挑战《诗序》、毛、郑旧说的著作,著者虽然没有明确提出《诗经》中有"男女情思之辞",亦即朱熹所认定的"淫诗",但以慧眼卓识和超人的勇气,首先打破了《序》与毛、郑说诗的一统天下,从文学角度探求了某些诗的本义,在爱情诗的解读方面,也冲破了旧说樊篱,并提供了这类诗的说解范例,为后人《诗经》研究打开了新思路,朱熹对"淫诗"解读,无疑是在《诗本义》基础上的发展,有的甚至是直接取自《诗本义》之说,如《静女》等,这是无可争辩的事实。因此,我们在对朱熹"淫诗"说价值重估的同时,对欧阳修《诗经》文学研究筚路蓝缕之功也应充分认识。

[原载《安徽师范大学学报》(人文社会科学版)2002年第1期]

戴震《诗经》研究的贡献

一

戴震是乾嘉学派朴学大师,其于经学、音韵、训诂、天算、地理、哲学等都有重要贡献,他的著述,近年整理出版的《戴震全书》一百九十多万字。在经学方面,他对多种经书都有研究,其中治《诗》用力最多,从青年直至晚年,始终未间断,涉及《诗经》学诸多领域,在乾嘉学派中成就最高。

戴震的《诗经》著述,为世人所熟悉的只是《毛郑诗考正》和《杲溪诗经补注》,由于《补注》只成《周南》《召南》两部分,因而有的学者深为惋惜,为这位会通考据之学与义理之学的大师未留下《诗经》全注感到遗憾①,其实,据段玉裁《戴东原先生年谱》著录,早在乾隆十八年(1753)戴震三十一岁时,就已完成了《诗经》全注:"是年,《诗补传》成,有序,在癸酉仲夏。"只是没有将此公之于世而已。戴震著述强调"十分之见",他在《与姚孝谦姬传书》说:"所谓十分之见,必征之古而靡不条贯,合诸道而不留余议,巨细毕究,本末兼察。"按照这一严格要求,他自认为《诗补传》还不够公之于世的标准。当时学者是仲明曾向他索求书稿一阅,他便以"此书尚俟改正,未可遽进"为由加以拒绝,只肯以《诗补传序》与"辨郑卫之音"一条"呈览"(《与是仲明论学书》)。段玉裁在《戴谱》中曾这样说明:"今《二南》著录,而《诗补传》已成者不著录。先生所谓'每憾昔人成书太早,多未定之说'者,于此可见。"所以《诗补传》一直未能刊行,但由于戴震名气太大,景仰其学术成就之人多,《诗补传》还是悄悄在一定范围内流传,乾隆四十一年(1776)戴震

---

① 梁启超《中国近三百年学术史》:"戴东原辈虽草创体例,而没有完书。"

为王千仞《诗比义述》作序时,发现王书中引用了《诗补传》若干条,故戴氏说:"不知先生何由见震原书,择其合于比义若干条,俾得以名附大著中。"不唯如此,戴氏还曾见"有袭其说以自为书刊行者"。足见在戴震生前,《诗补传》已在学者中产生了影响,尽管作者本人认为此书不成熟,尚束之高阁。正因为《诗补传》成书二百多年未刊行,今人或误认为此书已失传,或以为即《杲溪诗经补注》①。近年,我们整理《戴震全书》时,才发现北京图书馆所藏清抄本《戴氏经考》②,即《诗补传》。该书二十六卷,正文前有"序"与"毛诗目录",全书完整无缺。整理者根据《戴震文集》所载《毛诗补传序》改《戴氏经考》为《毛诗补传》,按作者原定书名。《毛诗补传》的整理与出版,使我们得以窥见戴震治诗全豹,这是《诗经》学界一大幸事。

戴震治《诗》著述,前已言及的《毛郑诗考正》四卷和《杲溪诗经补注》二卷,皆出自《诗补传》。《诗比义述序》戴氏称:"昔壬申、癸酉岁,震为《诗补传》未成,别录书内辨证成一帙。"此"一帙"即是,故段氏《戴谱》说其"初名《诗补传》"。后书是《诗补传》修订本,作于乾隆三十一年,体例一仍其旧,因只成"二南"部分,所以《清史稿·艺文志》径称作"《诗经二南补注》"。另外戴氏《经考》卷三、《经考附录》卷三皆是专门研究《诗经》的著作,所考《诗经》诸问题,如"六诗""小雅大雅""四始""乐章""诗之编次""诗篇""删诗"等二十多个问题,与《诗补传》多有联系,有些问题《补传》已论及,只是不如《经考》及其《附录》详细而已;同时其批判态度亦较《诗补传》激烈,如《附录》"诗之编次"中对程颐挖苦道:"程子所论《诗》之先后,与《易》之《序卦传》相似。然要空文附会于经,无当也。以大儒尚为此等言论,读之若无甚阻碍,存之以见《易序卦传》之不可易信亦由是也。"还有《经雅》中一、二、四、五部分也多半是关于《诗经》"鸟虫草木"的内容,这是一部未成稿,故博物内容不全,未涉及鱼、兽。不过,我们已能从中见出此书与《诗补传》的密切关系。足见,戴震《诗经》研究是有庞大计划的,而《诗补传》则是这个计划的第一部著作,虽还是未定稿,但却是戴震《诗经》研究系列著作的基础,其学术价值之高无需多言。

---

① 梁启超《戴东原著述纂校书目》。
② 《诗补传》之所以题名《戴氏经考》,叶德辉说:"盖当时本拟为群经考,成,故存其原题。"

二

戴震生活在清朝前期,是封建社会最后的"盛世"。文人一方面受到文化专制的严格控制,一方面又在统治者倡导和笼络下进行一些学术活动,其中特别是古文献的整理、研究更是盛极一时,其成就也是空前的。《诗经》作为先秦最重要的典籍之一,包含着丰富的内容,是我国古文化的渊薮,因而也自然成了当时考据家潜心研究的首选课题,有影响的诗学新著一部接一部出现。戴震治《诗》正是在这一时代浪潮推动下进行的。无疑,我们要恰切评价戴震《诗经》研究的贡献,便不能不对清朝前期诗学界情况有所了解。

朱熹《诗集传》面世后,便以其明快的说解和渗透其中的名教纲常的正统思想,逐渐得到学者们的尊奉和统治者的认同。自元延祐定科举法起,《集传》用以取士,成为《诗》权威教本,学者不敢有异议,完全取代了《毛传》《郑笺》《毛诗正义》的地位。这种情况,一直持续到清初才有变化。随着康熙钦定《诗经传说汇纂》、乾隆钦定《诗义折中》的颁布,《集传》虽仍用以取士,但已失去了独霸的地位。两部分钦定《诗经》,或"《小序》《集传》,斟酌持平",强调不废旧说。"以存古义";或"大旨据毛、郑,溯孔门授受之渊源,使事必有征,义必有本",倾向汉诗学已很明显。同时四库馆臣多汉学家,说诗宗郑,对南宋以来诗学颇多不满,在《毛诗正义提要》中说:"宋郑樵恃其才辩,无故而发难端。南宋诸儒始以掊击毛、郑为能事……遂并毛、郑弃之。"对朱熹说诗虽然留有余地,但所肯定的也只是朱注"训诂用毛、郑居多"而已,实质仍不过是借此抬高汉学。所以清初至戴震所处时代,毛、郑诗说复兴并占据了主导地位,而以朱熹为代表的宋诗学则遭到排斥、批判,已失去了昔日的光彩。这是就当时诗学界的大势而言,如果深入考察,还可发现,宗毛、郑学者尚有差异,大抵可分为两派:

一派是坚决排斥朱熹《集传》。著名学者有朱鹤龄、陈启源、毛奇龄、阎若璩等。朱鹤龄《诗经通义》力驳废弃之非,说诗以毛郑为准则,完全抛弃朱说;陈启源《毛诗稽古录》进而诠释一准《毛传》,排斥朱传并大到所有不遵《毛传》者;毛奇龄《白鹭洲主客说诗》《续诗传鸟名》与阎若璩《毛朱诗说》也都是非难朱熹说诗的,其中以毛最激烈,可谓吹毛求疵，攻朱不遗余力。后来，戴震弟子段玉裁加入了这一派，他在《毛诗故训传》"题辞"中宣称："夫人而曰治《毛诗》，而所治者乃朱子《诗传》，则非《毛诗》也……有其名，而无其实。然其《毛诗故训传》三十卷之编，乌可以已也？"

　　另一派则是调停毛朱。著名学者有钱澄之、惠周惕、严虞惇、范家相、姜炳章、顾镇等。钱澄之《田间诗学》兼采毛、郑、孔、朱、二程乃至何楷；惠周惕《诗说》于毛、朱无所偏主，一任己意去取；严虞惇《读诗质疑》、范家相《诗瀋》、姜炳章《诗序补义》、顾镇《虞东学诗》也大体是兼采毛、朱二家，间附己意，但较之钱、惠，则稍偏向毛氏。如姜炳章说："古序为国史之定论，学诗津梁，《集传》集诸儒之大成，取士正鹄。《集传》未安，宁安古说。"（《诗序补义总论》）戴震诗说就是在这一诗学背景下产生的，明显有着这一时代潮流的特征，又有着自己独特之处。

<h2 style="text-align:center">三</h2>

　　戴震治《诗》不主一家，惟是是从。其态度与钱澄之、惠周惕近似，或者说更为平允。周中孚《郑堂读书记》曾对其《毛郑诗考正》作了这样评价："是书于《毛传》《郑笺》无所专主，多自以己意考证。或专摘《传》《笺》考证之，或专摘一家考证之，或止摘经文考证之。大都俱本古训古义，惟求其是。"前面已说过，《考正》本是从《补传》抽出来充实成书的，戴震其他《诗经》著作也是以《补传》为基础的，所以周氏的评价也适用于戴震其他《诗经》著作。在《补传》中，"不主一家，惟求其是"的特点表现最为突出，仅以其"国风"部分而论，引证的著作，除毛、郑、孔、朱外，还有刘瑾、张子、辛伯、沈守正、顾梦麟、王应麟、吕祖谦、严粲、程颐、郑众、曹粹中、范处义、陈鹏飞、谢枋得、郭璞、陆玑、罗中行、姚舜牧、郝敬、王志长、季本、张彩、欧阳修、李樗、薛志学、赵一元、董彦远、苏辙（以在书中出现先后为序）等近三十家说诗，对《韩诗》也不排斥，有多处引证，这就不只是周氏所说："《毛传》《郑笺》不专主"而已。当然反过来，其批判也是这样，无所顾忌，《毛传》《郑笺》《孔疏》朱《集传》一概不能幸免。如《召南·草虫》："喓喓草虫，趯趯阜螽。"《毛传》释"草虫，常羊也；阜螽，蠜也"，戴氏指出："《周南》'螽斯'，《豳》'斯螽'，《毛传》皆云'蚣蝑也'。毛氏之说本于《尔雅》……详考之诗，乃知

《尔雅》此条不足为据，诗只言螽，未尝分别其种类，草虫本无定指。阜，大也。斯，辞助。"又如《召南·小星》既斥"《毛传》'裯，禅被也'，于古无考"，又驳《郑笺》"裯，床帐也"之训不当，他以为"裯，短衣也，或谓之汗襦，或谓之袛裯"。又如《周南·芣苢》"薄言有之"句，《毛传》释"有，藏也"，《集传》释"得之也"。戴震都不取，认为"有之，觊其有也"，与上"采之，往取也"相承接，似较毛、朱更显豁。又如《周南·樛木》："南有樛木，葛藟累之"，《毛传》不释"藟"字，《集传》说是"葛类"，而戴氏根据《方言》郭璞注，释"藟"为"藤"，指出此系古今语。此释后为胡承珙所接受。戴震训诂纠正毛、郑、朱之失，独标新意处颇多，往往能给后人以启发。如《邶·泉水》末章"我思肥泉，兹之永叹"《郑笺》："兹，此也。"《毛传》《集传》无释，实际亦是作常解"此"义。戴震力排众议，指出"兹、滋古字通"，后来陈奂、马瑞辰皆取戴说。又如《邶·静女》："俟我于城隅"《毛传》："城隅以言高而不可逾。"《郑笺》："自防如城隅。"戴震驳之："《传》《笺》皆就城隅取义，非诗意也。"下引《考工记》及许慎古《周礼》说为证，说明"城台"为之"城隅"，有定制，"台门以其四方而高，故有城隅之称，言'城隅'，以表至城下将入门之所也。"也为后来陈奂等人所接受。再如《邶·匏有苦叶》"深则厉"之厉，戴震不取《毛传》"以衣涉水为厉"之说，《说文》引《诗》作"砅"，释为"履石渡水也"，认为"深则厉，浅则揭"，说的是"浅水褰衣而过，稍深必有厉乃可过。"《卫·有狐》"淇梁""淇厉"并举是其证。这也不失为一说。当然，戴震训诂所立新见，不一定全正确，有的后人并不赞同，如上释"厉"，他的弟子段玉裁在《说文》"砅"下注就有异议，但戴氏的考据皆凿凿有声，有迹可寻，绝无凭空立说之嫌。

在戴震之前，对《毛传》名物制度很少有人非难《毛传》的，而戴氏却敢于独抒己见。如《周南·卷耳》"我姑酌彼金罍"句，《毛传》为牵合文王，故言"人君黄金罍"，戴氏不以为然，说"金者，五金之统名"，否定了毛说。又如《卫·淇奥》末章"猗重较兮"。戴氏谓：舆有较有式，皆车阑上木。式卑于较，以便向前有事。式，所以下纳辀版，撗车前三面，其深三分隧之一。较，所以下纳辀版，撗本后两帝，其深三分隧之二，即较之长。式崇三尺三寸，较崇五尺五寸。重较，左右两较，望之而重也。毛氏谓"重较，卿士之车，因诗傅会尔，非礼制也"。类此精审的考证，其书中随处可见。钱大昕赞"其学长于考辨，每立一义，初若创获，及参互考之,果不可易"(《戴先生震传》),于此可见一斑。

戴震《诗经》研究从总体说,其最着力处,还是对诗旨的探讨。他的《诗补传》及修订的《补注》体例一致,每篇题后皆是总述诗旨,如同《诗序》,先简洁概括题旨,再略作说明。从表面看,戴震所述诗旨,多数都有《毛序》的影子,有的甚至直接引用《毛序》,似乎较朱熹《集传》退步,实际并非如此。我们略加分析,便可发现,朱熹《集传》虽不用《毛序》,但有些诗暗地却附会其说,这是许多研究者的共识,崔述就曾指出:"余独以为《朱传》诚有可议,不在于驳序说者之多,而在从序说者之尚不少……朱子既以为揣度附会矣,自当尽本经文,以正其失。何以尚多依违于其旧说?"(《读风偶识序》)崔氏的确提示出了《集传》说诗的一大特点。试以首篇《关雎》为例:朱熹企图修正《毛序》"《关雎》后妃之德也……乐得淑女配君子"云云,而改为"周之文王有圣德,又得圣女姒氏以为之配。宫中之人,于其始至,见其幽闲贞静之德,故作是诗。"较《毛序》更坐实,与诗意并不合。戴震修正《毛序》则与朱说不同,他说:"《关雎》三章,求贤妃也。其次曰'求之不得',难之也。难之也者,重之也。盖周初作之以为房中之乐。南、豳、雅、颂,固有专为乐章,非咏时事者。"戴与朱不同之处,就在于虚化史事,泛言"求贤妃",并明确指出此"非咏时事"。所以,戴氏说诗,有些虽与《序》相近,但附会历史的内容却往往会抹去,改为泛泛而言。这是其说诗的一大特征。如《毛序》谓:"《汝坟》道化行也。文王之化行乎汝坟之国,妇人能闵其君子,犹勉之以正也。"朱《集传》为牵合《序》,释第二章"父母孔迩"句之"父母,指文王也"。戴氏既不满《序》"勉之以正"的说法,明白指出"余以谓非勉也,体其志而歌以慰之也",诗主旨就是"妇人慰其夫从征役之劳也";同时又批语朱熹:"《集传》曰'父母,指文王也',余以谓此妇人也,知家父母之为亲也,径省其辞曰父母而已,未知其指文王也。"删除了史实附会,说解也就通达多了。还有的,戴氏尽管是申述《序》意,但却渗透了自己的理解。如《木瓜》诗,《毛序》:"美齐桓公也。卫国有狄人之败,出处于漕。齐桓公救而封之,遗之车马器服焉。卫人思之,欲厚报之而作是诗也。"戴氏申其意说:"余曰:诗之意,盖以薄施犹当厚报,欲长以为好而不忘,况齐桓之于卫,有非常之赐乎! 卫诗终《木瓜》,可为施者报者劝矣。"尽管还是旧说,但融进了"薄施厚报"的普通人情世故,这样理解不失为一说。又如《野有蔓草》,《序》谓"思遇时也",戴震修正曰:"此思见贤者之辞,庶几邂逅遇之也。"较序更接近文本。戴氏说诗也有些是驳《毛序》的,如《驺虞》,《序》说:"《驺虞》,《鹊巢》之应也。《鹊巢》之化行,人伦既正,朝廷既治,天下纯被文王之化,则庶类蕃殖,蒐田以时,仁如驺虞,则王道成也。"朱熹对《序》《传》"仁如驺虞""驺虞义兽"之说,深信不疑,以为"其必有所传矣"。而戴震不信《序》,指出:"《毛传》:'驺虞,义兽也。白虎黑文。《尔雅》未闻也。"他以为:"驺,趣马也;虞,虞人也。"本诗"于《驺虞》见春蒐之礼也,除田豕也。君举其礼,驺虞、虞人供其命,民乐而歌其事。"无疑较《序》说是一大进步。又如《击鼓》,《序》谓"《击鼓》,怨州吁也。卫州吁用兵暴乱,使公孙文仲将而平陈与宋,国人怨其勇而无礼也。"戴震辨之曰:"州吁之曰促矣,三月弑桓公,九月杀之于濮,城漕之役未有闻焉。夏,宋、卫、陈、蔡伐郑,围其东门,五日而还。秋,鲁、宋、卫、陈、蔡复伐郑,败郑徒兵,取其禾而还。诗何以云'不我以归''于嗟阔兮'也? 州吁之后六十年至戴公,《左氏》云'庐于曹焉'。《诗序》亦云'野处漕邑焉''露于漕邑焉'。岂其己城而云然? 以是知《击鼓》为州吁事不审信也。"他就诗论诗,以为《击鼓》一章言从征之危也。二章言逾时不归也。三章言息而失伍也。四章言室家之情也。五章言死亡之惧也。与今人有的注本所概括的诗意已近似。戴震治《诗》的成就不限于训诂、诗旨阐发方面,对一些历来有争议的《诗经》学问题,也发表过一些有参考价值的意见。如在《补传·毛诗目录》中他对"赋比兴"就有这样的阐述:"赋、比、兴也,特作诗者之立言置辞,不出此三者。若强析之,反自乱其例。盖情动于中而形于言,何尝以例拘? 既有言矣,就其言观之,非指明敷陈,则托事比拟;非托事比拟,则假物引端。引端之辞,亦可寄意比拟,比拟之辞,亦可因以引端。敷陈之辞,又有虚实、浅深、反侧、彼此不同,而似于比拟、引端,往往有之。此三者在经中,不解自明;解之,反滞于一偏矣。"这段话明确指出:赋、比、兴的运用,是根据诗人抒发情感的需要,都是出于自然,诗人并没有特意用这种而不用那种方法,所以读诗的人也不必一一指明它;不然,反而会陷入片面理解。对此,我们稍加分析便可发现,戴氏所言针对性很强,是不指明地批评《诗集传》。在该书里,朱熹每章诗都注是赋、是比、是兴,有的还用"兴而比""比而兴"或"赋而比""赋而兴"等。这样画蛇添足,确如戴震指出的"反滞于一偏矣"。在《毛诗目录》中还对"郑声淫""诗之正变""诗之世次""鲁颂""商颂"都发表了自己的看法;在《经考》及《经考附录》中对《诗经》学二十多个问题一一作了详细考查,颇有独到见解,对后人很有启发,因文长另立篇,兹不赘述。

<h1 style="text-align:center">四</h1>

戴震以考据之学名世,他为学强调"不以人蔽己,不以己自蔽"(《答郑文用牧书》),惟求其是,王昶称其治经"在一事必综其全而核之,巨细毕究,信乃有征"(《戴东原先生墓志铭》)。在考据学方面作出了重要贡献,戴震对自己治《诗》有一段说明:

> 今就全诗,考其字义名物于各章之下,不以作诗之意衍其说。盖字义名物,前人或失之者,可以详核而知,古籍具在,有明证也。作诗之意,前人既失其传者,非论其世知其人,固难以臆见定也。姑以夫子之断夫三百者①,各推而论之,用附于篇题后。

通观戴氏治《诗》著作,其采用的考据方法,有许多值得我们借鉴的,其中有两条最为突出,为说明问题方便,姑且称之为:一是罗列比较法;二是以诗证诗法。前者是指,研究某问题,为"本末兼察",先罗列历代有代表性的说法,然后分析比较,断以己意;或"罗列事项之同类者为比较研究,而求得其公则"(梁启超语)。这是戴震惯用的方法,就其治《诗》著作而言,这类反复参证以求其是的例子很多,《经考附录》卷三几乎全卷是。后者是为纠正治《诗》者常见的"缘辞生训"之弊病,特将《三百篇》中同一语词或某种句式收集在一起,以求其确解。在《毛郑诗考正》中他指出:"其字义,推之经中有通证,庶少差失。说者往往缘辞生训,偏举一隅,惑滋多于是矣。"他无论是求证某一字义或数字同义,还是校订讹字或句式结构,都不少于三个例证以上,多则有十余个,如《文王》首章"有周不显,帝命不时",《传》视二"不"字为发

---

① 指孔子所言"《诗三百》,一言以蔽之,曰:思无邪"。

声,《笺》意谓"反言",戴震批评"《传》《笺》各缘词生训,失其本始",他列举《桑扈》中"不戢""不难""不那",《生民》中"不宁""不康",《清庙》中"不显不承",并联系古人金石铭刻,证成"古字丕皆作不",《清庙》"不显不承"即《书》"不显不承"。又如《宾之初筵》"有壬有林",戴氏联系《诗经》中"有蕡""有莺"之类,指出"并形容之词",其意是"壬壬然盛大,林林然多而不乱",把"有×"式构词理解为等同"××"重叠其后加"然"字,作为形容词用,这是很有见地的。以诗证诗,从《诗经》文本内去寻求解释,后世治《诗》者多采用,避免了随处易解的毛病。戴震治《诗》的方法值得我们学习,这里仅是粗略叙及,非专门研究,不免有举轻遗重之失。

戴震《诗经》研究的贡献是多方面的,在《诗经》研究史上的定位,可以说是由朱熹《诗》学向姚际恒、崔述《诗》学过渡的中间位置上。

[原载《第三届诗经国际学术研讨会文集》]

《诗经》中"天""帝"名义述考

一

　　《诗经》中含"天"字诗句165个,共有166个"天"字,另诗题中有3个"天"字未计。这些"天"字,除去与其他字组成双音词的(放在下节谈),单个使用的有90个。它的使用意义:一是指自然存在的天,大体相当日常所说的"天空",如:《唐·绸缪》"三星在天"。《毛传》:"三星,参也。在天,谓始见东方也。"东方,即指东方天空。《小雅·采芑》"其飞戾天"。戾,至也,谓隼飞至高空。《小雅·北山》"溥天之下",即广阔的天空之下。《小雅·大东》"维天有汉",是空中有条银河。《大雅·棫朴》"倬彼云汉,为章于天"。倬,大也。章,文采。这里是说宽阔的银河为天空增添了光彩。《大雅·崧高》"崧高维岳,骏极于天","骏",三家诗作"峻",形容崧山高耸天际。这类指自然天的共有16个"天"字,约占单个使用的"天"字18%。二是指有意志的天,即人格天,大体包括"天意""天命"的意思。如《邶·北门》"天实为之",诗人把自己困厄处境"委于大命也"(王先谦《诗三家义集疏》)。《小雅·天保》"天保定尔",意谓天安定你。陈奂说:"臣下美君上,以推本于天之所命。"(《诗毛氏传疏》)《大雅·大明》"天难忱斯",谓天命难信。《大雅·假乐》"自天申之",《郑笺》"用天意申敕之",《周颂·我将》"维天其右之",言天意佑助大周。但有的"天"字虽也是指人格天,却又与一般说的天命、天意不同,如《小雅·正月》"视天梦梦"、《大雅·大明》"俔天之妹"、《小雅·下武》"三后在天"、《周颂·思文》"克配彼天"等,这四句中的"天"字皆不可直解为"天命""天意"。第一句《毛传》释作"王者为乱梦梦然",认为是以天昏乱影射周王;第二句《郑笺》谓"尊之如天之有女弟",段玉裁《说文注》在"俔"字下云"犹言竟是天之妹也",至于"天"所指则无明确解释,

《鄘·君子偕老》"胡然而天也"之"天"当与此句"天"所指相同;第三句《毛传》只释"三后,太王、王季、文王也",不释"天"字。《郑笺》谓"此三后既殁登遐,精气在天矣",他把这句中"天"作为与"人间"相对的处所看待,《大雅·文王》《周颂·桓》中"于昭于天"之"天"与此同。这里要指出的是,"三后在天"这类"天"字虽然指处所,但与后世所说的"天宫""天堂"不同,因为它本身是有知觉的,《大雅·大明》谓"天监于下",《郑笺》指出此言"天监视善恶于下",说的正是"天"由上监视下的知觉;第四句前是"思文后稷",故《毛传》理解为"周公思先祖有文德者后稷之功能配天"。所谓"配天",是指南郊祀天以周始祖后稷陪同受享。《礼记·祭法》"周人……郊稷"。郑玄注"祭上帝于南郊曰郊"。依郑玄注,此"克配彼天"之"天"当指上帝。而陈奂则曰:"以人神配享天地,盖以天、地、人为三才,圣人与天地合其德,故可以配之也。"陈奂引《易系辞》为说,似把此句中的"天"看作如同今人所谓之"自然神"。从上述可见,周人既把"天"神化,又对神化的"天"认识模糊,弄不清其是什么,故后人的解释也因此而有分歧。《大雅·文王》中说:"上天之载,无声无臭。仪刑文王,万邦作孚。"载,事也。孚,信也。意思说:上天的事情,听无声闻无臭,无法知其详。只有以文王为典范,才能得到诸侯国信赖。这等于宣称:天命难把握,可靠的是自身作为,即向文王学习。终于从天上回到人间,注重人事,强调德行,把虚幻的"天命"注入现实内容。

二

与其他字组合双音称谓的"天",如苍天、昊天、上天、皇天、旻天、天子、天华、天步、天下等,共有76个,就其使用考察,也不外乎是指自然天与人格天两类。以下就这些双音称谓的"天"分别加以研究。

先说"苍天",共出现8次,涉及三首诗[①],都是指人格天,却不是敬天、畏天,而是对天呼告,诉说诗人心中的懊恼、不平或愤激,向天讨公道乃至责问。请看《王·黍离》:

---

① 《天保》《天作》《昊天有成命》。

> 知我者谓我心忧，不知我者谓我何求，
> 悠悠苍天，此何人哉！

《唐·鸨羽》：

> 王事靡盬，不能蓻稷黍，父母何怙？
> 悠悠苍天，曷其有所？

《小雅·巷伯》：

> 骄人好好，劳人草草。
> 苍天苍天，视彼骄人，矜此劳人。

　　第一首姑且撇开旧说本事，仅从字面看，诗人为社会上一部人对他误解而气愤不已，但又无可奈何，只得询问苍天：这是些什么人？言外指这些人不可理喻。中间一首最明晰，诗人为长期劳役不能种庄稼，无法养活父母而呼吁苍天，祈求给他指明一个能安居的处所。后一首是忧惧谗言的诗。骄人，指进谗而得志的人；劳人，指遭谗而忧心忡忡的人。诗人面对不公平的现实，叫苍天睁眼瞧瞧人间。显然含有指责"天"不明察的意思。《秦·黄鸟》"彼苍者天"，把"苍天"拆开使用，其语境与表达的情感同上面三首无异。秦穆公用子车氏三子殉葬，诗人因无法挽救这三位杰出人才而责怨："彼苍者天，歼我良人！"言辞激愤以此首为最。《毛传》说"苍天以体言之"，所谓"体"，就是"据远视之苍苍然也"（《王·黍离》传）。可见，"苍天"的称谓只是就远望天体颜色而言，不带有任何神秘、尊崇的意味，上面四首诗的使用就是证明！

　　次说"昊天"，共出现27次[①]，《风诗》中没有，涉及《雅》《颂》诗12首。何谓昊天？《毛传》："元气广大则称昊天。"元气，本是中国古代哲学概念，一般指产生万物的一种原始物质。这一命名，与"苍天"不同，是着眼于"天"的功能。称"昊天"，无疑反映了周人对"天"的生杀予夺威力的敬畏。如《周颂》的《昊天有成命》和《时迈》神圣地宣告"昊天有

---

①《小雅·雨无正》"旻天"乃"昊天"之误，已成定论，故计在"昊天"数内，"旻天"中不计入。

成命,二后受之""昊天其子之,实右序有周",对昊天把天下交付给文王、武王,又把武王当作儿子看待,保护大周,其对昊天崇敬之情可想而知。然而,考察全部"昊天"称谓,如此热烈颂扬的仅这两首而已;除少数一般陈述,如《大雅·云汉》第八章"瞻卬昊天,有嘒其星",说仰望浩空,繁星闪烁,暗示是晴天。这不妨看作指自然天;还有《大雅·板》第八章末四句:"昊天曰明,及尔出王(往)。昊天曰旦,及尔游衍。"联系前四句,其意是说昊天明鉴,紧随着你,无所不在,不可放纵。这是陈述天威以示警告。此外则全是怨责"昊天"滥施淫威,降下祸患。其中既有个人的不幸,也有国家的灾难。前者如《蓼莪》,诗人为父母早逝不能报答养育之恩而呼喊"昊天罔极",朱熹谓此"无所归咎而归之天也"。属于后者国难内容的诗篇较多,如《小雅·节南山》因"乱靡有定"而申斥昊天"不吊(善)""不佣(均)""不惠(爱)""不平";《大雅·桑柔》因心忧"瘼此下民"而责怨"倬彼昊天,宁不我矜",此"我"当为"我们"即"下民"。也有的是在大动乱的政治背景下联系自己的遭遇而怨昊天,如《小雅·巧言》第一章:

> 悠悠昊天,曰父母且。
> 无罪无辜,乱如此幠(大)。
> 昊天已威,予慎无罪。
> 昊天大幠,予慎无辜。

周人从西周前期到西周后期、东周初年对"昊天"的态度由歌颂演变为责怨,这一反差是时世变迁使然。西周自懿王以后逐渐衰败,厉王被国人流放,宣王力图复兴,但亦无法挽回内外交困的颓势,至幽王则已走向彻底覆灭。周人无法接受这一从"昊天其子之"到"浩浩昊天,不骏其德,降丧饥馑,斩伐四国"(《小雅·雨无正》)剧变,因而把一切罪过归之昊天,"元气广大"的昊天终于在他们心目中塌下了。

再说"皇天""上天"与"旻天",这些出现较少。"皇天"仅2次,一见《大雅·抑》:"肆皇环顾弗尚,如彼泉流,无沦胥以亡。"陈奂疏曰:"肆皇天弗尚(佑),祸乱日生,如泉水之流,滔滔不返。周之君臣将相率而厎(至)于败亡也。"另见《周颂·雝》:"燕及皇天,克昌厥后。"这首是禘祭文王所歌,以上两句言文五安邦之德上达皇天,能使天保佑子孙昌盛。《毛传》曰"尊而君之则称皇天",前所举《雝》与《毛传》所说合辙,而《抑》只是一般陈述,看不出"尊而君之"的意思。不过诗人诉述祸乱对"皇天"的态度似不像对"昊天"那样抱怨,差异是明显的。"上天"也只三见,其中《小雅》两首:一是《小明》"明明上天,照临下土";另一是《信南山》"上天同云,雨雪雰雰"。又一是《大雅·文王》"上天之载,无声无臭"。中间一首的"上天"显系指自然天,其他两首皆指人格天。《小明》中"上天"最符合《毛传》所云"自上降鉴则称上天"的命名之意;《文王》中的"上天"前文已言及,此不赘述。"天"字结构,下"大"摹人站立之像,"一"横亘头顶以示意。所以"上天"这一称谓与"天"字造形创意最相合①。"旻天"也只出现 2 次:一见《小雅·小旻》"旻天疾威,敷于下土";一见《大雅·召旻》"旻天疾威,天笃降丧"。前首《郑笺》释为"旻天之德疾王者以刑罚威恐万民,其政教乃布于下土",《序》谓本篇刺幽王。依《笺》说"旻天疾威",所疾者乃幽王威虐下土万民,体现出了"旻天"之德。这与《毛传》"仁覆闵下则称旻天"正合②。但《笺》释后首则与此不同,以为是以天比王,借斥天以斥王。因《序》说"刺幽王",故《笺》云"病乎幽王之为政也"。孔颖达分析《笺》对两篇"旻天疾威"所释不同,是因为后一首连言"天笃降丧","文势"使他无法作出合乎《毛传》的释义。《小雅》中《雨无正》有"旻天疾威"、《巧言》有"旻天已威",与前引"旻天"两句相似。

最后说"天命""天子"及其他。"天命"共出现 8 次,《风诗》中未见,《雅诗》四见(小、大《雅》各 2),《颂诗》四见(《周颂》1、《商颂》3),以《颂》比例最高。《小雅》《大雅》中四句"天命"所强调的皆是天命"变易";"天命不彻"③(《十月之交》)、"天命不又(再)"(《小宛》)、"假(大)哉天命"与"天命靡常"(《文王》),天命变化的思想非常突出。《颂》诗所强调的则是天命"归属"。《周颂·桓》"天命匪解",是说武王承受天命,弗敢懈怠,终于取代商的君位("皇以间之");《商颂》中《玄鸟》宣称:"天命玄鸟,降而生商,宅殷土芒芒。"《殷武》"天命降监,下民有严。不僭不滥,不敢怠遑。命于下国,封建厥福"。值得注意的是,《玄鸟》虽

---

① 许慎《说文解字》"天,颠也。至高无上,从一大",乃是"天"被神化之后的解释,非构字本意。

② 江声《尚书集注音疏》与《毛传》理解不同,他说:"以言'降丧',故有取杀谊而称'旻天'也。案《诗·大小旻》凡三言'旻天疾威',是称旻天者恒有取威罚之谊。于《雨无正》则云'降丧饥馑',《召旻》则云'天笃降丧',二诗称'旻天',亦皆言'降丧'。"(《多士》疏)

③《毛传》:"彻,道也。"不道,不循常道。"天命不彻",亦即"天命无常"之意。

也说"天监",但是其内容与二《雅》及《周颂》所说的不同,周人以为"天"对下的监视包括周王自己在内,所以《周颂》云"成王不敢康","我其夙夜,畏天之威,于时保之",不敢稍有懈怠。而《殷武》所说的"天监",只是监视下国臣民,叫他们恭恭敬敬,恪守本分,不可怠慢!由此可见,《商颂》即使说是春秋时期宋襄公时作品,其表现出的"天命"观仍然是殷人原有的,这点往往被论者忽视。

"天子"出现22次,其中除《商颂·长发》"允也天子"指商王,其余皆指周王。"天子"称谓当是君权神授的产物,其产生可能很早,前所引《商颂·长女》称汤为"天子",《尚书》中《说命上》称殷商宗武丁为天子,《西伯戡黎》祖伊称纣为"天子",这些有可能出于后人写定时加给的称谓,不足为凭。不过《周颂》除《雝》中有"天子"称谓外,还有"昊天其子之"(《时迈》)的说法,所以至迟西周初已有"天子"称谓大概不会太离谱的,不过广泛流传开来则应在西周后期,《诗经》中《大雅》有10首诗提到"天子"而作为天命观最突出的《周颂》却只有一首,这只能说明当时称"天子"还不如称"王"流行,《周颂》中"王"字多达23个,大概原因就在此。西周初金文中也是普遍称"王",未见有称"天子"的,是又一可靠证据。

其他"天毕""天下""天步"都只出现一次,"天毕"为星宿名,"天下"指天下人,"天步"犹言命运,与"天"称谓无关紧要,不在论列。

三

能以无形力量左右人世政局治乱的,《诗经》中除称"天"外,还称"帝""上帝"。考《诗经》共有"帝"字43个,其中称"上帝"24处,皆在《雅》《颂》中。"帝"与有意志的人格天是否完全等同呢?孔颖达《毛诗正义》云:"天、帝名虽别而一体也。"(《鄘·君子偕老》疏)《毛传》《郑笺》除认为《小雅·菀柳》和《大雅》的《板》《荡》三篇中的"上帝"指"君主"外,其余各篇中"帝""上帝"皆与"天"同指。这里须指出的是,即使认可《传》《笺》对《菀柳》三篇"上帝"的解释,但也只是取上帝的地位、权势来比喻君主而已,并非直称君主为"帝"或"上帝",《诗经》中的君主只称"王""后""天子",不直称谓"帝",是无可怀疑的,有的研究者恰忽略了这点。

考《诗经》中所见之"帝""上帝"与"天"一样,居高临下,明察一切:"上帝临女"(《大明》《閟宫》)、"皇矣上帝"①(《皇矣》);降命人主:"上帝既命"(《文》)、"帝命率育"(《思文》);支持德政,憎恶暴虐:"帝迁明德""上帝耆之"②(《皇矣》);既能赐福,也能为害:"既受帝祉"(《皇矣》)、"疾威上帝"(《荡》)⋯⋯可见,"帝"与"天"至高无上的神明属性是二而一的,确如孔氏所言"名虽别而一体也"。可以设想,把以上所引这些诗句中的"帝""上帝"都更换作"天"或"上天""皇天""昊天"一类亦无不可,完全符合周人的思想认识与说话习惯。但是,如果仔细考察一下《诗经》中全部"帝""天"(人格天)使用范围、场合、感情色彩,又不能不承认其间存在着差异,如《大雅·生民》说姜嫄祭祀踩着上帝足拇指印迹走——"履帝武敏",说明帝既高踞于上又能下地行走,且同人一样留有足迹,而《诗》中的"天"则未见有此能耐;说姜嫄"居然生子"是因为"上帝不宁"而降之罚,"不宁"即"不安",是一种心理活动,而写"天"则未见有此内容;说后稷祭祀,"其香始升,上帝居歆",高兴地品赏着祭品,而"天"则未见有此享祭功能。除此,还可看到帝能说话、行动及有理解力:如"帝谓文王"(《文王》)、"帝省其山"与"帝度其心"(《皇矣》),而"天"则不具备。因而就人格神的属性说,周人赋予帝的人性更多,也比较崇敬。考察周人的态度,对"帝"对"天"虽都有不满的一面,但归咎于帝者少,归咎于天者多,如《节南山》中就有"天方荐瘥""昊天不佣""昊天不惠""昊天不平""不吊昊天"等一系列怨愤;《板》中又有"天之方难""天之方蹶""天之方虐""天之方懠""天之牖民"等一连串指责;而"降罚"之类则更是只说"天"不说"帝",如"天之降罔"(《瞻卬》)、"天笃降丧""天降罪罟"(《召旻》)、"天降丧乱"(《桑柔》《云汉》)等。不过也有例外,在《诗经》中凡说到生育人的时候就只说"天"不说"帝"。如:《小弁》说"天之生我"、《大明》说"有命自天⋯⋯笃生武王"、《荡》与《烝民》说"天生烝民",周王也只说"昊天其子之",自称"天子"③,而不称"帝子",又似乎血缘关系与"天"亲近些。《丧服传》"父者,子之天也",与《毛传》释《鄘·柏舟》"天谓父也"一致,后世习惯以天为父大约与《诗

---

① 《郑笺》:"大矣,天之视下,赫然甚明"。

② 《毛传》:"耆,恶。"此谓憎恶殷纣。

③ "天子"全书出现22次,除《风》诗外,其他各部分都有。

经》"天生烝民"的观念有关系。

这里使人疑惑的是,周人既赋予"帝"较多的人性,又更尊崇些,那么,为什么要把"生人"之功归于天,周王自命"天子"不云"帝子"?想来大约与周人宗教观念演变有关系。考察殷商卜辞,帝能支配自然,降祸崇福,甚至支配殷王行动①,而"天"似乎还没有被神化,《甲骨文合集》940"惟曾犬于天",此"天"虽有人"疑为受祀对象",但还不能确定②。从而可知,"帝"是殷人创造的人格神,周人"帝"的观念则是从殷人那里继承来的。周本是殷的属国,按照传统思想,同殷人一样尊崇帝本是情理中事。但周又是"其命维新"的旧邦,在代替殷统治天下大事过程中,为了加强"君权神授"的宣传,在接受殷人"帝"的观念同时,又创造了一个与"帝"差不多合而为一的神化的"天"。二者比较,"天"更属于周的,因此周人称谓至高无上的神习惯用"天"而较少用"帝",《诗经》中表现人格神的"天"字有130个,而"帝"字只有43个。由此不难理解,周人宁愿与"天"攀上血缘关系,乐意充当"昊天之子",而不肯作殷人创造的神——"帝"之子③,从而也把"生人"的功劳归之"天"。至于《生民》中说姜嫄"履帝武敏"而生后稷,这不过是借神话传说来神化自己祖先而已,何况周人只建姜嫄庙,不言其配偶,奉后稷为始祖,事实已完全否认与"帝"的血缘联系。

《诗经》中"帝""天"二字在使用上还有其他差别。如:因为天是广阔无垠的,可以说"浩浩昊天"(《雨无正》),而"帝"则不能用"浩浩"来形容;与此相联系的只说"文王陟降,在帝左右",而不便说"在天左右",天本覆盖一切,无所谓"左"或"右"。反过来"三后在天",作为处所又只能说"天"而不便说"帝"。这类使用差异,虽不含有什么深意,但从中可以窥知,帝与天作为"神"尽管都是幻想的东西,但因为自然存在的天空随处随时可见,所以周人创造的人格神"天"不似殷人创造的"帝"纯粹,更无形,更具神秘感,而"天"则是"人格天"与"自然天"同在,使用上则有较多限制。

---

① 如"帝令其雷"(《合集》1413)、"帝受(授)我又(佑)"(《合集》6237)、"王作邑帝若(诺)"(《合集》14201)。

②《商颂》中称"天子""天命"及《商书》中帝、天混用是后人撰述或整理的缘故。

③武丁之后,殷王又称先王为"帝",如"父乙帝""帝丁""帝甲"等,故周人更讳称"帝子"。

四

《诗经》"天""帝"称谓所反映的周人"天命"观的基本特点,就是将"天命"思想引进人伦道德的内容。如前所述,在天神意义上,本来帝与天是同指异称,但由于帝的观念是从殷人那里继承来的,故在周人的潜意识中,对自己创造的"天"似更亲近,当他们把反映人与人关系的宗法制移来表现天、人关系时,周人则明确奉天为父,以天的宗子自居,称"天子"①。而这种天父、天子联系的纽带,则是《雅》《周颂》中一再宣扬、强调的"德"。在周人看来,天之所以使殷纣"不挟四方"(《大明》),"伺服于周"(《皇矣》),就在于"失德"。关于"帝迁明德""天立厥配"(《皇矣》)的内容《雅》《周颂》中叙述特多,如:

> 维此文王,小心翼翼。
> 昭事上帝,聿怀多福。
> 厥德不回,以受方国……
> 有命自天,命此文王,于周于京。(《大明》)

> 亹亹文王,令闻不已。
> 陈锡哉周,侯文王孙子。(《文王》)

> 维天之命,于穆不已。
> 於乎不显,文王之德之纯。(《维天之命》)

> 昊天有成命,二后受之。(《昊天有成命》)

> 思文(指"文德")后稷,克配彼天。(《思文》)

可以说,周初政治聚集点就是"德",王国维曾指出:"周之制度典礼,实皆为道德而设……周之制度典祀乃道德之器械。"②

既然如此,那么,这一能使天命迁徙的"德"基本内涵是什么呢?

---

① 正因为周人如此亲近"天",所以当西周后期至东周祸乱频生、王权动摇时,也更怨天、恨天,归咎于天。这是对"天"过分敬重的逆向反映。

② 见王国维《殷周制度论》。

在回答这个问题之前,我们不妨先说说周人的祭祀,侯外庐指出周人"以祖先神为主"①,考《诗经》有关祭祀的诗篇,所祭的主要对象正是祖先神,与侯氏说正合。周王虽自命"天子",但是认为死后之祖先有的已与帝在一起,"文王陟降,在帝左右"(《皇矣》),王国维释"陟降"为"往来",非限于"上下",表明文王与帝的关系已很亲近。《大雅·下武》说"三后在天,王配于京"。《毛传》:"三后,太王、王季、文王。"而"王配于京"之"王"则指武五。通观《诗经》,周人的祖先能与帝一样生活在天上的只有这三位。另外能享受"帝"同样祭祀的也只有后稷与文王,似乎武王还没有取得这一殊荣,故《史记·封禅书》只说"郊祀后稷以配天,宗祀文王于明堂以配上帝"因为有的祖先就在天上,与帝生活在一起,在周人心目中祀天、祀祖有其一致性,《周颂·雝》据说是武王祭文王的诗,在"既右(侑)烈考,亦右文母"的同时,又"燕及皇天"。周人为适应宗法制的需要,祀祖诗中贯穿着"孝"的思想,自言祭祀先公先王是尽孝心(《天保》),主祭考多自称是孝子、孝孙(《既醉》《下武》等),对先祖要"永世克孝"(《闵予小子》)。如何尽孝呢?这就是《文王》中所说的"无念尔祖,聿修厥德",不忘记祖先最根本的就是自身修德。因为"帝谓文王,予怀有德"(《皇矣》),《左传·僖五年》引《周书》亦云"皇天无亲,惟德是辅"。很显然,"修德"是为了永保天命,巩固周基业。《大雅·下武》歌颂武王、成王"永言考思,孝思维则","孝"的体现就是继承"三后"之德,沿其足迹("绍其祖武(步)"),光大其事业("昭哉嗣服(事)"),得到"于斯万年,受天之祜"。把对祖先尽孝与对天(帝)明德结合起来了。《礼记·礼运》说"天子以德为本",《孝经》说"夫孝,德之本也",《大戴礼记·卫将军文子篇》说"孝,德之始也"。周王既是天之子("昊天其子之"),以宗法制论,当然应对"天"尽孝。从上面已说明的"孝"与"德"的一致性看,"天子"对"天父"之孝也就是"明德",金文《克鼎》"天子明德,显孝于申(神)"(《三代吉金文存》)是最恰当的注脚。天子"明德"对上——天(帝)说是尽孝心,而对下——子民说明是顺民意,这是一个问题的两面。因为"天生烝民",天对民也是爱惜的。《皇矣》说"皇矣上帝,临下有赫,监视四方,求民之莫(病)",《假乐》说"宜民宜人,受禄于天。保右命之,自天申之"。天子爱民,得民心,

---

成为"民之父母"(《崧丘》《泂酌》),这自然是对天"明德",符合天命,因为"民之所欲,天必从之"(《尚书·泰誓》)。所以综上所述,使天命迁徙的"德"说到底也就是民意归向。再反过来看,西周后期"四国无政"(《十月之交》)、"民卒流亡"(《召旻》),当然是由于周王"昏德"。换句话说,即"天子"对"天父"的不孝,因而,如同长辈责罚下辈一样,"天"也对周王"谴告",降下丧乱。这是《诗经》大、小雅怨刺诗所写的主要内容。诗人一面谏劝周王"畏此谴怒""敬天之怒",希望通过勤政明德感化上天;一面又借"民之方殆""下民之孽""民亦劳矣""俾民大棘(急)"向天(帝)呼吁,请求体恤。企图抬出"民"得到免灾获福,最终挽回天命。从《诗经》中关于"天""帝"的称谓及政治美、刺诗,可以清楚地看到,与殷人相比较周人"天命"观已转向以人为本位,更具有宗法制色彩,所包含的理性认识因素与现实倾向非常明显,体现了天人合一的基本宗教思想,对后世影响极深远。

最后附赘一笔,就《诗经》中"天""帝"称谓,把《雅》《颂》部分的与《风》部分的做一对比,便可发现民间对"天命"的信赖与尊崇,远不如上层统治集团,所以"天""帝"二字在《风》中数量也少得多。

[原载《安徽师大学报》(哲学社会科学版)1995年第4期]

风诗含蓄美论析

　　中国古典诗学特别重视诗的含蓄美,历代诗论家从创作与鉴赏两个层面对诗的含蓄美作了许多生动描述、概括,不断引导着一代代诗人孜孜追求诗的含蓄美,形成了中国古典诗歌带有民族风格特征的含蓄美传统。

　　纵观历代诗论家对含蓄美的研究,其对象多为汉代以后的诗人、诗作,而对《诗经》优秀诗篇所具有的含蓄美,则很少论及,而且研究范围也往往限于"比兴"。长期以来,似乎有一种错觉,仿佛《诗经》除"比兴"艺术外则是平铺平叙,谈不上含蓄,其实是误解。什么是诗的含蓄美?简而言之,就是指诗蕴藏着不尽之意,读者受其引发生想象、联想,从而获得本诗"言外意"的审美效应。风诗中优秀诗篇多具有象外象、言外意,有着含蓄美。笔者以为,"含蓄"作为中国诗歌民族风格的主要特征之一,应当说,是历代诗人追求诗的含蓄美所积累的艺术经验总和,无疑也包括《诗经》创作经验在内,其中尤其是风诗,可以说,为中国古典诗歌含蓄美传统的形成起了奠基作用。下面拟就风诗所具有的含蓄美略作分析。

虚实相生

　　虚与实作为美学的一对范畴,中国古典诗论对它们的关系及其在诗歌创作中的运用有过很多精辟见解,诗论家们大多强调诗歌创作要虚实结合,如谢榛就提出过写诗"妙在虚实"的主张①,历代诗人也留下了许多虚实相参、含蓄有致的名作。风诗虚实艺术的运用,虽然没有后代优秀诗人那样出神入化,但这些无名诗人凭借着自身生活的深刻

---

　　①《历代诗话续编》下,中华书局1983年版,1151页。

感受,在真切的情感体验中,自觉不自觉地使用了虚实结合(虚实转化)的方法,创作出了诗意浓郁的杰作。如《魏风·陟岵》,写长期在外服役者对家乡亲人的刻骨思念,而诗只是每章开头两句写实:"陟彼岵(屺、冈)兮,瞻望父(母、兄)兮",叙述自己登上高山眺望家乡父、母、兄,接下去便以"不在"为"在",三章分写父、母、兄对自己的反复叮咛与祝愿。诗人以虚为实,以远为近,以他写我,深婉地表达了对亲人无法压抑的思念之情和自身能否生还的深忧("犹来无止(弃、死)")。《周南·卷耳》与此相似,也是一首怀人诗,按一般理解,是女子思念远行的丈夫。全诗四章,只有第一章是写实:"采采卷耳,不盈顷筐。嗟我怀人,置彼周行。"卷耳易采,斜口浅筐易满,而她却偏采不满,为什么呢?第三句作了回答,那是因为怀念行人。末句貌似直白,实则有"象外之象",她置筐于大路,意在张望行人归来。后三章便由此从实写转化为虚拟,因为她张望得出神,眼前出现了幻景,仿佛看到丈夫在归途中匆匆赶路,爬山过冈,人马困顿,借酒浇愁。她想得如此真切,正是自己对行人殷切思念的反映。以他说我,自然较直说含蓄有味。

如果说上面两首诗的虚实相生是由此及彼,转换空间,那么,《周南·关雎》最后一章虚写则是以"无"为"有":

> 参差荇菜,左右采之;
> 窈窕淑女,琴瑟友之。
> 参差荇菜,左右芼之;
> 窈窕淑女,钟鼓乐之。

诗前两章写男子钟情于水边采荇菜的一位女郎,他把她看做是自己最理想的配偶。醒时想,梦中求,求之不得,辗转反侧。直抒相思之情,这是写实;上引最后一章则由实转为虚,悠悠情思,使他沉醉于梦幻之中,仿佛已同那心受的姑娘结为伴侣,钟鼓齐鸣,琴瑟并奏,尽情享受着婚后欢乐的生活。这虚幻之境,是他爱慕之至情感的升华。事虚情实,这正符合叶燮《原诗》中所赞赏的"想象以为事,恍惚以为情"的含蓄要求。《周南·汉广》与《关雎》同中有异,写男子热恋上"汉之游女",一往情深,在失望中陡生喂马迎亲的奇想:"之子于归,言秣其马"。以幻实——不可求("汉之广矣,不可泳思;江之永矣,不可方思")。这是实写、虚写、实写的结构。

《郑风·风雨》又另开生面,三章诗头两句皆写实:首章说在一个凄风苦雨的夜晚,报时的鸡叫了;次章说在风雨声中,鸡声渐渐大作;末章说风雨中黎明天色昏暗,鸡叫声不停。三章头两句联起来从鸡始鸣写至天明,暗示她孤处不安,彻夜不眠。为何不眠,三、四两句不明说,而是虚着一笔:"既见君子,云胡不夷(瘳、喜)",假设所思者此时突然出现在自己面前,那将是何等快乐,一切愁思忧病顷刻消失。以"既见"之欢愉,反衬"未见"独处之凄伤,不瘳的原因自可言外得之,何用再说!《召南·草虫》也是写女子怀人的,与《风雨》稍不同,它既说"未见君子,忧心忡忡",又说"亦既见止,亦既觏止",与《风雨》全抛开"未见"情景有别。方玉润分析说:"始因秋虫以寄恨,继历春景而忧思。既未能见,然皆空想,非真实觏。"又说:"本说'未见',却想及'既见'情景,此透过一层法也。"①所谓"透过一层法",指的就是虚实相衬的暗示。

风诗中,抒写男女悲欢离合之情的作品,运用虚实相生艺术造成抒情曲折含蓄是屡见不鲜的,《郑风·丰》《齐风·甫田》也是其中颇有特色的作品。《丰》写一位女子深悔没有赴约,失去以身相许意中人的机会。全诗四章,头两章写实,反复倾诉爽约的懊恼:"悔予不送""悔予不将",自怨自艾,几不能自已。后两章是悔极而生遐想,以虚作实,假想自己身着嫁衣等候意中人迎娶,心里一遍遍呼唤着:"叔兮伯兮,驾予与行(归)!"当她正沉浸在这幸福的幻觉中,诗即戛然而止,后来如何,全在读者再创造了。《甫田》写妻子对远方丈夫的思念。头两章写实:"无田甫田,维莠骄骄(桀桀)。无思远人,劳心忉忉(怛怛)。"首两句兴中寓比,意在引出下两句。第三句"无思",是思极之反语。第三章是虚写,诗人想象某一天远方丈夫突然归来,看见离家时还是扎着丫角的男孩,竟长大成人:"婉兮娈兮,总角丱兮。未几见兮,突而弁兮。"这一自我构造的幻虚境界,既是对丈夫早日平安归来的渴望,又是对孩子快长大的期盼。诗的含蓄美就在这一虚境中。

---

① 方玉润《诗经原始》。

言此意彼

"言在此而意在彼",是中国古典诗歌常见的一种含蓄美,有人称此为间接式含蓄,因为它的含蓄性是借助比兴手段形成的。风诗多用比兴,喻义丰富,含蓄的语句随处可见,但这里所研究的"言此意彼"含蓄美,不是个别比兴语句,而是指全篇"言在此而意在彼",实际就是比体诗,或与此相近的诗。

《周南·螽斯》本是祝贺多子孙的诗,而通篇只歌咏蝗虫多子群居的欢乐,以物拟人,三章诗分别颂祷多子、兴旺、和乐,喻义全在所咏物中。《豳风·鸱鸮》借一只母鸟自诉受鸱鸮欺凌,生活艰辛危苦,寓寄诗人对当前处境的深忧与愤慨。诗用拟人化手法,对鸟的描绘,还有鸟说的话,既符合鸟的特征(第四章三个叠词可能兼拟鸟音),又有人的感情、心理活动,人与鸟浑然难分。这首寓言诗与《螽斯》单取蝗虫"多子群居"一点作比不同;也与《魏风·硕鼠》有别,以鸱鸮喻恶人虽与硕鼠喻重敛者同,但前者是鸟控诉鸱鸮,后者则是人控诉硕鼠,两篇有异。《硕鼠》的寓意比较直观,喻体、喻义基本是一比一的对应关系。而《鸱鸮》的寓意则包含在诗的喻体形象中,有着多义性。如:有人以为是控诉残暴者摧毁人民家园的;也有人认为是同情自然界遭到不幸的弱小生命;还有人说是通过童话形式表现对下一代的爱护;甚或拔高为描写动物遭际与人类社会某些现象有相似处,借物寓人,含蓄地揭示了某种生活本质等。见仁见智,对寓意的理解差别很大。

《唐风·椒聊》虽不是比体诗,其意蕴近比体,颇可注意。这首诗是赞美妇女多子的,两章意思并列,选读第一章:

椒聊之实①,	花椒果实连成串,
蕃衍盈升,	子儿多得满升装。
彼其之子,	那个可爱的女子,
硕大无朋。	身材高大绝无双。
椒聊且!	花椒子儿多哟!

① 花椒果实丛生密集,有香味。闻一多:"草木实聚生成丛,古语叫聊。"(《风诗类抄》)

远条且①！　　远送馨香过哟！

当诗人看见花椒上挂着一串串可爱的果爱，心想，收下来或许有一升吧！他被此触动，联想到那个"硕大无朋"的女友，将来大约也会像花椒结子一样，生下一群子女。他想得甜蜜，情不自禁脱口而出："椒聊且！远条且！"说的是椒聊，指的是意中人，语意双关。前后是比，中间是直叙，与前三首皆不同，其"言此意彼"别有情趣，抒情含蓄意味似更浓郁。

言外见意

"含不尽之意于言外"，也是中国古典诗歌创作极力追求的含蓄美，有人称此为直接含蓄，因为它的含蓄性（不尽之意）是从诗的言（象）内之意直接生发出来的言外意，与"言此意彼"所指的喻义有别。钱钟书先生有个形象比喻，他说言外之意"比于形之与神"，言此意彼"类形之于影"②，非常恰切。试看《郑风·狡童》："彼狡童兮，不与我言（食）兮。维子之故，使我不能餐（息）兮！"这首诗以女子却为此茶饭不思，夜不成眠。由此正可见出这对夫妻平日鱼水相得，感情融洽，故偶有小摩擦，她就觉得非常委屈。诗句句含怨，又句句有情，尤可注意的是，三、四句已由前两句第三人称叙述，变为第二人称呼告，似面对他诉说，从中流露出言归于好的期待。这些言外之意本是诗内言之未尽者，读者只要根据自己的生活经验，细细玩味，便可以诗言内、象内唤出。

《唐风·无衣》也是一首短小而有意蕴的诗："岂曰无衣，七（六）兮！不如子之衣，安且吉（燠）兮。"诗句明白如话，两章合起来意思是：难道说没有衣服？有六七件。不如你的衣服穿起来舒适、美观、暖和。睹物思人的意思很明显。虽然无法详知其事，但合全诗看，"子之衣"当是指"子所缝制之衣"，而古代缝制一般是女子之事，故可知所思对象是女子。诗人爱人及物，"安且吉（燠）"的赞美，是他心灵体验的深切感觉，睹其衣，思其人，在他心目中"子"的地位是无法取代的，形

---

① 条：条畅，指香气远闻（取马瑞辰说）。

② 《管锥编》第109页。

象是不可磨灭的。至于"子"是被迫离异,还是生死之隔,已无关紧要,不妨碍我们感知他对"子"的呼唤,触到他心中涌动的情感。抒情意味深长,极有包孕性。

再看《桧风·隰有苌楚》:"隰有苌楚,猗傩其枝(华、实)。夭之沃沃,乐子之无知(家、室)!"这首是触物起情。诗人看到野外生机勃勃、花果累累的羊桃,想起自己有知觉、有家室,活得太累,倒不如羊桃无知欲、无牵挂,活得自在。诗内这言(象)并没有忧生之嗟、厌生之叹,然而从诗人睹草木而产生的羡慕心态,上述言外之意自现,真可谓"有情反被无情恼"。有人说"一语道破,则诗趣索然",此诗的含蓄美正在于"忧生厌世"的意旨未道破。司空图《二十四诗品》描述"含蓄"开宗明义就说:"不着一字,尽得风流。"所谓"不着一字"就是指诗人给读者留出的想象空间,有人称作"空白";"尽得风流"则是指读者心领神会的"言外之旨",以上诸诗皆具有这一基本特征。

欲言还止

欲言还止,隐约其词,是含蓄的表现之一,风诗中似多见于讽刺男女关系的诗。如《鄘风·墙有茨》讽刺卫宣公之子顽与庶母宣姜私通。全诗三章,以墙上蔓生的茨藜不可扫去起兴,引出的"中冓之言,不可道(详、读)也。所可道(详、读)也,言之丑(长、辱)也"。诗妙在不说为何"不可道",说出来丑在哪里,特意故弄玄虚,藏头露尾,巧妙地点到为止。实则是以不言为言,因为当时宫中丑闻卫国妇孺皆知,用不着明说。这种以退为进的写法,使本诗有了调侃中露讽刺,幽默中见辛辣的情趣。《齐风·南山》写文姜以礼出嫁,鲁侯以礼娶妻,都有父母之命、媒妁之言。而齐襄公却如同雄狐追逐雌狐一般,继续与文姜淫乱。全诗四章,妙在每章皆以反问作结:"曷又怀止""曷又从止""曷又鞠止""曷又极止";同时又问而不答,似不了了之,而答案自在其中,微文刺讥亦在其中。《陈风·株林》是大家熟悉的讽刺诗,写陈灵公乘着马车去株林与寡妇夏姬幽会,诗开头是明知故问:"胡为乎株林,从夏南?"语气似问非问,模棱两可,比《南山》结尾诘问调侃意味更浓。下两句作答:"匪适株林,从夏南",则是欲盖弥彰;联系第二章"驾我乘马,说于株野。乘我乘驹,朝食于株"四句描写统观,更是滑稽可笑,明明要在"株野"停车,却偏说什么"匪适株林";明明要赶去宿夜,却偏说是"朝食于株"。愈隐瞒,愈暴露,嘲讽之意全藏在这些吞吞吐吐、遮遮掩掩的言词中。《齐风·敝笱》也是讽刺文姜与齐襄公淫乱的,隐约其词又较前三首为胜。全诗三章,每章四句,头两句以破鱼篓放在水堰张鱼起兴,下两句写文姜回齐国宾从杂沓,盛极一时:"齐子归止,其从如云(雨、水)。"这两句与前两句"敝笱在梁,其鱼鲂鳏(鲂鱮,唯唯)",文似不接而意实接,前两句以破烂鱼篓任各类鱼出入,象征文姜淫乱;后两句表面是说文姜省亲场面之大——云聚为雨,雨降为水,组合成"云雨""鱼水"一类关于男女情事的隐语,暗示文姜回齐国是从兄行淫。讽刺之意尽在隐语中,与一般"欲言还止"的含蓄又不同。

妙在无理

苏东坡论柳宗无《渔翁》诗时提到诗以"反常合道为趣"(《冷斋夜话》载),贺赏《皱水轩词筌》也说到"无理而妙"。"反常"也就是"无理"。这一类"无理"而见趣的诗,一般说来,表现为诗中情景组合不合乎逻辑,或是语言悖理,近似傻话、痴话,而醇美的诗味正在其中。风诗亦不乏其例:

闺怨诗《卫风·伯兮》写丈夫人征后妻子思念与日俱增,无心日常梳洗打扮,对生活失去了乐趣;盼夫归来一次次失望,更叫她心碎,无法忍受,不禁说出了"甘心首疾,愿言思伯"。依常理,谁也不愿"首疾",而她却说"甘心",无理至极!然后从她对丈夫无时不在的刻骨思念说,这以苦为乐的祈求,又是可以理解的,是她无法承受长久精神折磨而唯求得一暂时心理平衡的傻话,诗趣也由此生出。

《王风·采葛》:"彼采葛(萧、艾)兮,一日不见,如三月(秋、岁)兮。"三个月怎能与"一日"等同呢?三秋(季)、三岁与"一日"的差距更大。从科学时间概念说,当然是无理的,然而就诗的抒情看,则是合理的艺术夸张。合理在哪里?合理在情人热恋中对时间的心理体验,一日之别,在她或他的心理逐渐延长为三月、三秋、三岁。这种对自然时间的错觉,或称为"心理时间",真实地映照出了她或他如胶似漆、难分难舍的恋情。本诗全无卿卿我我一类爱的呓语,而相爱者无以复加的恋情全浓缩进了这一"心理时间"之中了。看似直白抒情,却能妙达离人心曲。

《齐风·鸡鸣》全诗以夫妇床笫间对话,展现这对贵族夫妇的私生活。本来没有什么含蓄可言,只是因为她们的对话有着"反常合道"的趣语,叫人会心发笑,姚际恒说"愚谓此诗妙处须于句外求之"(《诗经通论》)。古制,国君鸡鸣即起视朝,卿大夫则提前入朝侍君,《左传·宣公二年》载赵盾"盛服将朝,尚早,坐而假寐"即是。本诗开头写妻子提醒丈夫"鸡既鸣矣,朝既盈矣",丈夫回答:"匪鸡则鸣,苍蝇之声。"想来鸡啼、苍蝇飞鸣古今不会大变,如非听觉失灵,何至于二者不分!从下面二、三章妻子所云"东方明矣""会且归矣"可知当是鸡鸣无疑,而丈夫把"鸡鸣"说成"苍蝇之声",是违背生活常识中,当然"无理"。但如果我们换一角度理解,看做是丈夫梦中被妻子唤醒,听见妻子以"鸡鸣"相催促,便故意逗弄妻子说"不是鸡叫,是苍蝇声音",表现了他们夫妇间的生活情趣,不是别有滋味吗?"反常"而合乎夫妇情感生活之"道",这正是姚氏所指出的妙处在句外。

《郑风·东方之墠》是一首恋歌,首章诗人懊恼所恋者,"其室则迩,其人则远。"依常理,主人没有外出,则室迩人近,而此云"室迩人远",何其反常!头句是实写,讲的是实在的空间距离,后句则着眼于情感体验,讲的是诗人心灵映照下的感情距离。从下章可知,我虽思子,而"子不我即",对方无情于我,故觉得咫尺天涯。从"室迩人远"的反差中,展现了诗人感情虚掷的委屈,爱情失落的痛苦,较之直说简约委婉。

如果说,上面诸例"反常合道"的使用还比较简单明显,而《郑风·叔于田》《齐风·著》则较隐曲了。《叔于田》是一首赞美猎人的诗,有人认为出自女子口吻,所赞美的猎人,也许就是她所爱的人。三章皆以"叔于田,巷无居人"领起,姚际恒评曰"奇语"(《诗经通论》卷五),吴闿生亦称"奇极"。"奇"在何处?我想就奇在:叔一人去猎,或是率领一伙人去打猎,村子里何至于空空无人,依常理,老幼病残总会留下吧!故按客观衡量,是"反常"的。如以女诗人心理揆之,则又是"合道"的。因为这位"洵美且仁(好、武)"的猎人,在她心中无与伦比,叔去打猎了,没有了乐趣,所以就觉得村子空空如也。这个生活片断感受,合乎诗人情感逻辑,反常的艺术组合,产生了诗外之味。《齐风·著》是一首女人回想出嫁时夫婿迎亲的诗,全诗三章,循着新郎偕新娘入家门后的次第来写，其诗经一章：

> 俟我于著乎而，　　等效在屏风间哟，
> 充耳以素乎而，　　耳边挂着白丝球哟，
> 尚之以琼华乎而。　加上的美玉光艳艳哟。

合后两章看，新娘入婆家门，一眼就瞥见等候在屏风间的新郎，然而她所见的只是新郎帽侧垂下的丝织"充耳"和缀在上面发光的玉瑱，似乎她只留心郎的头饰，而不是面容，不合乎生活常理，然而诗味正在这"反常"处。可以想见，此刻新娘面对许多陌生人，怎好端详新郎呢？所以着眼于这一特定环境、特定人物心理，见物不见人的描述，却是生花妙笔，让人玩味不尽。

化景为情

"化景为情"或"化情为景"，都是指借景抒情。这里说的"景"，不单是自然景物，也包括社会景象。情、景是诗的两个基本元素，中国古典诗歌创作非常讲究情与景的处理，追求情、景契合，诗论家把情景水乳交融的意境，视为诗的极致。"情景交融"说，这一带有民族传统色彩的诗学理论，虽然是魏晋以后逐步创立的，但是"化景为情（化情为景）"的艺术实践，从《诗经》创作就开始了，其中风诗尤为突出，这也是我们理解风诗含蓄美的一个方面。

风诗写景兴句深于情者甚多，如《邶风》中"燕燕于飞，差池其羽""凯风自南，吹彼棘心""北风其凉，雨雪其雱"等，这些或是触物起情，或是托物寄情，或是烘托气氛。自然景物与人的某种感情对应关系比较单纯的，非本文研究之重点，这里着重探讨的是兴句以外的景物描写。

《周南·汉广》后四句反复咏叹："汉之广矣，不可泳思。江之永矣，不可方思。"诗人带着"汉有游女，不可求思"的茫然心情，面对悠悠汉水、江水，引起的是无法到达彼岸的失望悲叹。这里"汉之广""江之永"已经化为诗人的情思，拙著《诗经选注》曾分析说："诗中情与景水乳交融，男子神魂颠倒的情思，与江汉浩渺、烟水茫茫的景色，浑然一

体。"有人说《诗经》写景传达的情感,还是人类普遍的感受,缺乏个性体验,这是不全面的。本篇诗人对"江水"的体验是"不可渡"的无可奈何之情,杜甫是"不尽长江滚滚来"的豪情,李煜则是"恰似一江春水向东流"的愁情,各有各的体验,都是化景为情。

《王风·君子于役》写妻子怀念外地长期服役的丈夫。全诗两章,截取农家妇女的一个生活片断。各章前三句、后两句直抒对丈夫久役不归的思念与忧虑之情,中三句是写景:"鸡栖于埘(桀),日之夕矣,羊牛下来(括)。"这幅日暮农村典型场景,是从思妇眼里来描绘的,同她此时此地孤寂、焦虑的情感融合在一起,这已不是一般化景为情,而是情与景的天然契合,戴君恩《读风臆评》赞曰:"情景俱绝。"

以上二例皆是诗人所见之实景。再看诗人想象之虚景,这类诗化景为情别出心裁,打破了客观存在的空间。如《豳风·东山》这首是东征归来士兵途中思乡之作,共四章,每章下半段思前想后,皆属想象之情,其中最见化景为情之妙的是第二、第四章。第二章想象从征后家园荒凉:屋檐上挂着瓜蒌,室内地上爬满土鳖,门窗上喜蛛结网,屋旁空地尽是兽迹,成了野鹿出没的场所,夜晚鬼火到处飘荡。诗人把自己"近乡情更怯"的忧惧,全化在物色之中,可谓景语皆情语也。如果说这章想象是假设性的,而第四章的想象则是记忆性的,诗人由对妻子的思念,进而回忆起三年前结婚喜庆的景象:那是一个春光明媚的日子,黄莺欢快地翻飞,展示着它那漂亮的羽毛。迎亲的车辆到了新娘家,她母亲给女儿结上佩巾,那仪式多得数不清。透过这一连串的物象事象,我们仿佛从中分享到他的幸福和甜蜜。正因为如此,他不禁说出了心中的秘密:"其新孔嘉,其旧如之何!"诗人在追忆想象中化景物为情思,意在象外,情在景中。

《周南·葛覃》第一章纯为写景,在风诗中是独一无二的,现录于下:

> 葛之覃兮,施于中谷,维叶萋萋。
> 黄鸟于飞,集于灌木,其鸣喈喈。

这是一幅相当美的图画,你看:那满山遍野的葛藤,绿叶密密层层,蔓生的藤条不断生长,直延伸到山谷。一群黄雀儿飞呀飞,突然落到灌木丛中，叽叽喳喳叫个不停……构成了一幅动态画卷，充满着生命活力。诗人是一位既嫁妇女，当她要归宁父母时，家乡最有特色的那覆盖原野的葛藤，不觉又重现在眼前，是那样亲切而有趣。诗中有画，画里传情。回娘家时的喜悦与生意盎然的景色融合为一，达到了情景浑然的境界。

意蕴朦胧

朦胧，是美的一种表现形态；而意蕴朦胧，则是诗歌含蓄美的表现之一，其特征如叶燮《原诗》所引"或曰"之说"妙在含蓄无垠，其寄托在可言不可言之间，其指归在可解不可解之会"。风诗唯有《秦风·蒹葭》《陈风·月出》两首够上这一艺术水准，都有着意蕴朦胧之美。《蒹葭》"指归"是什么？姑且避开招隐、求贤、怀友、追寻恋人等不同说法，而统归之怀念"伊人"。至于"伊人"所指，则是模糊的，三章诗回旋复沓，反复咏叹寻找"伊人"不遇：

> 蒹葭苍苍，白露为霜。
> 所谓伊人，在水一方。
> 溯洄从之，道阻且长；
> 溯游从之，宛在水中央。

头两句即物起兴，暗示是深秋的清晨，茂密的苇丛和薄薄的霜花组成幽静寒凉的环境。三、四句点出伊人"在水一方"，然而又非确指，方玉润说是"虚点其地"（《诗经原始》），给"伊人"罩上了层神秘色彩；汪梧凤以为"诗人知其地，而莫定其所，欲从靡由"（《诗学女为》）。因此"溯洄""溯游"寻找，而无所获。"宛"字是入神之笔，既写出了"伊人"可望而不可即，又传达出了寻人不遇的失望、彷徨而又无可奈何的情态。全诗空幻，其情事于朦胧中，产生了"含蓄无限"的艺术效果。

《月出》写月下怀人，同样给人以扑朔迷离之感。三章诗重叠，首句"月出皎兮"写望月，月光千里同照，最易引起怀人之情。二、三句是发自心底的呼唤："佼人僚（怓、燎）兮，舒窈纠（忧受、夭绍）兮。"在这月光流辉下,美人若隐若现,如梦幻一般,诗人无可奈何地慨叹:"劳心悄(慅、惨)兮"。全诗句句押韵,加上双声叠韵的词语的运用,读起来"似方言之謷牙"(姚际恒语),增加了诗的神秘色彩。本诗即景会心,寓目成诵,月皎洁而情朦胧,虽是男女之词,却又情思幽远,托意无端,正在可言不可言之间。

[原载《诗经国际学术研讨会论文集》,河北大学出版社1994年版]

"怨刺诗"研究误解辨证

"怨刺诗"是汉代经学家对《诗经》中一类诗的命名。班固《汉书·礼乐志》说:"周道始缺,怨刺之诗起"。郑玄《诗谱序》更明确指出:

> 后王稍更陵迟,懿王始受谮,烹齐哀公,夷身失礼之后,邶不尊贤。自是而下,厉也幽也,政教尤衰,周室大坏,《十月之交》《民劳》《板》《荡》,勃然俱作,众国纷然,刺怨相寻。

郑玄确立了"怨刺诗"界限。从时限说,是周懿王、夷王以下,主要是厉王幽王时代的作品;从内容说,据列举的四篇诗看,皆是针对时弊,直刺朝政的,所叙是关系到周王朝兴衰、存亡的大事;从作者看,皆是朝廷侍御重臣,非一般"士"阶层,更不是平民百姓。正如《国语·周语》所说,他们作诗是出于"近臣尽规,亲戚补察"的责任,目的则是要重振朝纲,巩固周王朝的统治。如:《十月之交》最后称:"天命不彻,我不敢效我友自逸",力图以勤政挽回天命。《民劳》作者是召穆公,郑《笺》谓"时赋敛得数,徭役繁多,人民劳苦,轻为奸宄,强凌弱,众暴寡,作寇害。故穆公以刺之"。《板》是凡伯所作,郑《笺》:"凡伯,周同姓,周公之胤也,入为卿士。"本篇所刺的内容,李固《对策》谓"刺周王变祖法度,故使下民将病也。"(《后汉书·李固传》)郑《笺》亦谓:"王为政,反先王与天之道,天下之民尽病,其善言而不行之也。……言行相违也。王之谋不能图远,用是故我大谏王也。"亦即诗中所说:"犹之未远,是用大谏。"《荡》,《毛序》谓"召穆公伤周室大坏也,厉王无道,天下荡荡,无纲纪文章,故作是诗也"。全诗借文王声讨纣王无道,"大命以倾",影射厉王作为,最后正告他接受前朝灭亡教训:"殷鉴不远,在夏后之世。"

郑玄所列举的四篇"怨刺诗"是有其代表性的,由此可以探知,班固、郑玄命名的"怨刺诗",是特定历史时期的产物,有其内容的规定性,简略地说,就是一方面反映西周末社会的祸患,直刺朝政过失;一方面又极力补阙拾遗,祈求王朝复兴。这类诗中作者所表现出的立场态度,明显地区别于其他各类刺诗,这是无可置疑的!按照上面所叙述的标准衡量,"怨刺诗"皆在"二雅"中,包括《小雅》的《节南山》《正月》《十月之交》《雨无正》《小旻》,《大雅》的《民劳》《板》《荡》《抑》《桑柔》《瞻卬》《召旻》等。可是有的研究者不明乎此,往往把"怨刺诗"的范围扩大。有人不仅把上层社会"感叹身世、发愤怨悱之作"归于其中,还把那些人民斥责统治者,反抗压迫剥削,以及揭露社会不合理、丑恶现象的诗篇也统统划入,更有甚者,还列入"有关婚姻爱情的怨刺诗"(见《国风中的怨刺诗》一文,载《青海大学学报》1984 年第 3 期)。这一范围的扩大,把"怨刺诗"的概念任意外延,实际上是取消了"怨刺诗"原来的分类,把"怨刺诗"完全等同一般刺诗,混淆了其间明显的界限。试想,下层人民反抗剥削、压迫的"怨刺"与上层统治者以复兴王朝为目的的"怨刺",本来内容有着本质差别的两种诗怎能归属于一类呢?再说,把上层人士"感叹身世、发愤怨悱之作"放到"怨刺诗"中也不妥的。因为一是为系心王朝安危而焦虑,一是为自身遭遇而忧愤。退一步说,即使"怨刺诗"中有的关于自身遭际诉述较多,但其诗人仍是念念不忘救乱拯时的责任,并且要语重心长地提出自己的施政意见,协助朝廷渡过难关。正因为如此,所以才有别于那些感时伤己之作,如《正月》就是,见下。至于把婚姻不满、爱情挫折而产生的怨情之作,如《郑·将仲子》《邶·柏舟》等,也说是"怨刺诗",更无道理,其不当是显而易见的,毋庸再置辩!

　　"怨刺诗"的产生,由于特定的历史背景和大臣即诗人的特殊身份,诗中都表现出作者对国事的关心,有着强烈的社会责任感和忧患意识,在内容上有两个共同特征:

　　其一,诗最终矛头虽是指向周王,但往往是把专权重臣作为斥责的对象,严加挞伐。如:《节南山》重在追究造成周王朝危难责任者,诗中斥责太师尹氏,说他身居要职,操纵大权,处事不公,树立私党,招来天怒人怨,使国家濒于危亡。那么,谁纵容尹氏擅权的呢?诗中没有明言,只是篇末点到即止:"家父作诵,以究王讻。"《正月》中诗人不禁惊呼:"燎之方扬,宁或灭之!赫赫宗周,褒姒灭之!"那么,谁让褒姒胡作非为呢？自在不言之中。《十月之交》可与此诗参照，诗人直斥卿士皇父等朝官与褒姒勾结，危害朝廷，其中第四章把专权者一一点名。

> 皇父卿士，番维司徒。
> 家伯维宰，仲允膳夫。
> 棸子内史，蹶维趣马。
> 楀维师氏，艳妻煽方处。

"煽方处"，形容权倾朝廷，炙手可热。谁赋予他们这样的权势，诗不言自明。《雨无正》正刺西周末种种政治弊端，诗人面对危难的局势，斥责朝中"正大夫""三事大夫""邦君诸侯"，各怀私心，擅离职守。诗中暗示朝廷人心离析是同幽王"辟言不信，听言不答"有直接关系。《小旻》批评幽王朝廷失策，缺乏远谋，第三、第四章直斥谋划大臣"谋夫孔多，是用不集。发言盈庭，谁敢执其咎""哀哉为犹，匪先民是程，匪大犹是经"。表面是斥责谋臣们，而联系下文，则不难看出，实则是批评幽王任用一批庸才，而贤才却弃置不用，仍是落实到周王身上。以上就《小雅》中"怨刺诗"说，《大雅》诸篇亦然，不直斥周王与《小雅》同，但"怨刺"的意味减弱，劝谏的意味加重，往往是"怨刺"寓于劝谏之中，在诗中还常常点明劝谏的用意。如《民劳》中说："王欲玉女，是用大谏。"《板》《荡》已见前文。《抑》中说："听用我谋，庶无大悔。"《桑柔》中说："虽曰匪予，既作尔歌。"同时还可注意的是，这些诗对所责的对象，不同于《小雅》点名道姓，即使言词最为激切的《瞻卬》也是如此，其诗是刺幽王宠爱褒姒，以致被她专权，任用小人，迫害贤才，酿成大乱，诗意与《十月之交》近似，但诗中没有出现一个姓名，试看其第三章。

> 哲夫成城，哲妇倾城。
> 懿厥哲妇，为枭为鸱。
> 妇有长舌。维厉之阶。
> 乱匪降自天。生自妇人。
> 匪教匪诲，时维妇寺。

其二，直刺朝政同时，还为朝廷出谋献策；对王朝前途忧虑万分，却不绝望,乃至希冀复兴。如:《节南山》第四章讽刺谏周王躬亲政务,取信于民,亲贤远佞,不让庸才亲戚窃据高位:弗躬弗亲,庶民弗信。弗问弗仕,勿罔君子;式夷式已,无小人殆;琐琐姻亚,则无膴仕。

《正月》中诗人要周幽王认清当前危险局势,用车载物弃辅(夹板)危险为喻,呼吁幽王趁早救乱,如载物之车,整好它的辅与辐,不断关照御者小心行进,庶几能化险为夷,其第十章诗曰:

> 无弃尔辅,员于尔辐。
> 屡顾尔仆,不输尔载。
> 终逾绝险,曾是不意!

《十月之交》中诗人表示"黾勉从事,不敢告劳……民莫不逸,我独不敢休。天命不彻,我不敢效我友自逸",希望通过自己勤勉从政,挽回天命人心,表现出孤臣孽子一片忠心。《雨无正》中诗人对同僚们"莫肯用讯",向周王进言,"鼠思泣血",痛心之极。一方面告诫周王要听信正言,杜绝谗言;一方面又力劝朝官谨慎从事:"凡百君子,各敬尔身。"《小旻》在斥责朝政"谋犹回遹"的同时,特地提醒周王要重视各类人才,不可任其沉沦:"或哲或谋,或肃或艾。如彼泉流,无沦胥以败。"还要警惕隐藏的各种危险:"不敢暴虎,不敢冯河。人知其一,莫知其他。战战兢兢,如临深渊,如履薄冰。"《民劳》全诗谆谆劝谏,提出治国策略,反复申说,主旨是要当政者安抚百姓,与民休息,杜绝欺诈为虐,"敬有德","谨无良","柔远有迩,以定我王。"《板》中诗人以极诚恳的态度,劝谏当权者听从他的建议:

> 我虽异事,及尔同僚。
> 我即尔谋,听我嚣嚣。
> 我言维服,勿以为笑。
> 先民有言,询于刍荛。

诗人最重要的建议就是要当权者安抚民众,不可高压,治民要如乐器相和,圭璋相合,提携相从:"天之牖(韩诗作诱)民,如埙如篪,如璋如圭,如取如携。"这样民众自然会融洽相安:"辞之辑矣,民之洽矣,辞之怿矣,民之莫(《毛》'定也')矣。"《荡》中引民谚提醒周王透过表面看到深层危害,警惕王朝被颠覆:"人亦有言:颠沛之揭,枝叶未有害,本实先拨。"《抑》则在自儆的同时,以主要篇幅劝告朝廷官员修德求贤,谨言慎行。诗中关于该做什么,不该做什么,一一嘱咐,极为周详,俨然如长辈教训后代。其良苦用心在于,企望周王"念厥绍,敷于先王,克共明刑",一改"迷乱于政",使"子孙绳绳,万民靡不承"。《桑柔》第五章以救热救溺为喻,讽谏周王及早救乱,慎重谋划,体恤国人,任用贤才,动乱即可平息:

> 为谋为毖,乱况斯削。
> 告尔忧恤,诲尔序爵。
> 谁能执热,逝不以濯。
> 其何能淑,载胥及溺。

第八章诗人更殷切盼望厉王成为"惠君",而不要做刚愎自用的"不顺"之君:

> 维此惠君,民人所瞻,
> 秉心宣犹,考慎其相。
> 维彼不顺,自独俾臧。
> 自有肺肠,俾民卒狂。

《瞻卬》则从褒姒专权误国事件中总结出"妇无公事,休其蚕织"经验教训,最后祈求昊天保佑,重塑王朝。"藐藐昊天,无不克巩。无忝皇祖,式救尔后。"《召旻》中诗人也从古今对比中,讽谏周王任用老臣,以挽救危局,最后诗云:"於乎哀哉,维今之人,不尚有旧。"郑《笺》:"今,今幽王臣。'哀哉'哀其不高尚贤者,尊任有旧德之臣,将以丧其国。"诗人委婉地表达自己的政治主张:"尊任有旧德之臣"。

从以上关于"怨刺诗"两个内容特点的叙述可知,不仅不同于一般"怨刺",也不能等同于"变雅",事实它只是"变雅"的一部分诗。这一点常被研究者所忽视。郑玄在《诗谱序》中以其敏锐的目光,早已作了明确区分。在上面所引"怨刺相寻"之后,接着叙述道:

　　五霸之末,上无天子,下无方伯,善良谁赏,恶者谁罚,纪纲绝矣。故孔子录懿王、夷王时诗,迄于陈灵王淫乱之事,谓之变风、变雅。

　　对郑氏这段话,孔颖达解释说:"懿王时诗《齐风》是也;夷王时诗《邶风》是也。陈灵公,鲁宜公十年为其臣夏征舒所弑,变风齐、邶为先,陈在最后,变雅则处其间,故郑举其终始也。"(《毛诗正义》)孔颖达的理解是符合郑玄意思的,可见郑玄是把"怨刺诗"与变风、变雅区分开来叙述的,尽管"怨刺诗"都在"二雅"中,但与"变雅"不是一个概念,虽然后人对"变雅"的理解并不一致,如陆德明以为从《鹿鸣》至《菁菁者莪》16篇为正小雅,从《六月》以下58篇为变小雅:从《文王》至《卷阿》18篇为正大雅,《民劳》以下13篇为变大雅。王应麟以为"大雅之变,作于大臣,召穆公、卫武王之类是也。小雅之变,作于群臣,家父、孟子之类是也"。刘瑾又以为"以美为正,以刺为变",惠栋"正变犹美刺"之说同此。戴震以为"风雅之有正变,所言者,治世之正事,则为正;所言者乱世之变事,则为变"。他们尽管正变的说法不同,但有一点是共同的,所说的"变雅"的概念都大于"怨刺诗"的概念。所以研究者有的把"变雅"与"怨刺诗"看作二而一,认为二者完全等同,这是不对的。

　　再者,还有一点应该明确,那就是"怨刺诗"中怨与刺义近,孔颖达说:"怨亦刺之类,故连言之。"《诗经》文本"怨"字凡九见,《毛传》皆无释,郑《笺》有怨憎、怨恚、小讼三解,其义人同小异;"刺"字凡两见:一为《魏·葛屦》:"是以为刺",《毛传》无解;一为《大雅·瞻卬》:"天何以刺",《毛传》:"刺,责。"郑《笺》申述:"王为政既无过恶,天何以责?"孔颖达说:"刺者,责其愆咎。"毛、郑、孔所释,与"怨刺诗"内容完全相合,"怨刺"即"怨责"。怨、责皆是表现情感的词,"怨"当然有责,"责"中也必然有怨,孔颖达正是就这一意义上肯定"怨亦刺之类"。从前面对"怨刺诗"内容特征的叙述中,我们可以看出,这类"怨刺诗"对周王只"责其愆咎",而绝没有讽刺之意,诗作者面对周室衰微,祸乱频生,不是冷眼旁观,更不是恶语嘲讽,而是要借讽谏针砭时政,多方献策,为复兴王朝尽职尽力。诗中表现出的这一立场可谓坚定不移,有的甚至明知写这样的劝谏诗,会遭到伤害,但出于政治责任感,也在所不顾,《桑实》就是一例,诗人最后严正表示:"虽曰匪予,既作尔歌!"欧阳修对"怨刺诗"曾有过深刻揭示,他说:"盖刺者,欲其君闻而知过。"(《诗本义·荡》目的则是"欲其君改过,非欲暴君恶于后世也"(《诗本义·节南山》)。而当代研究者似普遍对此有误解,有人径称"怨刺诗"为"政治讽刺诗",这是很不妥当的。其实,"刺"字在先秦两汉时代还没有含"嘲弄"意思的"讽刺"义项,今略述于下:

《说文》"刺"字下曰:"君杀大夫曰刺;刺,直伤也。"段玉裁认为后一义"当为正义",其他包括许慎列为第一义项的"君杀大夫曰刺"在内"皆为引申之义",并就此列举了一些句例。今把段注引例及本人所见先秦两汉典籍有关"刺"字句例抄纂于下:

(1)《礼经》"刺草";《荀子·富国》"刺草殖谷"。

(2)《大雅》之刺训责;《淮南·说林训》"刺我行者欲与我交"。

(3)史称"刺六经作《王刺》"。

(4)官称刺史;《汉官典仪》"刺史,行君国,省察政教……"。

(5)针黹曰刺绣;《史记·货殖列传》"刺绣文,不如倚市门"。

(6)用槁曰刺船;《庄子·渔父》"乃刺船而云"。

(7)盗取国家密事,刺探尚书事;《后汉书·章帝纪》"刺探起居"。

(8)《尔雅·释诂》"刺,杀也";《史记》"刺客列传"。

(9)《战国策·齐策一》"能面刺寡人之过者,受上赏";《史记·田叔列传》"臣请先刺举三河"。

(10)《周礼·小司寇》"以三刺断庶民狱讼之中"。

(11)《淮南·泛训论》"修戟无刺"。

(12)《考工记·庐人》"刺兵欲无蜎"。

(13)《方言》"凡草木刺人,自关而西谓之刺";《汉书·霍光传》"若有芒刺在背";《孟子·梁惠王》"是何异于刺人而杀之"。

(14)《释名·释书契》"书称刺,书以笔刺纸简之上也";《论衡·骨相》韩生"通刺倪宽",此"刺"即今名片。

(15)《汉书·梅福传》"京兆尹王章素忠直,讥刺(王)凤,为凤所诛,王氏浸盛"。按:此"讥刺"《辞源》释"讽刺",也欠妥。《说文》:"讥,诽也。"段注:"讥诽叠韵,讥之言微也,以微言相摩切也。""讥"在古代表示非难的意思,与"刺"相近。"讥刺"亦即"非难指责"的意思,与今语

"讽刺"有别。

以上只是把先秦两汉古书中所见"刺"的义项及有关句例加以排比,未按其本义、引申义、假借义次序整理,用意只想就本人管见所及,说明今语"讽刺"这一义项在先秦两汉时期还未出现,从而证明班固、郑玄所说的"怨刺诗",不能理解为"讽刺诗"或"政治讽刺诗",这既不符合诗的实际内容,又误将"刺"的后起义提前,在训诂上也通不过。最后还顺便提一句,《诗序》中138个"刺"字同样不能作今语"讽刺"讲。

本文所论不当之处,恳请同仁指正。

[原载《第四届诗经国际学术研讨会论文集》,学苑出版社2000年版]

《诗经举要》前言

一

　　《诗经》是我国第一部诗歌选集,编辑成书的时间大约在公元前六世纪左右。它最初叫作《诗》《诗三百》《三百篇》等,到西汉被统治者尊为儒家经典之后,才有《诗经》之称。

　　《诗经》共收编诗三百零五篇,原先全是乐歌,它的编排就是按照乐曲的不同分为"风""雅""颂"三类。"风"有十五国风,属于地方曲调,共有一百六十篇;"雅"有大雅、小雅,属于朝廷的"正乐",共有一百零五篇;"颂"有周颂、鲁颂、商颂,属于伴舞的祭歌,共有四十篇。从时代考察,《诗经》包括从公元前十一世纪到公元前六世纪五百多年间的作品,即从西周初期到春秋中期;就地域说,主要产地是黄河流域,也远及长江、汉水一带,即包括今甘肃、陕西、山西、山东、河南、河北、湖北等一些地方。

　　关于《诗经》的编辑问题,先秦典籍中没有说,汉人却有"采诗"和"删诗"的说法。关于"采诗"说重要的有下列几家:

　　第一,《礼记·王制》说:天子每五年视察一次,所到之处,"命太师陈诗以观民风"。

　　第二,扬雄《方言》附录刘歆的话说:尧、舜、夏、商、周、秦时,每年的八月都委派使者在路间巡视,征集方言、童谣、歌戏。

　　第三,班固《汉书·食货志》说:每年五月,集体居住的人们将分散的时候,主号令的长官敲着金属木舌的大铃,在路上巡视采诗。他们把采得的诗献给乐官太师,配上乐谱,然后唱给天子听。

　　第四,《汉书·艺文志》说:古代设有采诗的宫,天子依靠他们采来的诗观察风土人情,了解政治设施恰当与否,以便自己考核更正。

各家所说的采诗的具体情形,大约是根据汉时乐府机关采诗而想象出来的,所以不尽相同,也未必可靠。现在一般认为诗的来源大致有三种:祭祀诗和燕享诗,可能出自巫、史之手,有的或依据古祭歌和神话传说加工的;政治讽喻诗基本是公卿士大夫献的;风谣则是王朝的乐官在诸侯国的配合下采集来的,当然他们在入乐时,对部分诗可能有过润色改编,所以风诗地域非常广阔,而形式、音韵却很统一。

至于"删诗"说,则是司马迁最早提出的。他说:"古者诗三千余篇,及至孔子去其重,取可施于礼义……三百五篇,孔子皆弦歌之。"①即是说,《诗经》最后的编订工作是由孔子完成的。其实这种说法是靠不住的。我们查看先秦史书,在《诗经》成书前,已经有不少诗在周王朝和诸侯国的上层社会流传了,这就是君臣、士大夫之间,外交人员之间,引用诗来表现或强调自己的意见和主张。

我们知道,无论是交谈引诗或外交赋诗,这在说者与听者都要对"诗"较熟悉才能办到,否则便无法交流思想。而根据《国语》《左传》等书所提供的史料推测,至迟在公元前十世纪左右,"周颂"就已经在上层统治者中间口头流传,后来扩大到"大雅""小雅"和"风"。在公元前六世纪《诗经》成书之前,上层集团中流传的诗,见于记载的已很多。这一事实表明:《诗经》的编定是经过几个世纪的酝酿,经过了千人万手,最后的总成乃是水到渠成,势所必然了。有人说这个汇编工作是由周王朝乐官们做的,这是对的。而像司马迁说的那样,孔子凭着个人意志,把原来上层统治者已较熟悉的东西大刀阔斧地砍削,十不存一,于情理上说不通。何况根据《左传》的记载,吴国季札在鲁国听乐队演唱的诗,其编次已与今本《诗经》大体相同,其年孔子才八岁。这就充分证明,在孔子之前已有一部与今本《诗经》相近的本子流行于各诸侯国了。

周王朝为什么要编辑这样一本诗歌选集呢?这是"制礼作乐"的需要。西周王朝建立的初期,为了巩固周王室的统治,加强对诸侯国的控制,政治家姬旦领导了"制礼作乐"。"礼"即宗法制和等级制相结合的一套礼仪制度,"乐"则是配合"礼",并为"礼"用的。不同场合用不同乐舞,严格地反映了奴隶社会君臣、上下、父子、兄弟、亲疏、尊卑、

①《史记·孔子世家》。

贵贱等礼仪制度。《诗三百》这部乐歌,正是适应了统治者"制礼作乐"的需要而被收集起来的。宋人郑樵说:"礼、乐相须以为用,礼非乐不行,乐非礼不举",而"乐以诗为本,诗以声为用"①。这就清楚地说明了"乐"是为了"礼"的需要,而诗的收编是和作"乐"结合的。

不过,郑樵认定统治者收编"诗"的目的只是"为燕享祀之时用以歌,而非用以说义也"。这话未免失之偏颇。从先秦典籍的记载看,恐怕统治者对诗义是更注意的。《国语》中《周语上》和《晋语六》都有关于公卿列士献诗的记载。献诗的目的就是让周天子了解民情,采取对付的措施。周统治者不像殷王那样一味迷信天命,而比较重视人事,如《尚书·无逸》中周公告诫成王时,就提到要"先知稼穑之艰难,乃知小人之依"("先懂得种庄稼的艰难,才能了解人民的内情")。又说:"天命自度,治民祗惧。"("天命自己要考虑,统治人民要谨慎小心。")"献诗"正是从这样的认识出发的。《左传》昭公二十一年周王朝乐官泠州鸠对周景王说:"天子省风以作乐",这里点明了"省风"与"作乐"的关系。"省风"就是了解风俗人情的意思。所以周统治者对《诗经》不是单纯"用以歌",而且还用以了解风俗人情。

《诗经》成书于春秋中叶,也绝非偶然。西周前期是奴隶制全盛时期,后期则是奴隶制逐渐没落了,厉王和幽王统治时期,政治十分黑暗,社会动乱不宁,在阶级矛盾与民族矛盾的总爆发中,西周王朝寿终正寝。平王东迁以后,王室卑微,诸侯互相攻伐,奴隶制"礼崩乐坏",从经济基础到上层建筑都急剧地向封建制过渡。然而,东周王朝还梦想着恢复西周礼治,于是便拼命抓意识形态,订《礼》《乐》,编《诗》《书》,以加强其思想统治。可见,《诗经》成书于春秋中叶,正是阶级斗争日趋激烈的反映与需要。

二

列宁曾指出:"每一种民族文化中,都有两种民族文化。"②在一部《诗经》内就有着两种民族文化:下层人民的诗歌和贵族统治阶级的诗歌。"三颂"和"大雅"全是贵族阶级的作品。"小雅"大部分是贵族的作

①《通志·乐略》。下引同此。
②《列宁全集》第二十卷,人民出版社1958年版,第15页。

品,少数是下层人民的作品。"风"大部分是下层人民的作品,少数是贵族的作品。下面我们将两种民族诗歌分别加以叙述。

《诗经》中的民歌是最宝贵的部分,它以形象的历史,反映了周代五百多年间的社会生活,反映了人民的思想、愿望和感情,有着相当的广泛性和深刻性。

第一,反映了人民被剥削被压迫的悲惨命运,以及他们所作的反抗斗争。《豳风·七月》是西周初期的作品,它真实地展现了奴隶的艰辛劳动和困苦不堪的生活图景。诗中虽没有强烈的反抗精神,但叙述中两个阶级的生活对比异常鲜明,字里行间隐含着诗人的悲怨,从而把西周社会的阶级矛盾显现出来了。"魏风"中的《伐檀》和《硕鼠》则是表现人民反抗的最著名的诗篇。《伐檀》幽默而辛辣地嘲讽剥削者不劳而获,揭露了他们寄生虫的本质。《硕鼠》痛骂剥削者是喂不饱的大老鼠,诗人并发誓要以逃亡来反抗,虽然他们追求的生活理想只是幻想,但却反映了被剥削者的初步觉醒,鼓舞着千百年来人民为美好的生活而斗争。《齐风·东方未明》是奴隶对被监督着不分日夜地劳作的怨愤。《召南·采蘩》是女奴隶之作,诗中辛酸地叙述了她们采蘩养蚕的艰苦劳动和成果全归奴隶主所占有的不平现象。《小雅·苕之华》喊出了下层人民在灾荒之年无以为生的绝望呼声,惨不忍闻。这类诗篇在《诗经》中虽然不多,但却为我们勾勒出了周代社会阶级关系的真实图画。

第二,反映了沉重的兵役和徭役给人民带来的深重灾难。从西周后期以来,战争不息,特别是东迁以后,周王朝完全失去了对诸侯国的控制力,"征伐"不是自天子出,而是各国之间强凌弱,众暴寡。频繁的战争,造成千家万户妻离子散,家破人亡。周民歌从各个角度写出了人民所遭受的战争与徭役的灾难。其中有的是士兵之歌,如《邶风·击鼓》《王风·扬之水》《小雅·何草不黄》《豳风·破斧》《小雅·采薇》《豳风·东山》等。《击鼓》写一位士兵在行军途中追忆与妻子诀别的情景,充满着难以生还的忧伤,以及对驱迫他上战场的统治者的憎恨。《王风·扬之水》是东周王朝派往防戍申国等地的士兵思乡怀人之作,他们对遥遥无期的服役无比愤怒。《何草不黄》则是怨恨行役劳苦和官兵间的极不平等。《陟岵》又别开生面,写服役者登高望远,想象父母、兄弟如何为他的安全而担忧。《破斧》是西周早期的诗,写一位随周公东征的士兵自幸生还。《采薇》也是士兵征战归来的诗,但内容更为丰富曲折,既写到思乡之苦,也表现了对战斗胜利的自豪。感情起伏,情景交融,是一篇不可多得的好作品。《东山》虽说也是东征归来的士兵途中抒情之作,而内容与《破斧》《采薇》又不同。它侧重表现这位士兵对家园和妻子细腻而深厚的爱,以及由此而产生的重整家园的信心。

外有旷夫,则内有怨女。有的诗就是从思妇一面控诉了战争给人民带来的灾祸,《卫风·伯兮》和《王风·君子于役》便是其中的名篇。前一首诗中思妇的地位似较高些,她一面为丈夫是国家的有用人才、能充当王军的"前驱"而骄傲,一面又感到丈夫走后孤寂空虚,毫无生活乐趣,连日常的梳妆也一概无心。她的思念是极沉痛的。后一首诗中的思妇是位山村农家妇女,她不知丈夫生死存亡,思念中包含着极大的忧惧。诗的容量更为丰富,对战祸的控诉也更加深刻有力。

战乱也必然要伴随着沉重的徭役,《邶风·式微》控诉了无休止的徭役对人们的折磨。《唐风·鸨羽》中的农民喊出了"不能蓺稷黍,父母何怙"的惨痛呼声,反映了徭役严重破坏农业的重大社会问题。《王风·兔爰》则是写东周王朝直接统治区的人民在日益加重的徭役逼迫下走投无路,惟求一死了事,其悲惨的境况更不待言。

战争与徭役既严重地破坏了农村经济和城镇的手工生产,也就不可避免地要造成社会上大批流浪者。《王风·葛藟》和《小雅·鸿雁》都是流浪者之歌,诉说了他们离乡背井之苦,从另一个侧面揭露了统治者的罪恶。

第三,讽刺统治阶级荒淫腐朽。讽刺诗是人民同压迫者进行斗争的有力武器,往往在嬉笑怒骂中,无情地撕下了统治者的假面具,很有战斗性。如《邶风·新台》讽刺卫宣公强娶儿媳妇作小老婆;《鄘风·墙有茨》揭露公子顽与后母乱伦;《鄘风·相鼠》挖苦卫国统治者品性恶劣,不如老鼠,诅咒他们该早死!《陈风·墓门》表现了陈国人民对作恶多端的统治者深恶痛绝。诸如此类揭露统治者丑恶面貌的诗还很多,如《齐风·南山》《陈风·株林》等,因本书中未选,就不一一介绍了。

第四,直接抒写劳动生活情景的。这类诗很少,只有《周南·芣苢》《魏风·十亩之间》两首。这两首诗内容较简单,描写的都是妇女集体采摘劳动,前者采芣苢,后者采桑,似乎都是村社的集体劳动,情调自由欢快。这两首诗或由远古口头相传下来,或采自当时的村社。这里可与国外一条事例对照：一九七七年《化石》第二期上曾登载一条消息说，今天菲律宾棉兰老岛南部还有着石器时代的人，他们过着采集和渔猎生活，妇女们在采集山药时，一边采一边唱，以表示对这种植物的感谢，此与《芣苢》一诗采得"芣苢"时的喜悦心情颇相类。

第五，占比重最大的是关于爱情和婚姻问题的诗。爱情是人类特有的一种感情。《诗经》中表现纯真的爱情的民歌很不少，而且表达方式大多具有质朴、热烈而大胆的特点。如《郑风·溱洧》和《陈风·东门之枌》仿佛是古代男女交游的风俗画。前者写郑国上巳节青年男女邀伴春游，互相调笑，最后"赠之以芍药"以示相好；后者表现陈国习俗酷爱歌舞，青年男女借舞会自由寻找对象。《卫风·木瓜》《郑风·蹇兮》则是写青年男女在劳动中结下姻缘：一是互赠定情物，表示相互爱慕；二是邀歌对唱，借以表白心事。《召南·野有死麕》《郑风·野有蔓草》都是写男女不期相遇而结合，更带有原始性。《邶风·静女》《鄘风·桑中》写青年男女约会，表现了大胆而挚热的情爱。从这些民歌中，我们可以看到，在春秋以前，礼教在民间的约束力远不如后来封建社会那么强固，周代去古未远，原始群婚制的某些观念仍残存在人们头脑中。《周礼·地官》说："媒氏掌万民之判。……中春之月，令会男女，于是时也，奔者不禁。若无故而不用令者罚之。"这也可以看出，在周代民间婚姻还保持着较多的自由。了解了这一特定的社会背景，再读上面那些带有原始婚姻习俗的情歌，就好理解了。

恋爱既有一帆风顺的，当然也会有中途发生误会、猜疑乃至彻底破裂的。请看《卫风·芄兰》和《郑风·褰裳》：前一首是姑娘责备小伙子装模作态不理她；后一首是一位泼辣的姑娘对小伙子挑战："子不我思，岂无他人！"有的还表现多情人单相思的苦恼，"周南"中的《关雎》和《汉广》是写痴心汉的幻想；《邶风·简兮》和《小雅·隰桑》则是表现女子的痴情，特别是后一首写少女羞于向意中人透露爱情的矛盾心理，的确缠绵悱恻，细腻入微。

还有的表现了新婚的欢乐，以及男女坚贞的爱情。《周南·桃夭》祝贺新娘子获得幸福；《唐风·绸缪》写闹新房。这两首诗虽短小，却充满着生活意趣。《郑风·出其东门》表现了下层人民忠实于爱情；《齐风·女曰鸡鸣》写劳动人民夫妇间和谐的家庭生活；《唐风·葛生》是妻子悼亡夫的诗，痛苦悲绝，几不欲生。这说明他们夫妻原先感情之深厚。

　　爱情的不自由，男女的不平等，是随着私有财产的形成和父系社会的确立而逐渐产生和发展的。周代在婚姻方面既保留了古代的一些遗俗，也产生了父母包办的婚姻制度。《诗经》中的民歌反映这方面内容的不多，然而也有几篇很成功的作品。《王风·大车》和《鄘风·柏舟》都是写女子为争取婚姻自主而斗争的。前一首写姑娘为忠于爱情，大胆地提出要与小伙子私奔；后一首写姑娘断然拒绝母命，誓死爱定自己心上的人。《郑风·将仲子》中的姑娘虽不如前两位斗争性之强，她在家庭、外界的压力下，婉言拒绝情人前来幽会，但是始终认定情人是值得自己怀念的，看来她也不是一个完全"就范"的女子。可以想象，那深埋在她心底的爱芽，总有一天会冲破一切障碍生长起来!《邶风·谷风》和《卫风·氓》是最著名的弃妇诗。这两位女主人公被丈夫虐待以至抛弃的悲惨命运完全一样，但是她们表现的态度却很不同：前一首弃妇优柔软弱，被弃后仍藕断丝连，割不断旧情；后一首的弃妇则显得坚强决断，她从亲身的遭遇中接受教训，认清了丈夫的本质，所以能快刀断麻，干净利落。这两个弃妇的不幸遭遇是男女不平等的社会制度造成的。她们的悲剧在两千多年来的旧社会，具有普遍意义。

　　以上五方面只是《诗经》中民歌的主要内容，当然还不止于此。如《秦风·无衣》表现了下层士兵抵御外来侵略的团结战斗的精神；《邶风·凯风》《小雅·蓼莪》都是表现子女对父母深厚的爱；《豳风·鸱鸮》以小鸟的辛劳危苦寓寄人民岌岌可危的处境，反映了乱世人民对祸无旦夕的忧惧。这些都是具有一定的认识价值和教育作用的。

三

　　对《诗经》中贵族和下层官吏、文士的诗歌，也要作具体分析，要像毛泽东同志指出的那样，看它对待人民的态度如何，在历史上有无进步意义，逐一检查，根据不同情况，给予适当的评价。

　　在这类诗中，那些夸耀文治武功、表现统治阶级占有欲，以及阿谀逢迎之作，除部分有历史认识意义外，多数没有什么价值，本书没有入选，这里也就不费笔墨了。我们要谈的是几类较有意义的诗篇。

　　第一，政治讽喻诗。这类诗一般都写在西周末、东周初。这是因为西周从夷厉统治的时期开始，王朝一天天衰落。厉王是个暴君，他一面重用荣夷公等坏人,加紧搜刮人民,一面又采用高压恐怖政策,禁止人民批评,结果激起人民暴动,把他赶下台。其后,他的儿子周宣王上台,虽号中兴,但由于他对外频繁用兵,国力已十分虚弱,阶级矛盾在不断激化。接替他的周幽王,昏聩荒淫,排斥贤才,重用坏人,结果招来了犬戎入侵,自己被杀,国都沦陷。后来在诸侯国的帮助下,都城东迁至洛阳,史称东周王朝。东周王朝虽力图恢复西周盛世,但历史的发展却与统治者愿望相反,王朝从此一蹶不振了。政治讽喻诗揭露了这个时代的黑暗和统治阶级的腐朽荒淫,也偶尔触及人民的某些苦难。"大雅"中的《荡》据说是召穆公劝谏周厉王的诗,他借文王声讨殷纣王残暴骄淫,结果弄得"颠沛之揭",提出"殷鉴不远,在夏后之世",警告周厉王接受教训,改弦更张。《桑柔》据说是周厉王时卿士芮良夫所作,内容与《荡》相近,态度却激烈得多,它直斥厉王暴虐昏聩和臣僚们贪残害国,并对动乱中受害的人民表示同情。至于刺周幽王的诗,那就更多了,如本书收选的"小雅"的《节南山》《正月》《十月之交》《雨无正》《小旻》,还有"大雅"的《瞻卬》等都是。这些诗有的写于西周灭亡的前夕,有的写于东周建国之初。诗的作者有的是国家重臣,有的是失势的贵族,有的是近侍小臣。内容虽各有侧重,但大体说是相近的,不外乎是责怨周幽王苛虐昏暗,宠信褒姒,任用群小,摧残贤才;或者是指斥权臣弄奸,嫉贤害能,危害国家。他们对"赫赫宗周"的毁灭无比痛心,都表现出一片孤臣孽子之心。这类诗有的揭露了谗言的危害,如《巧言》《巷伯》等。其中有的作者就是亲受谗害的,故对进谗的奸人痛恨入骨,对信谗的最高统治者也不无微词,反映了当时社会上邪与正、善与恶的斗争;有的诗表现了下层官吏对统治阶级内部劳逸不均的牢骚,如《召南·小星》《邶风·北门》《小雅·北山》等,它们从一个侧面揭露了社会的不平等。当然,这种不平等,还只是统治阶级内部的事,实质不过是大狗与小狗、饱狗与饿狗之间的矛盾罢了,这同压迫与被压迫、剥削与被剥削的阶级不平等关系,是不能混淆的。还有《小雅·小弁》反映了统治阶级家庭中父子的斗争,撕开了剥削阶级"孝"与"慈"那温情脉脉的面纱,还它个"钩心斗角"的真面貌。《小雅·宾之初筵》是一首描写统治者狂饮场面的诗,从与宴者醉前醉后的态度变化,揭露了贵族礼节的虚伪性与腐朽性。《小雅·大东》则是通过西人与东人在生活与政治地位方面悬殊的对照,揭示了当时的民族矛盾。

第二,表现旧贵族没落思想的。这类诗虽有些消极,但却有一定认识意义。从西周末到东周,是阶级关系急剧变化的时期,有的旧贵族在斗争中没落了,失去了原有的地位和财产,因而他们也就跟着产生了颓废的思想,如《唐风·山有枢》《秦风·权舆》《陈风·衡门》所写就是。前两篇我们没有选,《山有枢》原主题是讽刺守财奴的,但从中却表现出诗人自己要及时行乐,醉生梦死:"子有酒食,何不日鼓瑟?且以喜乐,且以永日。"思想毫无可取。《权舆》则是从自己今昔生活的对比中,感伤过去"每食四簋,今也每食不饱"的变化。留恋过去,痕恨现在,本是一切没落阶级的特征。《衡门》则较前两首思想隐蔽,它是没落者的自我解嘲,在无可奈何中,只得堂而皇之地表示要安贫乐道,实则与前两首的本质完全一致。

从以上两方面诗中可以看出,西周后期和东周初期,社会交织着各种矛盾,周王朝日益没落,旧贵族腐败不堪,奴隶制崩溃大势已成,新兴的封建制度必将取而代之!

第三,反映周部族发展的史诗。如"大雅"中的《生民》《公刘》《绵》《皇矣》《大明》等,都属这一类。这些诗从周部族的始祖后稷诞生、成长写起;中间叙述远祖公刘由邰迁居到豳,文王祖父古公亶父又由豳迁居到岐下,建立国家;最后说文王受命安天下,武王继承父志灭商,建立周王朝。有的诗如《生民》,带有浓厚的神话色彩,很显然是根据人民口头传说加工的。这类史诗也许出自史官,其写作目的自然是宣扬自己祖先的光荣伟大,受命于天,借以恫吓百姓,教育后代,从而巩固自己及其子孙的统治。不过因它保存了某些神话传说和一些史实,表现了我们先民的智慧与创造力,有一定意义。

第四,关于农牧的诗。如《大田》《无羊》《良耜》《载芟》等均属之。这些原都是祭歌:或为祈年的祷词,或为丰收后的报神歌。其中有的是利用远古民间祭歌经过巫、祝加工修改的,明为祭祀诗,实则往往详细地叙述了生产的过程,劳动的场面,乃至生产技术的运用。这类诗是我们研究古代社会生产发展和社会风貌的宝贵史料,同时有的就艺术性说也是很好的。

其他,有些接触到某方面史实的诗,也是不可忽视的。如《大雅·云汉》写的是周宣王时一次特大旱灾,人民在饥荒中大量死亡。周宣王在大旱面前束手无策,惊恐不已。《鄘风·定之方中》则是写春秋前期卫国被狄人灭亡,卫文公带领残部渡过黄河,在漕邑重建卫国的事;与此有关的《鄘风·载驰》是卫文公妹妹许穆公夫人所作,表现了深厚的爱国思想和她的坚强性格,是"风"诗中很出色的一篇。《秦风·黄鸟》揭露了秦穆公以活人殉葬的罪恶;《秦风·黍离》从旧贵族眼中写出了西都遭犬戎之乱后的惨破景象。这些诗从不同方面反映了社会现实,其价值不亚于前几类。

另外,虽没有写到重大的社会事件,却表现了某一方面真切的感情,富有动人的力量。如《周南·卷耳》写妻子怀念远地行役的丈夫;《邶风·燕燕》写卫侯送嫁,兄妹间恋恋不舍的情意。这些诗的特点是,篇制短小,感情含蓄,意境真切,耐人寻味。再如"小雅"中的《鹿鸣》《伐木》《斯干》等,也反映了人们某方面的生活与感情:有的写亲友间的亲密交往;有的是对生活的良好祝愿。对我们了解古代社会人情风俗,也有帮助。

四

总括上述,我们可以看到《诗经》中的民歌充分体现了"饥者歌其食,劳者歌其事"的现实主义精神;一部分出自士大夫文人之手的优秀诗篇,也在不同程度上反映了一定时代的历史面貌。我们毫不夸张地说,《诗经》是一部巨型的历史画卷,它展现了从西周初期到春秋中期五百多年间的社会生活的各个侧面,涉及各阶级、阶层的人物的活动与思想感情,透视般地显现了大动荡时代的社会本质,奠定了我国古代诗歌现实主义的优良传统。历来的优秀民歌,进步诗人提出的各种诗歌革新的口号和他们的现实主义创作,都是对《诗经》这一精神的继承和发扬。

《诗经》中的大量优秀诗作也为我们提供了极丰富的艺术营养。

首先是赋、比、兴的运用。《毛诗序》的作者根据《周礼》"太师教六诗"的说法,将"风、赋、比、兴、雅、颂"命名为"六义",后来孔颖达又将六者的次序加以调整,并作了一番解释,他说:"风、雅、颂者,诗篇之异体;赋、比、兴者,诗文之异辞耳。……赋、比、兴是诗之所用,风、雅、颂是诗之成形。用彼三事,成此三事,是故同称为'义'。"(《毛诗正义》))这一段话大体是对的,说明了"风、雅、颂"是诗体的分类(当初应是乐调的分类),"赋、比、兴"则是诗的三种表现方法。关于风、雅、颂的含义,我们将放在后面三类诗的题前介绍,这里只谈赋、比、兴。

赋、比、兴的解释,从来就有很多说法,这里,我们只引朱熹的话加以说明:

> 赋者,敷陈其事而直言之者也。
> 比者,以彼物比此物也。
> 兴者,先言他物以引起所咏之词也。

用今天的话说,"赋"就是直接叙事、刻画和抒情;"比"就是打比方;"兴"就是起头,即先说别的事物,以引出诗人要说的事物。赋、比、兴都是诗人用以构筑诗的艺术形象和意境的方法,一般说来,虽某些诗侧重用赋、或比、或兴,而多数则是交互运用。就三类诗相对地说,在"风"和"小雅"中用比、兴多些,"大雅"和"颂"则多用赋。南宋吴泳曾对《毛诗》注明"兴"的诗有过统计,他说:

> 毛氏自《关雎》而下总百十六篇,首系之"兴"。"风"七十,"小雅""四十,"大雅"四,"颂"二,注曰"兴也"。①

这个统计虽未必百分之百精确,但可供我们参考。下面我们将分析一下《诗经》中"比"与"兴"的具体应用。

《诗经》中共用"比"一百一十处②,现在修辞学上说的明喻、隐喻、借喻都有了,而且用得灵活,起到了很好的描写效果。有的是借以显示出事物的特征。如《《伯兮》用随风飘转的蓬草,比喻女子头发之"乱";《简兮》用猛虎比喻舞者之"勇力"。有的是借以把抽象的心理状态具体化。如《黍离》中用酒醉比喻人内心恍恍惚惚,《小弁》中用被捣比喻切肤之痛。有的是借以加强讽刺力量。如《硕鼠》用大老鼠比喻剥削者,以突出其贪婪狡黠的本质;《新台》用癞蛤蟆比喻卫宣公,以显出他的臃肿老态。有的比喻意较复杂。如《邶风·谷风》:"就其深矣,方之舟之;就其浅矣,泳之游之。"这是一则借喻,用视河深浅而变换渡

---

① 转引自王应麟《困学纪闻》卷三。
② 据谢榛《四溟诗话》卷二统计。

河方式,以比喻女子善于持家,能应付不同的情况。这些比喻都具有形象、新鲜、贴切的特点,加强了事物的可感性,仿佛可视、可触、可察。比喻用得精当,是以熟悉事物和善于比较为基础的。

《诗经》中共用"兴"有三百七十处①。"兴"本来起源于民歌,是民歌的一大特点。《诗经》中的"兴"就内容说:在事,则多半是劳动;在物,则是草木鸟兽昆虫及天象地理之类。《诗经》中的"兴"除极个别的例外,都是用在一首的开头。根据"毛传"注明诗首章发端是"兴"的共有一百一十四篇,只有《秦风·车邻》在次章前两句、《小雅·南有嘉鱼》在第三章前两句,而后一篇朱熹却认为在首章前两句。因此真正的例外只有《车邻》一篇。就"兴"与诗正文的关系看,基本分两类:一是在意义上与正文没有联系,只是借来开头,从韵脚或语势上引起下文。二是与正文有意义上的联系,其中有的起比喻作用,如《墙有茨》用墙上蒺藜不可扫去,比喻宫中的丑事不可传闻;有的起烘托作用,如《桃夭》用鲜艳的桃花烘托婚嫁的喜庆气氛。这种"兴"已是构成诗的形象和意境的不可缺少的部分了。

其次,再谈谈《诗经》中其他形象化方法,其实这也都是由赋、比、兴派生出来的:

第一,鲜明的映衬。映衬实际是比喻的一种扩大,用两种相反的事物,彼此对照,使要说的事物的本质与特征更加鲜明。如《邶风·柏舟》:"我心匪石,不可转也。我心匪席,不可卷也。"这里是以石可转、席可卷,反衬自己的意志不可动摇,决不屈从。《小雅·正月》:"谓天盖(盍)高,不敢不局;谓地盖(盍)厚,不敢不蹐。"这里以天高地厚,同自己屈身小步走路相对照,反衬出自己在政治高压下诚惶诚恐,小心翼翼的心理。《采薇》末章前四句:"昔我往矣,杨柳依依;今我来兮,雨雪霏霏。"这是一个对偶句式,以去时"杨柳依依"的春景,同今日归来"雨雪霏霏"的寒冬气象对照,以反衬出征人此时悲凉的心境。

第二,恰当的夸张。夸张也多半带有比喻性质。《诗经》中有许多用得很好的夸张,把事物的特征与本质突现出来了。如《王风·采葛》中用"一日不见,如三秋兮"来形容恋情的热切。其实,这两句诗只是如朱熹所说"言思念之深,未久而似久也"②。《小雅·鹤鸣》:"鹤鸣于九

---

① 据谢榛《四溟诗话》卷二统计。
② 见《诗集传》卷四。

皋,声闻于天。"这里以鹤的鸣声上达于天来形容隐者声誉之高。《大雅·大明》:"大邦有子,伣天之妹。"这是以天帝的妹妹来形容文王夫人太姒貌美,也是夸张的说法。

第三,以物拟人。这是从意象上设喻,可以使表达更加生动,富有意趣。如《豳风·鸱鸮》是一首寓言诗,诗中将鸱鸮拟为恶人,把受害的小鸟拟为被压迫的劳苦人民。《魏风·硕鼠》则是将大老鼠拟为剥削者。但是,在《诗经》中,这种手法用得不多。

第四,丰富的想象。《诗经》中有着许多美丽的奇特的想象,著名的如《大东》七、八、九章,以历举天上的星宿来倾诉人间的不平,新颖而深刻。有的则用悬想来抒发自己怀念亲人之情,如《卷耳》和《陟岵》都运用了这一手法,把远地亲人的形象、行动和语言说得如在眼前一般,这比直接说自己思念要来得亲切动人,所以后来诗人常仿效这一手法。

第五,铺陈叙述。《诗经》中民歌叙事抒情以短小活泼见长,而部分贵族诗歌却善用排比铺叙,对要表现的对象起着强调的作用。如《硕人》第一章,诗人不厌其烦地罗列卫庄姜的至亲贵戚,以突出她的出身高贵。《生民》四、五、六章连用排比句法,极力铺叙后稷如何善于种植,以显出他与生俱来的天才。

第六,人物的刻画。《诗经》中的诗虽篇幅短小,却对人物有着外形或心理的刻画,形象鲜明。先看外形描写:如《硕人》第二章以细腻的工笔摹画庄姜的手、肤、颈、齿、额、眉各部分的超人之美。这里连用四个明喻、两个借喻,并兼及描绘神态。这属于"精雕细刻"一类。也有粗笔触的写意,如《野有蔓草》写少女之美,别的全略去,单突出她"清扬婉兮"——"眼珠儿滴溜溜的啊"!鲁迅说过:"要极省俭的画出一个人的特点,最好是画他的眼睛。"[①]两千年前的无名诗人在艺术实践中,似乎已直观地懂得了这个道理。再说心理描写:有的刻画反映心理活动的"细节",如《邶风·静女》中抓住了小伙子约会不遇时"搔首踟蹰"这一极有特征的细节,便把他当时焦灼不安的心情描述出来了;《周南·关雎》中抓住"辗转反侧",写出了小伙子单相思的痛苦折磨;《陈风·泽陂》则以"涕泗滂沱",写出了女子爱情不遂心的悲伤。有的以环

---

① 见《我怎么做起小说来》,《南腔北调集》,人民文学出版社1980年版,第102页。

境烘托心理,如《秦风·蒹葭》以苇丛霜花衬托深秋清晨访人不遇时的凄楚心情;《王风·君子于役》以山村黄昏的景物,烘托思妇怀人的刻骨忧思。有的则是内心世界的直接坦露,如《郑风·将仲子》《鄘风·柏舟》《召南·摽有梅》《鄘风·桑中》等都是如此,诗中主人公无论是追求爱情中的矛盾苦闷、婚姻的不幸遭遇,或是对爱情的渴望、幽会的欢乐,无不和盘托出,一泻无余。有的叙事诗更难能可贵地展现了人物鲜明的个性,如《卫风·氓》与《邶风·谷风》所写的两位弃妇,一坚强泼辣,一软弱优柔,给人的印象极为深刻。

第七,生动的对话。有的诗通篇都是人物对话,如《郑风·女曰鸡鸣》《齐风·鸡鸣》等;有的则是叙事抒情中穿插对话,如《郑风·溱洧》等。这些对话都切合环境和人物身份,读来仿佛见其人、闻其声,极有真实感。

以上择要粗略地介绍了《诗经》的艺术手法,如果细细演绎,还可说出一些,这里便不一一罗列了。下面再研究一下《诗经》结构形式方面的特点。

因为《诗经》本为乐歌,所以在结构上多回环复沓,在风诗部分尤显得突出。其样式大致有这几种:一种数章中只换了几个字,而表述的意思却有递进,如《芣苢》《摽有梅》《采葛》《将仲子》《野有蔓草》等。有的数章中虽换了几个字,而意思却是平列的,如《式微》《木瓜》《蒹葭》《兔爰》等。有的只是半章重叠。其中有重在前半章的,如《东山》;有重在后半章的,如《汉广》。这种半章重叠,有人认为是歌唱时的和声。还有的在一首诗中,只有部分章重叠,如《采蘩》全诗三章而前两章重叠,《车邻》也是三章,却在后两章重叠;《燕燕》全诗四章,而前三章重叠。可见其变化甚多。就作诗说,重章是为着尽情抒发情感的需要。重章叠唱在后世民歌中也是经常运用的,而文人的诗作则极少用到。

最后再谈谈《诗经》的语言和韵律。

《诗经》是我国古代语言的宝库,很早以来就为人们所重视和学习。孔子曾告诫他的儿子"不学诗,无以言",又说学诗可以"多识于鸟兽草木之名"。可见他已看到了《诗经》有着丰富的语言和生活知识,这比起后来那些死守着封建教规的经学家们,不知高明了多少倍。《诗经》的优美语言不仅为后来的诗人文士所学习,而且有不少已成为人民的口头语,如踟蹰、逍遥、翱翔、邂逅、婀娜、一日三秋、高高在上、不可救药、小心翼翼、战战兢兢、巧言如簧以及人言可畏等等。

《诗经》,特别是其中的民歌,语言非常丰富、准确、生动。其一表现在名物方面:据统计,《诗经》中有草名一百零五种,木名七十五种,鸟名三十九种,兽名六十七种,虫名二十九种,鱼名二十种;器用名三百多①。不能说这个数字很精确,但由此可以见出《诗经》中名词的丰富性是没有问题的。其二表现在描述动作方面,如关于手的动作摹写就有五十多个字:采、芼、掇、捋、刈、抱、击、发、携、叔、搔、扫、执、秉、投、抽、拔、握、伐、凿、剥、摽、索、称等②。仅就这一点,我们也不能不惊服这些古代无名诗人精细的观察力与表现力。其三表现在运用大量迭字来摹声、绘形、状情、描述动态,以增强诗的形象性与音乐美,如:

摹声的:关关雎鸠、喓喓草虫、肃肃鸨羽、坎坎伐檀、交交黄鸟、其鸣喈喈、大车槛槛、风雨潇潇、鸡鸣胶胶、虫飞薨薨、鹿鸣呦呦、鸟鸣嘤嘤等。

绘形的:桃之夭夭,其叶蓁蓁、被之僮僮、河水汤汤、杨柳依依、灼灼其华、青青子衿、习习谷风、杲杲日出、悠悠苍天、绵绵葛藟等。

状情的:忧心忡忡、泯之蚩蚩、言笑晏晏、信誓旦旦、中心摇摇、耿耿不寐、悠悠我思、惴惴其慄等。

描述动态的:采采卷耳、肃肃宵征、舒而脱脱、行道迟迟、行迈靡靡、有兔爰爰、桑者闲闲等。

还有几首诗集中地应用叠字,以显现热烈欢畅的气氛。如《硕人》末章写卫庄姜送嫁的场面;《公刘》第三章写迁居后人民安乐的情绪;《绵》第六章写筑墙时紧张的劳动等。另外还有几种叠字的变式也值得注意:(一)"有"字式:河水有洒、彤管有炜、有芃者狐、有洸有溃等,这些都是"有"字加在形容词前,一般相当于"洒洒""炜炜""芃芃""洸洸溃溃"。(二)"其"字式:击鼓其镗、北风其凉、静女其姝、硕人其颀等,这是"其"字用于形容词前,等于"镗镗""凉凉""姝姝""颀颀"。还有"其"字用在形容词之后的:咥其笑矣、条其矣,这同样等于"咥咥""条条"。《诗经》中大量运用各类叠字,的确使诗增加了不少光彩,刘勰曾赞美说:"写气图貌,既随物以宛转;属采附声,亦与心而徘徊。"因而取

---

① 参见胡朴安《诗经学》,商务印书馆1933年版,第155页
② 参见杨公骥《中国文学》,吉林人民出版社1980年版,第258页。

得了"以少总多,情貌无遗"的奇妙效果①。其四表现在灵活运用语气词方面,诗人恰当地使用了兮、哉、也、矣、思、止、只、忌、之、而、也且、只且等语气词,真切地传达出了自己赞赏、感叹、哀怨、憎恨各种感情,增添了诗的音响意趣。

《诗经》的句式虽大体是整齐的四言诗,但并不拘于四言,在民歌中从一字句到八字句都有,句法参差,更便于淋漓酣畅地叙事抒情,而不受字数约束。《伐檀》是一篇杂言诗的代表作,从中我们很能领悟到它的妙处。这种杂言诗对后世颇有影响。

《诗经》除"周颂"有部分诗无韵,约大部分都用韵。《诗经》的用韵总的说来是很自由的,不像后来近体诗那样严格,所以这里只是大体介绍一下:就一般诗考察,多数是偶句的句尾用韵。首句有用韵的,也有不用的。前者如:"关关雎鸠,在河之洲;窈窕淑女,君子好逑。"后者如:"桃之夭夭,灼灼其华。之子于归,宜其室家。"可是也有奇句用韵的,如:"绵绵瓜瓞,民之初生,自土沮漆;古公亶父,陶复陶穴,未有家室。"还有中间转换韵的,如:"定之方中,作于楚宫。揆之以日,作于楚室。树之榛栗,椅桐梓漆。爰伐琴瑟。"又有间隔成韵的,如:"谁谓鼠无牙,何以穿我墉? 谁谓女无家,何以速我讼? 虽速我讼,亦不女从!"更为特殊的是全诗句句用韵,一韵到底。如《陈风·月兮》:皎、僚、纠、悄、皓、受、慅、照、绍、惨。《诗经》用韵的确出于自然,体现了"里谚童谣,矢口成韵"②的特点。明代音韵学家陈第说得好:"《毛诗》之韵,不可一律齐也。盖触物以摅思,本情以敷辞。从容音节之中,宛转宫商之外。如清汉浮云,随风聚散,蒙山流水,依坎推移,斯其所以妙也。……总之,《毛诗》之韵,动于天机,不费雕刻,难与后世同日论矣。"③

五

《诗经》主要是劳动人民的创作,它的思想光辉和艺术成就,首先应归功于劳动人民。可是这部诗选自编辑以来,却一直为剥削阶级所

①《文心雕龙·物色》。
② 江永《古韵标准·例言》。
③《毛诗古音考》。

独占。最初是作为乐歌被用于祭祀典礼和燕享仪式，为维护奴隶社会秩序服务；春秋期间则被上层社会作为"雅言"用于酬酢和外交；战国时期又被哲学家、史学家作为经典至理引进他们的著作中；自西汉以后直至五四运动以前，更一直被统治阶级当作封建伦理教化的工具。由于这种情况，便给人们带来一种错觉，似乎《诗经》本来全属于奴隶主阶级或封建地主阶级的东西，殊不知这是历代剥削阶级掠夺了劳动人民的文化成果！

历代的剥削阶级为了独占《诗经》，对"诗"曾作了许多传注疏解，妄图把全部诗都纳入"厚人伦、美教化"的轨道。先秦没有说诗专著，评诗言论，散见于先秦历史和诸子著作中，他们首先开了"断章取义"和"以意逆志"的说诗风气，对后世的影响很深。西汉初说诗者有齐、鲁、韩三家：《鲁诗》因鲁人申公培而得名；《齐诗》出于齐人辕固生；《韩诗》为燕人韩婴所授。《毛诗》后出，据说为赵人毛苌所传。在西汉时，三家诗立于学官，《毛诗》未得立。至东汉，经学大师郑玄为《毛诗》作笺，《毛诗》遂逐步取代三家诗，专行于世。《齐诗》亡于曹魏，《鲁诗》亡于西晋，《韩诗》亡于宋，仅有《韩诗外传》传世。现在所传本为《毛诗》。

这本举要是算不得什么研究工作的，只是想通过较详细的注释解说，把《诗经》中一些较好的诗介绍给广大读者，做点古典诗歌的普及工作。其他则非编注者所敢奢望的。这本举要的注释和说明部分，尽可能地吸取前人的有益成果，对今人的论著更多有参考，文中不一一注明，敬请这些作者们见谅。本书写作过程中，得到了一些师友的支持和帮助；出版社的同志认真地审阅了书稿，提出了许多宝贵的修改意见，在此谨表示感谢。这本举要肯定还存在不少错误和缺点，敬希批评指正。

[原载《诗经举要》，安徽师范大学出版社2014年版]

《世说新语》编译前言

　　《世说新语》是我国古代的一部小说，作者是南朝宋人刘义庆。他是长沙景王刘道怜第二子，过继给刘道规，袭封临川王。他爱好文辞，广招文学人才，当时著名诗人鲍照就曾投身其门下。义庆作品虽不多，但在宗室子弟中是一位佼佼者，《世说新语》是他的代表作，有人疑成书于众人之手。本书原名《世说》，唐代称《世说新书》或《世说新语》，后者成为本书专名大约在北宋。

　　《世说新语》按内容分类叙事，今传本三卷，分德行、言语、政事和文学等三十六门，从不同角度记载了自后汉末至东西晋的一些士族名流的逸闻轶事，保留了清议清谈的珍贵资料。清议起于后汉末年，当时大名士陈蕃、李膺、范滂以褒贬人物、清议朝政著名，自公卿以下官员无不惧怕他们的批评，所以李、范等许多名士都死于党锢之祸。三国时议政余风未息，孔融、祢衡等人也没有得到好下场。到魏晋时，士人由清议政事而变为清谈玄理。当时所谓名流都以玄远清谈为高，以放诞简傲为达，形成了所谓"魏晋风度"。《世说新语》就是这一特定历史时期的产物。在本书之前已有裴启的《语林》、郭澄之的《郭子》，二书早已散佚。刘义庆之作是这类笔记小说之集大成者，因成书在刘宋，所以记载人物以晋代为多，其中对东晋王、谢、顾、郗诸士族名流记述尤详。可见《世说新语》虽归属小说类，但人物、叙事并非出于虚构，大多取材于史书杂著，因而本书既有文学价值，又有史料价值，也是研究魏晋语言的重要资料。

　　《世说新语》的内容非常广泛，就其重心说，主要是魏晋名士的玄远清谈、人物识鉴以及他们的行为举止。从这部分中，我们可以清楚地看到当时上层名流的生活习尚、精神风貌。本书《任诞》中记载王恭的话说："名士不必须奇才，但使常得无事，痛饮酒，熟读《离骚》，便可称名士。"王恭从亲身体会出发，给"名士"特点作了概括。"常得无事"

是做名士不可少的条件,如果终日忙碌,那怎会有清谈的闲情逸致呢?《政事》中所载的骠骑将军何充就是如此,他埋头批阅公文,对来玄谈的王濛、刘惔等竟无暇抬头看一眼。可见"清谈"必须"无事",或者是有事不干,《简傲》中载王子猷做车骑将军桓冲的参军,到任日久不办公,桓冲劝他俩料理政务,他却不愿理睬,昂着头颅,说什么"我早上从山西来,带回了一股凉风"。他甚至连自己的任职名称也记不准,居然"骑曹"错说成"马曹"。问他所管理的军府中马有多少匹,他竟不耐烦地说:"我连马都不问,哪里还知道匹数!"作为当时特殊阶层的名士,像王子猷这样不会办实事被视为清高,而不能清谈却要受人讥笑,鲁迅先生曾指出:"若不能玄谈的,好似不够名士底资格。"(《中国小说的历史变迁》)《文学》中记载殷浩与王导一次谈玄析理直到三更天,旁听的王濛、王述茫然不知所云,别人骂他们"像活母狗";又记载王濛准备了"名理奇藻"与和尚支道林清谈,结果一交口就回答不出支的提问,落得个"了不长进"的讥讽,成了一条历史典故。能玄谈还是求官的一条通途,张凭就是因为一次谈玄"言约旨远"而被丹阳尹刘惔看中,推荐为太常博士的。为了玄谈,那时从士人到天子无不学习老庄、《周易》、佛理,要从中取得谈资。简文帝司马昱通于名理,能清谈,他的儿子司马曜更有过之,在孩童时期玄理已深入骨髓,《夙惠》中说他十二岁那年冬天,白天只穿单衣五六层,而晚上睡觉却要盖几床棉被,谢安劝他不要如此冷暖悬殊影响身体,他却回答说"昼动夜静"。原来他是在身体力行《老子》说的"躁(动)胜寒,静胜热"的话。这种专注玄理,崇尚虚谈的风气,带来的社会危害是可以想见的。《尤悔》中载简文帝把田里稻禾当作杂草,试想,这样的皇帝,配上王子猷那样的臣子,能懂得国计民生、治理政事吗? 因而不能不引起有识之士的忧虑,《言语》中叙述王羲之登冶城时就向谢安提出了"虚谈废务,浮文妨要"的忠告。

至于王恭说的"痛饮",更是名士的一个显著特点。且看《任诞》中的记载:阮籍几乎事事离不开酒,他为了有酒喝而求做步兵校尉,向母亲遗体告别他喝酒二斗,替司马氏写《劝进表》他是在醉中草就的。酒还是他借以傲视王侯的武器,在司马昭面前唯有他敢于"箕踞啸歌,酣放自若";"竹林七贤"之一刘伶也是酒鬼,他们宣称"天生刘伶,以酒为名,一饮一斛,五斗解酲",喝醉了酒就赤条条在屋里行走,说什么他

"以天地为栋宇,屋室为裈衣";阮咸更不可思议,他与本家一伙醉鬼居然能同猪一块共饮;张翰嗜酒如命,把酒看得比什么都重要,他说:"使我有身后名,不如即时一杯酒。"有些身居要职的官员也常以醲饮为事。山简镇守襄阳时,天天醉倒在高阳池,日暮倒载而归。仆射周颢经常沉醉三日不醒,因而得到了"三日仆射"的雅号。毕卓任吏部郎时,一心向往着一手拿螃蟹,一手端酒杯的生活。一次他酒醉误入酿酒作坊偷饮,从此有了"瓮间吏部"的美名。中书令王忱说他"三日不饮酒,觉形神不复相亲"。士族名流这种"痛饮"的风气,对下层人民也产生了一定影响,如苏峻叛乱中,一个救庾冰脱险的小兵,后来庾冰要报答他,他不愿做官,只求一生不缺酒喝就满足了。

"痛饮"又必然是与旷达放任联系在一起的,前面所说的阮籍"箕踞啸歌",刘伶酒后裸体就是典型的表现。另外,有的人还喜欢恶作剧,弄出些古怪行动,如:《雅量》中写扬州从事顾和大白天竟然在郡府门外聚精会神捉虱子;《排调》中说郝隆七月七日正午对着烈日坦腹而卧,说是"晒书";《任诞》中载阮修常在拐杖头挂上百文作酒钱,走到哪饮到哪;王子猷雪夜兴冲冲驾船访戴逵,可是翌日清晨到了戴家门口却又不入而归……这类奇特的作为,当时人并不为怪,反而很欣赏。所以《雅量》中记载太傅郗鉴在丞相王导的子侄中选婿,选中的不是正襟危坐的,恰恰是那个露着肚皮睡在东厢房的王羲之,就是这个道理。人们熟知的"东床快婿"的典故就由此而来。

王恭还说名士要熟读《离骚》,这反映了另一类名士的特征和那时的风尚,从《世说新语》的记载看,与人物识鉴和清谈相关,还有讲究仪容行止和言辞文采的一面。风度翩翩,一表人才,或者是机警多锋、幽默得体的说话,都会受到特别称许,在《言语》《识鉴》《品藻》《容止》《排调》诸篇中这方面记载很多。《离骚》文采斐然,名士们熟读它,既可装点门面,也可从中学习辞藻。这里体现了"魏晋风度"的又一方面。

《世说新语》在真实反映士族名流生活和思想的同时,也触及当时统治阶级内部斗争,如《文学》《方正》《雅量》《尤悔》《仇隙》中所载的曹丕威逼曹植"七步成诗"、曹丕用药枣毒死任城王曹彰、司马昭弑高贵乡公曹髦和诛灭异己、桓温与郗超幕后谋划杀害大臣、王敦阴谋废明帝、孙秀杀石崇和潘岳等都是有代表性的事例,后来不少已衍化为诗文中常用的历史典故。有的还揭露了上层集团穷奢极欲的生活以及残忍的本性,如《汰侈》载王济用铜钱串起来绕猎场围墙一周,号为"金钩";还有王恺和石崇斗富,竟用糖稀涮锅,蜡烛烧饭,用人奶喂小猪,连晋武帝也觉得太奢侈了。更有甚者,他们还把人命当儿戏,石崇为了劝客饮酒竟然连斩三个美人,而大将军王敦在席间却无动于衷,乃至特意挑石崇杀人;《假谲》中写曹操一再使用奸计骗别人送命;《纰漏》中说吴帝孙皓烧红锯铁截断大臣贺邵的头。有的则讽刺了达官贵人愚昧无能或恶劣品行,如《品藻》中骂无所作为的尚书郎曹蜍、南康相李志虽然是活人却与死人一般,如果官员都像他们,那社会就要倒退到"结绳而治"的时代;《尤悔》中说州主簿阮裕信佛至诚,他的儿子有病,不去求医,却"昼夜不懈"求佛"蒙佑",结果爱子一命呜呼;《术解》中说司空郗愔由于迷信天师道,吞了许多符咒纸团,结果肚痛难当,差点送命;《纰漏》中说武帝要侍中虞啸父对朝廷有所贡献,虞竟把"贡献"等同"贡品",以为皇帝是向他索取家乡海味;《政事》中山涛年逾七十还把持朝政,但实际只是一条任人作弄的蠢牛;又说王导晚年处事糊涂,只在公文上面画个"诺"字,却还自鸣得意;王戎官至司徒,是洛阳一带首富,《俭啬》中说他吝啬得出奇,卖李子给人家要钻坏李核,免得别人得到他家良种;《任诞》中写祖逖在都城夜晚纵兵抢劫,掠来大量皮货珍宝全窝藏在他家,而官府也明知不问。惟其如此,《文学》中特借殷中军之口把做官看作"臭腐",把钱财视为"粪土"。

《世说新语》除有上述认识社会的价值外,还写了许多富有教育意义的故事。如:《德行》中赞美荀巨伯危难中不弃病友;管宁鄙视金钱富贵,专心学习;周镇为官清廉,一无所有;庾亮不肯卖马害人,宁愿自己承受;阮裕重义轻财,乐于助人。《文学》中写郑玄把自己《春秋传》注稿赠给服虔,显示了学术无私精神。《政事》中记载陶侃厉行节俭,贮存竹头木屑,废物利用;《方正》写和峤不迎合晋武帝心意,当面直言太子智力没有进步;何充敢于冒犯王敦,戳穿他为其兄涂脂抹粉的谎言;周颛对晋明帝狂妄自比尧舜的不妥直言不讳;孔君平临死不忘为国家出谋献策。《识鉴》中载郗超不计个人恩怨推荐谢玄率兵北伐。《赏誉》中写王蓝田对同事们一味吹捧丞相王导不满,严肃指出"丞相不能事事皆对"。《自新》中说周处知过能改,终于成为了不起的人物。《贤媛》中载陶侃母亲把儿子送来的一罐干鱼退回,并致信教导做鱼官的儿子要公私分明,不可把公物送人。这些故事歌颂了历史上优秀人物的高尚品质,在今天仍有其现实意义。

《世说新语》有些篇章还赞扬了人们的聪明才智,如《捷悟》中记载杨修解释曹操写在门上的"活"字、写在奶酪杯盖上的"合"字,特别是对《曹娥碑文》的释文,其思路敏捷、善解字谜,令人佩服。类似的还有《言语》中裴楷活用《老子》之语巧释"一"字,把凶兆变为吉祥,使晋武帝摆脱了难堪局面,赢得满朝文武叹服。《巧艺》中描写陵云台楼观建筑的奇巧,随风摇摆而不倾倒,显示出古代人民的智慧,相比之下,魏明帝自作聪明弄倒楼台,则是何等愚蠢!书中还特别写了众多早慧的儿童,如《夙惠》中载有何晏、韩伯、张玄之、顾敷,《言语》中载有孔融、谢尚,《雅量》载有王戎等,他们的言谈行为往往超出自己的年龄,从而显示出某方面的智能,其中最值得一提的是韩伯,他小小年纪,就能体谅母亲的困难,不让母亲为他多操心,真是穷人的孩子早懂事,有一定教育意义。

《世说新语》中也记载了一些名人的趣闻掌故。如《文学》中所载郭象窃取向秀《庄子注》、皇甫谧为左思《三都赋》作序、郑玄家"诗婢";《识鉴》中说石勒为郦食其劝刘邦分封六国后代而吃惊;《伤逝》中写曹丕在王粲墓地领头学驴叫,以寄托哀思;《简傲》中说吕安访嵇康不遇,在其兄嵇喜门上题"凤"字,表示蔑视;《假谲》中叙述温峤为自己作媒娶妻;《惑溺》中写王安丰妻子谑称丈夫"卿卿";《排调》中载孙皓即席作《尔汝歌》,流露出失国之悲……这些大多有兴味,可借以广博异闻,增加历史知识。

《世说新语》的文学成熟是多方面的,它既在小说发展史上占有重要地位,又以简练含蓄、隽永传神的语言艺术影响了后世小品文的写作。我们要着重介绍的,是书中所记载的一些包含着文学批评和美学思想的有趣问题。如:《文学》中记载的谢安与谢玄关于《毛诗》何句最佳的问题,王武子关于"文生于性,情生于文"的探讨,谢安对庾仲初《扬都赋》"屋下架屋"的批评,孙绰对潘文"烂若披锦"和陆文"排沙简金"的评价;还有《言语》中记载司马道子与谢重月夜谈美;《德行》中记载简文帝好观赏老鼠爬过灰尘的足迹,以为很美;特别是《巧艺》中记载的顾恺之人物画像的几则故事,更是有价值的艺术论。本书还留下了许多有影响的成语与文学典故,见于后世诗文很多,如:阿堵物、断肠猿、锦步障、标新立异、老生常谈、拾人牙慧、东山再起、华亭鹤唳、楚楚可怜、吴牛喘月、管中窥豹、寸寸肠断、白首同归、百钱挂杖、乘车鼠穴、咄咄书空、郝隆晒书、鸡口牛后……有的还编成了戏剧,如《贾女香》《玉镜台》等。

这本小册子是为普及古代名著《世说新语》而改写的,有几点要说明一下:

一、因为原书故事归类不尽恰当,所以这本小册子不再采用原书分类,而是大体依据故事内容作了编排,每篇加一篇名,不另划类。

二、因为本书故事衍化为成语典故较多,所以篇名多径取已有的成语典故,没有的则改编者自拟。

三、改写的故事大多依据原书独立成篇,少数为了故事完整或人物集中,把两则或者两则以上的故事合并为一篇。同时,为让读者便于对照原书,编者在改写的故事后都标明原书篇名与段数(按:与余嘉锡《世说新语笺疏》、徐震堮《世说新语校笺》所标篇段相同)。

四、改写的故事因为没有其他附加的说明文字,有时为了交代来龙去脉,便于读者把握、理解故事内容,部分篇章把原书刘孝标的注释也融汇到改写的故事之中,而原意不变。

五、原书人名用法较复杂,不少是本名、字号、小名、绰号、官职、排行等混合使用,一个人的称呼少则三四个,多则达十个,如王忱,见于该书的就有元达、王大、阿大、王佛大、建武、王建武、王荆州、王吏部等名号,给读者带来很大困难,改写时一般只用其本名,其他则很少使用。

六、这本小册子是改写名著的一个尝试,改编者由于缺少这方面的经验,加上水平不高,文字表达板滞,存在的缺点一定很多,敬请各位读者指正。

本书改编总设计是黄山书社程德和同志,在改写过程中他又提出了许多建设性意见,在这里特表示感谢。

[原载《世说新语》,黄山书社2000年版]